幸福在尾巴上

xingfuzai weibashang

手心——著

花山文艺出版社

图书在版编目（CIP）数据

幸福在尾巴上 / 手心著. -- 石家庄 : 花山文艺出版社, 2020.2

ISBN 978-7-5511-0306-0

Ⅰ. ①幸… Ⅱ. ①手… Ⅲ. ①长篇小说－中国－当代 Ⅳ. ①I247.5

中国版本图书馆CIP数据核字(2020)第016453号

书　　名：幸福在尾巴上
著　　者：手　心

责任编辑：杨丽英
责任校对：李　伟
封面设计：邢海燕
美术编辑：胡彤亮
出版发行：花山文艺出版社（邮政编码：050061）
（河北省石家庄市友谊北大街 330号）
销售热线：0311-88643221/29/31/32/26
传　　真：0311-88643225
印　　刷：河北盛世彩捷印刷有限公司
经　　销：新华书店
开　　本：880mm × 1230mm　1/32
印　　张：9.25
字　　数：180千字
版　　次：2020年2月第1版
2020年2月第1次印刷
书　　号：ISBN 978-7-5511-0306-0
定　　价：48.00元

目录

目录

第一章　开不了口的担忧

“真的没有关系吗？我还是很担心。”

“没事的，不会有什么问题的，如果刻意避开反而比较不正常吧。考上这所高中说明我们絮儿很优秀，怎么能无缘无故转走呢？那样絮儿会难过的。”

“可是……”

“没事的，心兰，不要想太多。”

一阵压低了声音极其轻微的争执之后，李心兰犹豫不决地挂了电话。虽然她心里还是很担心，但是他说的也不是没有道理。真的让女儿转校的话，她要找什么理由？放弃最好的重点高中不让上，要让絮儿去哪里？

这是整整一个暑假她都没能找到答案的问题。

她轻轻叹口气，现在只希望是自己杞人忧天吧。

他们的女儿柳絮儿考进全市最好的高中，但她这个做妈妈的这整个暑假都在焦虑中度过……因为她都还来不及高兴，就知道了絮儿要和那个人的儿子同校！她还单纯得一无所知的女儿将要面对的是什么？她很怕去想这个问题，本能地只想要逃避！

最好能带着女儿逃离这座城市，离那家人远远的，不要有任何可能发生的纠葛！

但是，她又要如何跟絮儿开口？

她无论如何开不了这个口！

于是就在这样矛盾纠结的心情下，暑假匆匆结束了，絮儿明天就要正式开课了。

李心兰这一夜都没怎么睡着，看看时间快6点了，絮儿也快要起床了，便振作一下自己先起来去洗漱给絮儿准备早餐。

“小猪起床，小猪起床……”

絮儿房间的闹钟响起的时候，李心兰已经煎好鸡蛋和火腿、烤好面包了。她将食物摆好见絮儿还没动静，便去敲了敲房门，轻声喊道：“絮儿，起床了。”

里面传来几声微弱的嘟囔声又没反应了。

李心兰很无奈地笑笑，猜到这丫头昨晚可能很晚才睡着，所以闹钟都没能吵醒她。推开房门果然看到床上的絮儿还睡得挺香，她走到床边轻轻拍了拍还赖在床上的女儿，喊道：“絮儿？你居然还在睡？你是打算不上学了吗？”

柳絮儿迷迷糊糊地说：“当然要去了……妈妈！再让我多睡一会儿……两分钟就好。”

她眼睛都睁不开，翻个身准备逃过妈妈的唠叨继续补觉。

可能是因为马上要进入高中校园，对于她来说是一个全新的环境，而且还是全市最好的重点高中……她昨晚十点就上床睡觉，结果居然一直“兴奋”到凌晨一两点才勉强睡着。

李心兰将桌上的小熊闹钟拿起来，直接放到絮儿紧闭着的眼前。感觉到有东西靠近，絮儿本能地睁开眼睛，看着时钟愣了一下，揉揉眼睛再愣了一秒，忙坐起来，委屈巴巴地说：“好吧，我起来了。”

李心兰将旁边准备好的校服递过去，顺手揉了下她的脑袋，微笑着说：“快起来，早餐已经准备好了。”

絮儿乖乖点头，将长睡裙换下来，穿上新校服，领口、袖口都带有折皱的白衬衣，配一条红白相间的小格子裙，简洁又清爽。换好衣服，她又去洗漱间将长发在脑后扎个马尾，然后洗脸、刷牙、吃早餐……

絮儿也渐渐长大了，而且越来越像当年的自己！

李心兰看着小蝴蝶般轻盈地忙碌着的絮儿，不由得出了会神。

直到絮儿吃完早餐，过来拿了书包，又探头对她笑嘻嘻地说：“妈妈，我走啦！”

李心兰才回过神来，忙追到门口，不放心地问道：“絮儿，你确定不要妈妈送吗?”

絮儿忙摇摇头，非常肯定地说：“真的不用了，都这么大人了上学还要妈妈送，像什么话嘛!”

李心兰也没再坚持，在门口叮嘱说：“不要着急，注意安全!”

絮儿乖巧地对她挥挥手，转身小跑步下楼去了。因为时间的确比较紧张，她也没发现妈妈心事重重。

李心兰一直听到絮儿的脚步声走远了，才关了门长长吐了口气。

其实她的担忧已经到达顶点，因为之前如果狠心找借口让絮儿转校的话，情况就没有这么糟。可现在，她始终开不了口，所以事情一直朝着她不能控制的方向发展。虽然心里对自己说了一百遍一千遍的“别担心没事的”，但是……

自己的女儿将要和那个人的儿子在一个学校上学，她又怎么能不担心呢?

和柳絮儿一同进入育林高中的还有她以前的同学于乐乐，这两个孩子是从幼稚园就开始“同学”，然后一路同到高中，关系自然非同一般，只是两个人的性格是属于互补型的。

柳絮儿非常安静、乖巧，骨子里就是这个时代很少见的那种小淑女；于乐乐则是开朗活泼型的，想笑就笑，想闹就闹，有那么一点小自我，也有那么一点小任性，但并不影响她和同学们的友谊，很多时候她甚至很仗义。比如从小到大，絮儿在学校受了委屈，于乐乐肯定是第一个站出来替她讨回公道的。

市重点高中的牌子在晨光中闪闪发亮，校园里已经陆陆续续来了很多学生，沉寂了一个暑假的校园又再次喧闹起来。

因为早晨公交比较堵，在路上耽搁了一会儿，絮儿下了公交车，瞄一眼时间，只好一路小跑着冲向学校。上学第一天，迟到总是不好的事情。她跑进学校，冲进教学楼，找到挂着一年二班牌子的教室，这才长长舒了口气。

她的人刚到教室门口，教室中间位置一个短发的女生便欢快地叫着："絮儿！嗨，这里！"

这个人自然就是于乐乐。

因为第一天座位还没安排好，大家都是随意坐的，乐乐也当然把她身旁的位置留给絮儿了。

絮儿开心地走过去，一边放下书包，一边问道："乐乐，你什么时候来的？"

乐乐俏皮地笑着说："老早就来了，刚才还在担心你呢。"

因为乐乐的家离学校特别近，她早晨轻松溜达过来的时候，教室里都还没几个人。

絮儿微微一笑，正准备说话，早自习的铃声响了，一个男老师满脸微笑地走进来，乐乐扮个鬼脸，两人不再说话，教室里也迅速安静下来。

"同学们好，我叫刘维，将是你们的班主任，不出意外的话，我们可能会一起相处三年。希望我们彼此相处愉快！"

很平常的一句开场白，不平常的是，说话的是一位看起来很年轻、很有风度，甚至可以称得上帅气的男老师。教室里的气氛一下子轻松起来，掌声也很热烈。

于乐乐忍不住对柳絮儿眨眨眼睛，絮儿也笑了。

王维笑容满面地拿着名单，说："好了，我们先彼此熟悉一下吧。点到名字的同学，可以做一个简短的自我介绍。介绍的时候不要那么官方，尽可能地让同学们记住你。"

听他这么说，讲台下面一阵哄笑。同学们也真的开始考虑要怎么介绍自己了，一般除了姓名和来自哪所中学之外，也有人提到之前曾担任什么职务，获得什么奖项，擅长的科目等，也有人自嘲式说一些无伤大雅的缺点……其实都想在开学第一天，在老师和同学们面前留下最好的印象。

但也不是全部都这么想，比如……王维很自然地看了一眼到现在为止，教室里唯一的一张空座位，他不易察觉皱了下眉头。

并不是说开学第一天就迟到是多么了不起的罪过，只是，他知道这个迟到的学生是谁，而且比别人知道得更多。

“陶淘同学！”

他念了一遍没有人回应，于是大家的目光自然地停留在那张空座位上。

还真有人第一天上课就迟到的？

絮儿也不免多看了一眼那个空位，忽然心里一动，“陶淘”？这名字怎么觉得好熟悉啊，她不由得看向于乐乐，显然乐乐也有这种感觉，正做努力地思索状。

但想了很久，两人却都没能想起来这个叫陶淘的人到底是谁。

王维老师并没说什么，只是笑笑继续点名。

一直到点名快结束的时候，一个非常清秀、非常俊美的男生出现在门口，面无表情地说：“对不起，我迟到了。”

教室里一阵轻微的骚动，这人不用说就是陶淘了，大家再怎么费尽心机地自我介绍，也没有他这招来得印象深刻，已经有人向他投来不屑的目光。

但是陶淘同学可是一点儿都不在乎，他很悠闲地站在那里，嘴上虽然说着对不起，脸上却丝毫没有惭愧之色。虽然他也穿着校服——干净的白衬衫，配上一条深蓝色的西裤，但是他的衬衣并没穿整齐，衣摆散乱地扎了一半在里面留了一半在外面，再加上一头扎眼的金发，整个人都散发着不羁和叛逆。

他这副形象和一向校风严谨的育林高中实在不搭……

第二章　儿时的记忆

一下早自习，憋了一节课的于乐乐就迫不及待地压低声音对絮儿说：“我知道那家伙是谁了。”

她不由分说拉了絮儿就往教室后面冲去。

絮儿一脸的茫然，还没弄清楚乐乐到底在说谁，人已经被拉走了。但是很快她就知道了，因为乐乐拉着她直接冲到陶淘面前，似乎是抑制不住激动，非常兴奋地大叫一声：“喂！陶淘还记得我们吗？”

这一声大喊把无聊地趴在课桌上准备睡觉的陶淘吓了一跳，他睁大眼睛看了看面前的两个女生，表情很茫然，很无辜。

“乐乐……”

絮儿见乐乐一声吼不仅把面前的男生弄得很迷茫，也把教室里所有同学的目光都吸引过来，忙小声示意她低调一点儿。

乐乐本来刚准备“淑女”一点儿，可是见到陶淘故意做出那副受到惊吓的模样，忍不住还是很不屑地一撇小嘴说：“切！别装蒜了，你陶淘是什么人物嘛，哪有那么容易被吓倒！真的不记得我们了？”

说完也不等陶淘反应，乐乐径自俯身靠近他一直在拼命后仰的身子，指着自己的鼻子，一字一顿地说：“于——乐——乐！”又回身拽过絮儿，说：“柳——絮——儿！”

絮儿冷不防被推到一个“陌生”男生面前，两人大眼瞪小眼，她囧得恨不得找个地缝钻进去。她是已经习惯乐乐如此的豪爽了，倒是怕面前这个男生真的被吓到。不过，她会有这种担心也只是因为她还没有想起这个男生到底是谁。

见陶淘若有所思地看着她们，还是不说话，于乐乐再次提醒道：“红星路小学！一年级！真笨！还想不起来？你是猪脑袋吗？”

此时教室里同学的注意力也大多都被吸引过来，听完乐乐的话，再看乐乐一脸鄙夷的模样，已经忍不住开始有些同情那个一头黄毛的同学。

小学一年级的同学？

拜托，现在是高中一年级了，少说也过去八九年的事，而且从小学一年级长到现在，这变化可不是一点两点的！如果不是有什么特别好的交情，认不出来也很正常吧。

但是就算之前没认出来，在经过乐乐这一翻提示之后，陶淘应该也已经想起来了，因为所有人都看到他的眼神起了变化……那双漂亮的大眼睛本来是很无辜的样子，现在是真的被惊吓到了，瞳孔放大，连嘴巴也跟着放大！

他小心翼翼地看着乐乐，不敢置信地说：“于——乐——乐？”

乐乐得意地点头。

然后他又更加小心翼翼地将目光转向已经躲到一旁的絮儿，说：“柳……絮儿？”

乐乐双手插着小蛮腰，眼睛狠狠地眯起来，咬着牙一字一句地说：“这是什么表情？看到我们不高兴？”

陶淘忙赔笑说：“怎么会！只是……有点小意外！小意外！”

这两个女生在他的印象中还是两个小不点。一个剪的娃娃头，整整齐齐的刘海下面，一双大眼睛经常挂着泪珠，而那多半是他的杰作；另一个扎着马尾，经常双手叉腰很凶悍的模样，而且多半是在替“娃娃头”训他……真的是她们吗？

现在两个人的发型好像是换过来了，柳絮儿扎着马尾，而于乐乐是一头齐耳的短发。

他忍不住来回看了看面前的两个女生，虽然女大十八变，不过仔细看，当年的影子依稀还在。

本来今天还想装装酷的，看来是装不下去了，陶淘深吸口气，决定接受这一现实，摆出非常迷人的笑容，站起来十二分友好地对他面前的两个女生弯弯腰，夸张地说：“你们好！你们好！多年不见两位同学更加——漂亮了！更加——可爱了！”

于乐乐不屑地说：“切！少来这套，本来遇到老同学应该是挺高兴的一件事儿，不过你……”

她上上下下打量了陶淘几遍，噘着小嘴不满地说：“这么多年你怎么看起来一点儿都没变啊，还是那个捣蛋鬼吗？告诉你，要是还敢欺负絮儿的话，本姑娘可照样收拾你！”

说着她还特意挺起胸膛，虽然她嘴里说是一点儿没变，但现在的陶淘起码比她高出一个脑袋了……咳咳！这可让她很没安全感，所以，先来个下马威再说。

“额？”

陶淘略带尴尬地再次将目光移到柳絮儿这边，刚才嬉皮笑脸的样子很自然地就收了起来，看到絮儿怯怯的一直往后缩，他张了张嘴自动闭上，什么也没说出来，只是很努力地笑笑，让自己尽量看起来像个好人。

乐乐在提醒陶淘的同时，也是在提醒絮儿，所以，当陶淘想起来的时候，絮儿也终于想起来这个男生是谁了，然后……身子本能地挪到乐乐身后，大脑里很自然地就响起警钟！

陶淘？

小学一年级的时候的确是有这么一个同学，而且还是柳絮儿的同桌。可是，就短短不到一年的同学时光，留给絮儿的除了委屈就是恐惧。那时候的陶淘变着法儿地整她、吓她，她的课桌里、书包里甚至是文具盒里，经常不是小蟑螂就是小壁虎，还有断成一截扭动着的蚯蚓，折了腿的蚂蚱，滑溜溜的小蛇……千奇百怪的小东西一不留神就出现在她眼前，吓得她尖叫，好多次被吓哭！

这个人就是那时候的同桌？

柳絮儿心里直叫苦，不会这么巧吧？

陶淘一年级没读完就转走了，所以三个人至少已经分开了八年，而命运真是奇妙，居然八年之后，又让他们成了同班同学。

以前每次陶淘欺负絮儿的时候，乐乐总是第一个站出来帮絮儿，但是谁都拿这个小捣蛋鬼没办法，谁也制止不了他的恶作剧。

其实如果不是因为陶淘之前过分欺负絮儿，这个小学一年级一起读了不到一年的同学，乐乐倒不一定还记得。可是当年陶淘的“恶行”留给这两个小女生的印象太过深刻了，甚至可以说，是他成就了这两个小女生的友谊。以至于过了八年，乐乐还是用了一节课的时间就想起来了。

见絮儿心里当年的阴影似乎还在，乐乐依然是很仗义的样子，拍拍絮儿的手说：“絮儿别怕，有我呢！谅他也不敢再那么淘气了！”

陶淘又恢复了满不在乎的神情，摸摸脑袋，有点无趣地嘀咕了一句：“都什么时候的事了，还真记仇啊！”

乐乐笑嘻嘻地说：“开玩笑的好不好，谁跟你记仇？话说，你小子怎么能考进这里的？”

她不经意的一句话，引得全班同学再次竖起耳朵听。

因为这正是大家都很奇怪的问题，他这形象实在和资优生相去甚远，大家早在心里断定这个异类的同学肯定是走后门进来的。

乐乐比较大大咧咧没有注意，但絮儿却敏感地察觉到同学们特别关注，再加上她心里大概也认为陶淘“来路不明”，所以觉得这问题对他来说应该比较尴尬，便好心地拉拉乐乐的手，意思是让她别问了。

没想到直肠子的乐乐居然说：“你要是不方便说就算了！”

陶淘倒是看不出有什么特别的表情，只是看着她们没有说话，心里似乎在考虑要不要说的样子。

正在这时候离陶淘不远的位置上有个男生站起来，微笑着说：“陶淘同学是正正规规考进来的，而且，分数还是全年级前十。”

此话一出，整个教室一片哗然。除了说话的男生和陶淘本人，其余所有人都相当惊讶！

乐乐瞪着大眼睛看着陶淘，还用手指指着他，一脸不敢相信的样子：“你……全年级前十？”

絮儿也是忍不住多看了他几眼。

陶淘扬扬清秀的眉头，不作答复。

乐乐不甘心地问刚才说话的男生：“你怎么知道？”

他就是刚刚早自习的时候被任命为班长的柳浩，因为是第一学期，老师和同学们都不熟悉，所以班委是暂时委任的。

柳浩依然微笑着说：“因为，我在老师那里看见过他的成绩。”

虽然他为什么会看到成绩单是个问题，但是他都这么说了，大家对于陶淘自然没有怀疑了。就是说看起来和这所学校非常不搭调的陶淘同学，的确是凭自己本事考进来的，而且成绩比在座的大部分人都好。

乐乐回头看着陶淘，微微抬起小下巴，那模样显然并不服气，目光中还带着些许挑衅地说：“哇！刮目相看啊！陶——淘——同学？”

陶淘淡淡地说：“一般一般。”

虽然柳浩是好心，明显感觉到大家对他的误解才站出来替他说的啊，但他心里倒是有点嫌柳浩多管闲事，这么快就露了他的底。不只是乐乐，现在教室里的这些同学，恐怕心里都很不服气。这些同学都是以前中学的尖子生，不管表面上看起来高调的还是低调的，心里面其实都自视甚高，谁会甘心输给一个看着像个小混混的家伙？

他并不是怕谁，只是习惯了自己的坏被注意，却不习惯自己的好被人注意，连他自己也说不清这是什么心理。

“咳咳！”

陶淘轻咳两声，不动声色地问了一句：“那个……柳絮儿同学还是那么爱哭吗？”

本来一直在旁观的絮儿忽然被点名，还没反应过来先感觉到旁边同学戏谑的目光，小脸唰的一下子红到耳根。

这家伙真的还像小时候一样，专门欺负她吗？

柳絮儿同学心里升起一股莫名的悲凉兼恐惧，直觉告诉她还是离这个小学同学越远越好，她忙低了脑袋，轻声说："我哪有……你们聊，我回去了。"

说完飞一样地回到自己座位上，乐乐狠狠瞪了陶淘一眼，也追了上去，还不忘回头咬牙说："你这家伙，还真是死性不改啊！"

陶淘在后面冲她们扮个鬼脸。

这才对嘛，他向来习惯扮演坏人，名字都没取错的，陶淘，从小淘到大，他可做不来乖宝宝、好同学之类的！

第三章　情同父子

在食堂吃午饭的时候乐乐还准备拉陶淘和她们一起坐，毕竟多年前的同学，以她热情的性子是很想叙叙旧的，但是环顾一圈居然没有找到陶淘的人。

陶淘这时候的确不在学校食堂，中午一下课，当同学们都往食堂走的时候，他就被班主任王维老师揪走了。

陶淘跟在后面很没正经地问道："王老师，这是要带我去哪儿？要请我吃饭吗？"

王维好气又好笑，回头看他一眼，说："请你吃饭？你小子，说得好好的怎么还是这副样子来学校？"

陶淘一副很无辜的样子，说："这样子怎么了？不是挺好，我很老实地穿着校服，本来也不会迟到，是你老人家非要我去整理服装才迟到了几分钟，不至于要体罚我吧？"

王维冷不丁回头盯着他，冷冷地说："体罚？我倒是想，很想！"

其实很多时候他都真的很想狠狠地揍这小子一顿！

他知道这孩子的成长环境很特殊，再加上现在这年纪也正是叛逆的时候，在开学之前还专门找陶淘谈过一次话，本来认为那次谈话效果不错。可是，今天在校门口看到这小子，他就知道之前的谈话完全打了水漂。今早如果不是他出面，陶淘这样子怎么可能进得来？

哎，谁让他接上这么一件难缠的差事，要管教这么一个不服管教的半大小子，是最头疼、最磨人的事情了。

陶淘笑嘻嘻地对着眼前的“恶脸”，一点儿也不在意，他当然知道王维不会真的揍自己，可是……他忽然也意识到似乎有点不对，站住不肯走了，问道：“我说老师，咱们到底要去哪儿？”

眼看就要出校门了，他总得弄清楚王维到底想干吗吧。

在学校装作以前不认识，这是他们两人的共识，不过私底下其实他们俩已经很熟了，至少王维对陶淘是了若指掌。两人正式见面是在陶淘小学快毕业的时候，简单来说，就是陶淘的妈妈因为种种原因，将陶淘托付给了自己的老同学王维，让他好好管教，就算不成什么才，至少也不要出什么大乱子。

王维当时头脑一热居然答应下来，然后每年寒、暑假他都成了陶淘义务的家庭老师！从第一次见到陶淘那一年算起，他已经做了三年的义工了——这就不难理解陶淘的成绩为什么会那么好了。

王维回过身来，小声在陶淘耳边说：“不想在学校被我拎耳朵，你就乖乖跟我走。”

陶淘本能地闪到一边，警惕地看着他说：“不至于吧……”

王维不置可否地耸耸肩，向校门外走去。

陶淘只好跟在后面，他当然不想刚进校门，就被老师当众“羞辱”。何况，他也知道自己一路走过吸引了多少好奇的目光，要是在众目睽睽之下，这家伙真的拎他耳朵……那他以后还怎么见人？

学校外面不远的地方照例会有一条比较繁华的街道，书店啊、小吃店等全部是为学生服务的项目，当然也少不得有一两间美发店。

王维带着陶淘一路走来，居然准备进入一家叫艺剪的美发店，陶淘忙警觉地一把拉住他：“老师，进这里干吗？”

都走到了门口王维自然不会轻易放过他，反手拽住他胳膊防止他逃跑，这才说：“按学校规定办事，你说是干吗？”

“我才不要！”

陶淘发现自己上当想撤已经来不及，但死活不甘心进去，两人在离店门口两三步的地方僵持住。

里面一个女孩子热情地推开门，笑容可掬地说：“欢迎光临，王老师呀，要洗头还是剪头？”

王维似笑非笑地看着陶淘，他这表情让陶淘觉得自己今天无论如何是逃不过这一劫了，很明显，他这一头金发是保不住了！

王维也是必须把陶淘那头金发给染回去，还必须让这小子把校服穿整齐……这是他早晨就对教导主任保证过的。

陶淘十二分不情愿地被拉进美发店，安置在转椅上，按王维的要求：剪短、染黑。既然已经接受了这一事实，他也没有做无谓的抵抗，很老实地坐着，闭上眼睛不知是在睡觉，还是在想着什么鬼主意。

王维随便拿了本书翻看，坐在旁边守着。

店里一直在放着音乐，当他听到一首熟悉的歌曲时，小心翼翼地瞄了一眼一旁安静的陶淘，果然毫不意外地看到在他还显稚气的脸上，满是隐忍和不屑的神情。王维暗自叹口气，转念一想，居然还生出一丝快感：叫你调皮，叫你折磨人！总也有人折磨你！

但是这念头只是一闪而过，随之还是被一种怜悯与担忧代替。

这首歌曲是珊妮的新歌，珊妮本来是影星，出名之后也就随着潮流偶尔唱一唱歌。这年头人红了做什么都好说，据说她的歌居然还很受欢迎……但是这些不是重点，就算她不是专业歌星，唱的歌经过录音棚的处理之后，怎么也算不上难听。之所以让陶淘出现那种难以忍受和不屑的表情，是因为，唱歌的这个当红的明星，就是陶淘的妈妈——亲生妈妈。

陶淘没有爸爸，他从小跟着珊妮姓，珊妮是艺名，她的本名叫陶小文。

这是陶淘的秘密，也是珊妮的秘密。

知道这个秘密的人都是他们的至亲，而且绝对不会说出去，外人谁都不知道看起来还像个小女孩的珊妮居然有个这么大的儿子！

碰巧，王维就是这少数知道秘密的几个人之一。

“是您儿子吗？父子俩真像！”

美发师一句话将王维的思绪拉回现场，陶淘也意外地睁开眼睛，从镜子里看着他，脸上浮起一丝坏笑，悠闲地问那位没话找话说的美发师：“你怎么看出来的？”

美发师也是个年轻的小伙子，听他这么问以为自己猜对了，挺得意地说：“瞧你们这轮廓，简直就是一个模子出来的嘛。虽然小子，你五官长得漂亮点，估计是像妈妈吧，你妈肯定是个大美人！但是这轮廓还是和你爸有几分相似的。”

瞧他连观察带分析，说得一本正经的样子，陶淘差点笑翻了，特别是看着王维那一脸尴尬的样子。

这时刚才迎接他们进来的女孩走过来，笑着说：“别瞎扯了，王老师还是单身呢！”

这家店在这也开了几年了，王维不说是常客吧，多少也来过几回，他长得挺帅气，虽说是奔四的人，看起来也挺年轻，又还是单身，自然比较招人注意。在这做得时间长的人都认识他，只是这美发师显然是新来的。

“啊，不好意思不好意思！看走眼了！”

年轻的美发师忙笑嘻嘻地道着歉，又说：“您是这学校的老师啊？我还以为是家长呢，那这位……是您学生？”

王维不在意地笑笑，说：“是的。”

也不多说什么，瞪了一眼一旁笑歪了的陶淘，低头看他的书去了。

美发师摇头晃脑地称赞道："现在像您这么负责的老师可少见了，我说这位同学，你可要好好听老师的话，学生嘛就该是学生的样子，染什么头发，老师，您说是不？"

王维又笑笑，陶淘慢条斯理地说："那染黑就不叫染吗？既然不能染头发，也别给我染黑了，顺其自然呗！"

美发师也笑了，说："哟，还挺能说。小孩，你知足吧！考进这么好的学校，又遇到这么好的老师，不好好听话就该揍！我们那时候是没赶上啊！"

他说着说着还感慨起来。

陶淘也懒得跟他闲扯，转而说："拜托能换首歌吗？"

美发师挺意外地说："怎么了，不喜欢？"

陶淘夸张地说："这听得我都快吐了，赶紧换一个吧。"

这也不是什么过分的要求，美发师忙说："好，换换。喂，那谁，换首歌……没办法，有人不喜欢你的偶像珊妮，换谁的？随便吧……"

于是珊妮正煽情的演唱戛然而止，换上一个黑人乐团的R&B，叽里咕噜、哼哼哈哈。

王维苦笑，现在的明星很多，随便多巨大的星出来，喜欢你的、捧你的人多，不喜欢你的、踩你的人也很多，可最讨厌、最反感、最不支持珊妮的，恐怕就属她这个亲生儿子了。很多事情不是一个才十几岁的孩子能理解的，何况，这本身也的确是一件很难让人理解的事。

他至今不知道珊妮当初为何要生下这个孩子，也不知道这孩子的父亲是何方神圣，他唯一看到的，是这孩子内心的痛苦和孤独。

也许，这就是他舍不下、丢不开这孩子的原因吧！

从美发店出来，刚才还笑得想打滚的陶淘变得异常安静，就连王维让他穿好衬衣，都默默地照做了。然后他便一个人径自在前面走，头发剪成了最普通的那种短短的平头，染得黑亮，少了一分不驯，他本来就很漂亮、很精致的五官，倒显得更加清秀。

当陶淘再次出现在教室的时候，又成了焦点。因为谁也没想到，这么快，他那一头乱七八糟的金发就没了，衣服也穿得一丝不苟，人也变得非常安静，和上午那副吊儿郎当的模样完全像换了个人似的，弄得大家还以为上午是自己眼花了。

絮儿和乐乐两个人更是瞪大眼睛，一直盯着他从门口走回他的座位，然后，两人回头对望一眼，都从对方眼里看到了惊奇。

乐乐夸张地拍着胸口，但是压低声音对絮儿说："乖乖！这家伙是超人啊？变来变去，这速度太让人接受不了了。"

絮儿也低着脑袋偷笑，心里在想着到底是谁让陶淘变得这么快？看来他也有怕的人啊！

第四章　每个人都有秘密

开学第一天总会有很多新鲜事，特别是一年级的新生。就午休时间那么一小会儿，乐乐不知在哪听来一个很劲爆的消息，和絮儿两个人在教学楼后面的小树林里说悄悄话。

据说他们班的班长柳浩同学，就是赫赫有名的"正大集团"董事长的儿子，百分之百顶级的富二代。而且据说他脾气很好，对人也很礼貌，并没有传说中的那些富家公子的坏脾性，加上人长得帅，成绩优异，很讨女生喜欢，而他现在的同桌就是许美艳。

听乐乐说得蛮像那么回事的样子，絮儿也忍不住歪着脑袋想了想那两个被八卦的主角的样子。虽说都穿一样的校服，但许美艳在班里也算是蛮显眼的了，一头非常柔顺的长发，柳眉杏眼，丰满的樱桃小嘴和她的名字还真是挺配：美艳；而柳浩呢，虽然没有陶淘那么漂亮，但是很清秀，而且和陶淘的叛逆不同，他给人一种很自信、很沉稳也值得信赖的感觉，似乎是永远处变不惊的那种人。

乐乐一把转过絮儿的脑袋，盯着她的眼睛低声笑问道："在想什么呢？"

絮儿也压低声音说："我在想郎才女貌。"

"切！"

乐乐似乎有点不屑的样子，又警告地说："你可小心点，据说那个许美艳可不是好惹的。"

絮儿有点没反应过来，问道："什么意思？"

乐乐用手指轻轻刮了下她的鼻子说："意思就是，千万别打柳浩的主意，不然……小心你的小命儿……"

絮儿皱了皱鼻头，不以为然地说："什么跟什么嘛，高中不是要拼了命地念书？哪有那工夫。"

乐乐摇头晃脑地说："这你就不懂了吧？学习再好，考进名牌大学又怎么样？读研读博士又怎么样？做得好，不如嫁得好。能嫁进这种真豪门的机会，谁愿意放过啊？"

其实她心里也并没什么想法，这些话么，都是她从她那个爱唠叨的小姨那听来的。说得絮儿用手里的书遮住了脸偷笑，一边笑一边小声说："乐乐，那你还等什么，赶紧抢过来呀！"

乐乐不依了，伸手挠她痒痒，两人正闹得开心，没想到柳浩居然就刚好从树林边的小道上经过，看到她们可能认出是同班同学还很友好地笑笑。

絮儿和乐乐都愣了一下，互相扮个鬼脸，随即停止了嬉闹。

这件事情絮儿在回家吃晚饭的时候，随口当作趣闻说给妈妈听，但是没注意到李心兰的表情瞬间变得很奇怪。

她几乎是小心翼翼地问道："你说……那个同学是正大集团董事长的儿子？"

絮儿不经意地点头，补充说："叫柳浩，还是我们班长呢。"

李心兰努力想保持平静，但是沉默片刻还是忍不住说："那的确是富豪之家，对了，这种人家的孩子……应该很厉害吧？会不会欺负你们？”

絮儿解释说：“不会啦。妈妈，柳浩和普通同学一样的，一点儿富家子弟的脾气都没有，很礼貌，也很爱帮助别人。”

“哦。”

李心兰淡淡地应了一声，脸上有一抹淡淡的失落，然后想起什么，又叮嘱道：“高中的课程比初中更紧，你们还是少分心吧。”

絮儿点着脑袋，应着：“嗯嗯，当然。”

李心兰看着女儿，几次欲言又止，但还是不轻不重地说：“靠谁都不如靠自己，别真以为近水楼台，到头来是一场空。富豪之家不是那么好嫁的，婚姻在我们中国，从来都不只是两个人的事……”

“妈妈！——”

絮儿终于听出了妈妈话中的意思，一撇小嘴儿说：“妈妈你想哪去了，我们也就是随便说说而已，您真当真了啊？”

见妈妈还是一副很忧心的神情，她又一本正经地说：“我敢保证绝没这种心思！乐乐也没有！只不过说说闲话啦，您就这么一副担心得要命的样子，这完全不像你平时的作风！看来……我以后还真不能什么事都跟你说了。”

李心兰宠爱地伸手揉揉女儿的脑袋，笑着说：“好了好了，我不说了，你也当我在说闲话不就行了？”

絮儿笑笑，马上转移了话题：“对了，爸爸来过电话了吗？”

“嗯，来过。”

“切，专挑我不在的时候打，你们好讲悄悄话吗？”

“你这孩子！”

李心兰轻轻一掌拍过来，说：“你爸可是怕打扰你上课才打给我，我们的悄悄话可都是说的你，放心吧，他一会儿肯定会算准你放学的时间打来的。”

絮儿忙将自己的手机放在旁边，这才满意地扮着鬼脸继续吃饭，一顿饭在母女俩的闲聊中结束，而她的手机也适时响了。

看着絮儿笑逐颜开地接通视频电话，拿着手机转回自己房间，李心兰脸上的笑容也渐渐消失了，取而代之的是一种莫名的忧虑和不安。

“爸，好想你，你什么时候回来？嗯嗯，学校里都挺好的，我有朋友，就是从小一起玩大的于乐乐嘛，她跟我现在又同班了呢……”

絮儿和视频里的爸爸撒着娇，有一搭没一搭地说笑着。

絮儿的爸爸柳晨生长住国外，一年才回来几次，平时就靠电话和网络联络感情了。虽然从小和爸爸见面的次数非常有限，但是她的性格其实还算是开朗的，没有受到太多影响，这也是李心兰努力的结果。她总是让自己看起来开朗乐观，以此来感染絮儿，并且全心全意地爱着这个宝贝女儿。

絮儿对于这个不能常陪伴自己的爸爸也并没有埋怨，因为妈妈经常跟她说“这是爸爸的工作，我们应该支持”！

这一支持就是十六年，眼看着絮儿都十六岁了……

李心兰心里有些不安，也有点烦躁，见絮儿在自己房间讲电话一时不会放下，便也一个人悄悄回了房间。

絮儿带着几分撒娇的语气问道：“爸，你什么时候回来？”

柳晨生在电话那边笑呵呵地说：“快了，快了，怎么，我们宝贝絮儿想我这老头子了？”

其实他一点儿都不老，头发梳得一丝不苟，穿着永远是那么大方得体，双目深邃有神，正是现在的姑娘们喜欢的那种帅气大叔。

絮儿很没心没肺地说：“爸，你要是真的老了就好了，就可以退休天天在家了。”

“哈哈！”

柳晨生在那边大笑着说：“小丫头，爸爸这么早就退休了，那谁来养你呀？”

“等我毕业了就可以自己工作，给您和妈妈养老了呀。”

“好吧，那我可等着我的絮儿给我养老哟。”

……

两人一直聊到快上晚自习了，才依依不舍地挂掉。

挂了电话，絮儿赶紧出来，但是没看到妈妈，好奇地推开妈妈的房门，就看到妈妈正对着一个打开的小盒子发呆。

“妈妈，在干吗?”

“啊，没什么，讲完电话了?”

李心兰忙把盒子收起来，那是紫檀木的小盒子，还有锁，絮儿以前也见过，只是打不开也不知道里面装的是什么，此时便好奇地问：“这里面装的什么宝贝?”

李心兰忙说：“没什么，你该上学去了，不然要迟到了。”

她说着已经迅速地将盒子锁上，并且放回原来的地方，它一直待在衣柜最下面一层的柜子里。

但她这举动更让絮儿好奇了，走过来不依地说：“我要看看嘛，妈妈这么宝贝的到底是什么东西？给我看看嘛。”

“要迟到了，要迟到了!”

“给我看一眼就走……”

“絮儿!”

李心兰忽然变得少有的严肃，一本正经地看着柳絮儿说：“每个人都有自己的秘密，别人不愿意让你知道的时候，不可以勉强。”

絮儿怔了一下，又不甘心地嘟起小嘴：“可是……我就没有秘密啊，我什么都跟妈妈讲的，这不公平!”

李心兰笑了，一边拖着絮儿往外走，一边说：“你还小嘛，会有的。别闹了，快走，真的迟到了!”

“妈妈耍赖!”

“我还就耍赖了，你看看这都几点了，还不快走！到底是谁在耍赖?”

好吧，不管怎么说，这一次絮儿没有拗过妈妈，李心兰最终也没给她看那个小盒子。

那是妈妈的秘密吗？那里面会装着什么？爸爸的情书？

絮儿一路上想着，得不到答案，心里痒痒的难受，又忍不住“愤愤不平”，说什么每个人都有自己的秘密，她就没有，乐乐也没有！

第五章　不被承认的身份

下午放学之后，王维打电话约了陶淘一起吃饭，中午分开的时候陶淘的情绪非常低落，午饭都没吃就自己走了，王维知道大约是那个美发师的话勾起了陶淘的心事。

“爸爸”这个角色，在陶淘生活中就从来没出现过。他从小跟着外婆长大，妈妈在他生活中也只是匆匆过客，而他也从来不问任何有关爸爸的事，这是珊妮说的。虽然珊妮是个大忙人，偶尔夜深人静的时候也会打个电话给王维，聊一聊陶淘的事情。她说从小到大，陶淘从来没有问过她“爸爸是谁”，或者“爸爸去哪了”之类的问题，这一度也让她觉得很难理解，很担心。因为几乎是所有单亲家庭的孩子都会问的问题，陶淘居然从来不问，这说明，要么陶淘根本不在乎，要么就是他非常非常在乎！

王维和陶淘接触的时间也不短了，他认为后者的可能性更大。因为太在乎，所以才不敢问，因为怕答案会更让自己失望。当然也因为陶淘对担任他妈妈这个角色的珊妮，非常不信任，甚至是鄙夷，关于这种情绪，陶淘在他面前从来不隐藏。

当初珊妮之所以将这个秘密告诉王维，据她说，是因为她生活的圈子里，只有王维是最靠谱的，想来想去只有把陶淘交给他最放心。珊妮的请求，他永远也无法拒绝，他也因此被陶淘鄙视了很久。陶淘不仅鄙视珊妮，更加鄙视所有喜欢珊妮的人！人家是爱屋及乌，他是殃及池鱼。

王维一直想化解陶淘对珊妮的这种负面情绪，毕竟是母子，他希望陶淘至少能对妈妈有起码的尊重，这是一个正常孩子应有的心理。但是，这三年相处下来，他才知道，这恐怕是天下最难的事了。

王维选了一家离学校有点远，但环境不错，带隔断包间的餐厅，方便两个人谈话。

陶淘人倒是来了，但一直心不在焉，坐在那也很沉默，不管王维说什么，都是“嗯嗯啊啊”地应着，完全没有在听的样子，王维也只有叹气的份。

饭吃到一半的时候，陶淘冷不丁地问了一句：“你和她上过床没?”

王维正在喝饮料，差点没一口呛死!

他在盯着陶淘看了几秒钟之后，意识到看起来满不在乎的依然埋头在吃饭的陶淘，其实是认真的。陶淘所说的“她”自然是珊妮，王维正在思考要怎么回答这个问题……

陶淘居然抬起头来以一种无可救药的眼神看着他，摇头，再摇头，大大叹口气，说：“我就知道你没这胆，全世界的男人都可以上她的床，只有你当她是圣女!”

“陶淘!”

王维制止地低喝一声，他的表情此时应该很难看，他怎么也没想到，陶淘会这样赤裸裸地说自己的妈妈，无可救药的人到底是谁？他压低声音痛心地说：“不管怎么样，她是你妈妈!”

陶淘像没听见一样，推开餐具，轻松地说：“好了，我吃完了。”

他的样子再次触怒了王维，王维狠狠地盯着他，一字一句地说：“你可以不感激她，但你不可以这样子侮辱她!”

陶淘丝毫都不惧地回盯着他，淡淡地说：“我只是在说事实，如果这事实是在侮辱她，那是她自己在侮辱自己!”

说完他站起来，又恢复了往常那种满不在乎的样子，笑嘻嘻地说：“我先走了，谢谢你的晚餐。”

王维愣愣地看着他离开，心里微微有点痛。

你能说这孩子是懂事，还是不懂事？

站在他的角度来说，的确是恨珊妮的。因为生了他，又让他感觉不到应有的爱，甚至连一个正大光明的“身份”都没有。从小到大陶淘因为怕被人识破身份而转了无数次校，每次家长会，要么是姥姥去，要么是请人假扮父母去……不管在哪个学校填写的有关家庭的资料都是假的，这让一个孩子如何理解？

而且因为环境的关系，也让他看到太多在他这年纪无法接受的，负面的东西。作为一个当红明星，各种绯闻是绝对不会少的，今天传和这个出双入对，明天传和那个暗度陈仓……而这些传闻虽然是捕风捉影，但其中真真假假……也并非完全杜撰。因为珊妮也是个女人，不管是情感上还是生理上，她也有需要。可是这些，他这个半大的孩子又怎么能理解？

王维也曾经问过珊妮，为什么不干脆将陶淘送给正常人家收养？这样对陶淘的成长也许更有利，但是珊妮的回答是，她不愿意，不管陶淘怎么恨她、讨厌她，她都不要陶淘管别的女人叫妈妈。

这就是珊妮，一个虽然年纪上和他一样大，但是有时候却像孩子一样任性的、不讲道理的女人。陶淘任性起来，其实和她如出一辙。

陶淘从餐厅出来，一个人漫不经心地往学校的方向走去，虽然有一站多路程，反正时间还早，他决定走回学校。这会儿已经是下班的高峰期，街上车多人多，堵得厉害，走路反而更悠闲自在。

走到一个十字路口，看到一个穿着很破烂的七八岁大的孩子在那乞讨，长得还蛮漂亮的，贴在人行道的栏杆上，一双大眼睛，乞求地看着每个过路的人，嘴里小声喊着说：“阿姨，我饿……叔叔，我饿……”

也许是因为刚出来“混”吧，那孩子显得很腼腆，并不敢太靠近人，来来往往的人大多匆匆忙忙，也没人理他。

陶淘径自走到他面前，小乞丐瞪大眼睛有点胆怯地看着他，嗫嚅了几次，才小声说："哥哥，我饿……"

陶淘面无表情地说："小鬼，要吃什么哥哥给你买，要钱就没有。"

因为之前报纸有报道过，这些小乞丐其实是有人组织来赚钱的，如果给他们钱，他们自己根本得不到，而是被带他们来的大人收走。

那小乞丐似乎没听懂，又说了句："哥哥，我饿……"

陶淘抬头看了一眼，正好旁边有一家蛋糕店，便指着店里橱窗的东西问道："要吃什么？"

小乞丐的眼睛亮了一下，胆怯地看着他，不敢说话。

陶淘快没耐心了："快说，不说我走了。"

小乞丐也看出这难得的机会快没了，一双大眼睛忙迅速扫视了一遍不远处橱窗里各种漂亮的小蛋糕，伸出脏兮兮的小手颇为犹豫地指了指其中一个。

陶淘过去买了递给他，小乞丐夺过来就跑到一边角落，回头戒备地看了他一眼，低头咬了一大口。这时候不知道哪里猛地蹿出一个更小的孩子，两个小脑袋凑在一块儿，一人分了一点很开心地吃着这对他们来说很难得的美味！

陶淘忽然觉得鼻子一酸，忙转身离开。

一路上他都觉得心里堵得慌。

这些孩子为什么就该遭人白眼，挨冻受饿？难道他们愿意的吗？不，只是他们没得选择！

他觉得自己和他们一样，他也没有选择。

晚自习的时候，乐乐似乎不经意地瞄到陶淘那里，见他照例趴在课桌上睡觉，忍不住撇撇小嘴。这家伙还真是一点儿都没变，完全无法想象他用功读书的样子……可是，他这样怎么能考进育林？而且还是全年级前十？

柳浩不小心爆的料一直让乐乐很想不通。

这一整天她都有留意，白天上课的时候陶淘也是一副有听没听的样子，只是老师不找他碴，他也没有公开捣乱，但说到学习……他是绝对没有用半点心思的，难道就他这样子也能考进育林高中？还是这小子有什么秘诀？

一旁还在写作业的絮儿，感觉到乐乐回头看了几次，忍不住小声问道："在看谁呢？"

乐乐回过头来，随口应道："没有啊……我就是好奇……"

但是好奇什么，她也没说。

絮儿笑了，低声说："好奇会害死一只乐乐……"

乐乐低声笑骂道："你才是一只呢！"

两人说笑几句，絮儿又继续埋头做作业，没办法，谁让她做什么都比较慢呢，乐乐恰好是做什么都比较快的那种，所以她总是要慢乐乐大半拍。

乐乐则在心里想着明天一定要拉陶淘一起吃午饭，好顺便盘问一下这家伙的底细。

没等到乐乐"拷问"陶淘，第一天放学回去的时候，就发生了一件意外的事情，他甚至很可能马上转校。

陶淘和姥姥今年暑假才刚搬进珊妮给他们准备的新家，是一片别墅区，环境很好，离他们学校也不算太远，本来以为住在这里会相对安全，不会被同学们撞到。

有一条公车线路经过他们住的别墅区，他早就看好线路，上学的时候就是乘坐这辆车来的，回去的时候当然也是一样。但是，他没想到，这条线路上的同学还不少，更令他戒备的是，当他下车的时候，其中个同学也下了车，他往家走的时候，那个同学居然跟他一个方向……

陶淘不动声色地往前走，虽然没有回头，但他知道那个同学还在身后。

难道这个人知道什么，在跟踪他？

他能确定是同学，不是记者之类的，因为在上车的时候，他就把几个同一路线同学的位置看好了。虽然他有意和他们保持距离，没有看清楚是哪几个，也没有和他们搭话，但是有留意他们几个的动静。中途好几个都下了，只剩下一个同学还在，就是现在跟在他后面的这一个。

到底这个人是谁？只是刚好同路吗？

陶淘现在很想回头看，但是忍住了，他怕一回头，对方和他搭讪起来，到时候更麻烦。如果想要自己的身世不被人发现，他必须和所有人保持距离……从小到大他已经习惯了这一点。

但是眼看着要进别墅管理区的大门了，他不想这个同学看到他住在里面，能住在这里面的都是有钱人，他不想自己的家庭引起任何关注。

怎么办？

陶淘假装蹲下来系鞋带，心里祈祷着这个同学快点走到前面去，不要留意他，也千万别来和他说话。

但是，事与愿违。

那个同学居然很亲切地在他旁边站住，很热情地问道："陶淘同学也住这里吗？"

陶淘慢条斯理地系好鞋带，这才站起来，看清楚面前的人就是他们的班长大人——柳浩，淡淡地"嗯"了一声。

虽然他是不喜欢八卦，但是柳浩是超级富二代这件事他们全班都知道了，不少女生议论，陶淘自然也无意中听到过，只是没想到会这么巧，跟他住同一个小区？

"那个……"

见陶淘并不响应他的热情，柳浩有些尴尬地解释说："我家也住在这里，刚好同路。"

"哦。"

陶淘还是淡淡的语气，忽然说："我忘了要去超市买点东西，你先走吧。"

"这样……那我先走了，明天见。"

柳浩也不笨，他能感觉到这个同学并不"友好"，虽然并不知道是什么原因，但是既然人家不想跟你一路走，你也不能勉强。所以，他很礼貌地笑笑，转身走了。

陶淘自然是往回走，一边走一边留意柳浩，然后眼看着柳浩真的走进了他们现在住的小区……

这下子他感觉脑袋大起来。

怎么会有这么巧的事？

如果两个人都住在这里，那真是躲得过初一，躲不过十五，总有一天会被柳浩发现……难道又要转校？

第六章　依赖

陶淘之前每次转校都是因为类似的情况，一旦他们的秘密有被人发现的可能，他就必须离开那里。

不仅他不愿意自己是私生子的事情被别人发现，对珊妮来说，更是不能让别人知道她已经有个这么大的儿子！

虽然实际上她是和王维同年，20岁的时候生的陶淘，现在已经36岁了，但是保养得好，加上全方位的包装，看起来还是青春玉女，她公开的年龄也早就改过……她有个儿子的事情，连她现在的经纪人都不知道。这件事一旦被曝光，不仅她的形象受损，而且“星路”很可能从此夭折。现在的后起之秀多如牛毛，她不能不时刻小心自己被他人代替。

所以，她可以允许真假难辨的绯闻出现，那些相当于帮她炒作，可是，她有儿子这件事实却是绝对不能让人知道的。

陶淘颓废地在街边的石椅上坐下，屈起膝盖将脑袋深深地埋进去。

他也不知道自己在想什么，只是再一次感觉非常迷茫，他的人生……难道要一直这样下去吗？躲躲藏藏见不得光？什么时候他可以像正常的孩子们一样，开开心心地和同学们玩，不需要防着这个防着那个？什么时候他可以有个正常的家和正常的家人，家人敢于承认他的存在？敢于正大光明地爱他？

既然他是见不得光的，又为何要生下他？

这是陶淘怨恨珊妮的重要原因。

他并不是生来就怨恨和鄙视这个女人的，在他很小的时候，甚至曾经很期待、很渴望着这个女人的到来。外公死得早，就他和外婆两个人的日子实在不够活泼，而珊妮每次像天外来客一样突然出现，又以极大的热情百般地讨好于他，让他可以前所未有地开心。可是，这开心的时间一般来说很短很短，有时候是一两天，有时候仅仅几个小时，之后珊妮又会人间蒸发，很久很久……无论他怎么想她，怎么盼她，都不出现。

终于，这个一心盼着妈妈出现的孩子，不再对妈妈有任何期待，因为他知道，越是期待越是失望，越是难过！

而且妈妈从来不带他上街，只要有外人在，哪怕只是一个路人，她也会迅速装作根本不认识他！陶淘从懂事起就再也不叫她妈妈，不管人前人后都不叫，“那个女人”“她”成了妈妈的代称，当着珊妮的面就只叫“喂”，不管珊妮如何讨好他，死皮赖脸地想让他叫她一声“妈妈”，他都不叫。

他装作对什么都不在乎的样子，其实只是心被伤得透透的了吧。特别是，当他再稍微懂事一点，从报纸、网络上看到很多有关她的报道的时候，那些乱七八糟的事件，那些不堪入耳的评论，让他幼小的心灵，一次又一次被刺得鲜血淋淋。

珊妮是个自私的、放荡的女人！

陶淘脑海里终于形成了这样的印象。

他没有爸爸，就是最好的证明！而她的那些绯闻男友没有一个连也有一个排了！他甚至忍不住在心里想过，恐怕连生下他的这个女人，都不能确定到底谁才是他爸爸吧？

陶淘蜷缩在石椅上任由思绪乱飞，也忘了回家。

过了很久，他的手机响了。

一声、两声、三声……

他任它响着，并不想理会，但是在无人接听之后，它又再次顽固地响起来，他不得不伸手从书包里摸出手机，径自贴到耳朵上。

在这种时候会给他打电话的，不是外婆，就是王维。

果然电话里传来王维有几分担心的声音：“陶淘，你在哪？怎么还没回家?”

陶淘自嘲地撇撇嘴角，这个男人真是他们家的救星。虽然知道他不会是自己的爸爸，但是他却似乎在努力地承担下这个角色的责任，不管自己有什么事，外婆或那个女人都会想到他。

陶淘心里对他是感激的，只是有时候却也有点怨他没用，如果他当初能娶了那个女人，那现在不就不会是这种局面了吗?

陶淘半天没有说话，王维还真有点急了，在电话里问：“你在哪？要不我现在过去找你?”

陶淘淡淡地说：“不……用。”

王维耐心地劝道：“那你快回家吧，外婆很着急，害怕你出什么意外……”

外婆都没直接给陶淘打电话，因为连她也知道，能让陶淘听得进话的人，只有王维了。有时候陶淘实在烦了，也会冲王维发脾气，但是发过之后，还是会按他说的做。而外婆和珊妮的话，陶淘现在是一只耳朵进一只耳朵出，根本不从心里过。

陶淘沉默一会儿，才说：“可能……我又要走了……”

王维原以为他只是心情不好，一个人在外面散心，听他这么说才知道事情似乎更为严重，忙问道：“怎么了？出什么事了?”

“柳浩，你知道吧？他也住在这里。”

“柳浩……你是说，他和你们住在一个地方?”

“嗯。”

“是你们刚搬的新家吗?”

“嗯。”

陶淘和外婆是在开学前搬过来的，现在的新家王维还没来过。珊妮的意思是这里比较安静，而且这里是高档别墅区，管理比较严格，里面基本上不会有闲人进出，所以，她偶尔回来看看他们也方便些。

但是谁也没想到，珊妮左挑右选的，陶淘居然还能在这碰上同班同学。

王维叹了口气，略略考虑一下，说:“放心吧，没事。这次不用你走，叫你妈妈不要来就行了。要见面可以约你和外婆出去，不要来这里。柳浩那里，你小心一点儿就是了，不要和他走得太近。”

其实最惹人注意的还是珊妮，只要不被人看到她进出他们家，他们家就不会引起别人注意，那么秘密也不会被发现。

柳浩……王维之前也有过几次接触，在他的印象中不是那种不懂事、好奇心过剩的孩子，而且，据他所知，柳浩家应该不在那里，至少他的家庭资料上填写的地址不是那里。

陶淘有点烦躁地说:“那个女人谁管得了，她疯子一样的，想来就来，半夜三更都会跑过来……”

他的确有过睡得正香，被“从天而降”的珊妮从床上拖起来的经历。

王维安慰地说:“这件事我来跟她说，高中和以前不一样，你得有个稳定的学习环境，不能再老转来转去了。好了，回去吧，现在很晚了，明天还要上学。对了，如果经常碰到柳浩也不要太拒人千里，这样反而容易引起他的怀疑，他要问起来就说你爸爸妈妈都在国外，就你和外婆住在这里……”

陶淘不屑地说:“知道了。我是谁啊，从学说话开始就在学撒谎，还用你教?”

他站起来，挂了电话，这才回家去，王维的话让他心里踏实了不少。

他早就厌恶了从这里转到那里，又从那里转到这里，不光是这座城市，事实上小学有好几年他在别的城市上学，是在珊妮拜托了王维以后，他才又转回这座城市的。那种不安定的日子，让他心底也非常不安，如果以后真的可以安定下来，不用再转校，那对他来说真的是个好消息！

可是珊妮真的会听王维的吗？

这个任性的女人，一向只会要求人家为她牺牲，可是从来不会考虑过别人的感受！

陶淘回到家的时候已经快晚上十二点了，外婆还在客厅等着他，他心里有些不忍。

心情平静的时候陶淘其实是个很懂事的孩子，只是他从来不擅于也不屑将这一面表现出来，比如现在，心里明明是心疼外婆的，但表现出来的却是厌烦的样子："都说了多少遍了，不用你等。睡觉去吧！"

外婆完全无视他的态度，依然微笑着迎上来说："要不要吃点东西，你先冲个澡，我给你做，很快的。"

"不用了不用了！"

陶淘不耐烦地说："您去睡吧，啊！去睡吧！我洗完就睡了。"

老人家有时候的确是会有点啰唆，再加上因为珊妮的缘故，其实外婆心里也觉得对不起陶淘。所以，她对陶淘的照顾不仅是无微不至，很多时候甚至是过分纵容，在他面前经常没有自尊地委曲求全，而这，往往会让陶淘更加厌烦。

外婆依然亲切地说："那你快去洗吧，我去给你拿衣服。"

陶淘忙抢先一步在她前面上楼，说："我自己来！您睡觉去吧。"

卧室都在二楼，一楼除了厨卫、餐厅和书房就是一个很大的客厅兼多功能厅。其实这些大多数时间都是空闲的，根本用不着，因为陶淘回到家一般都待在自己房间里，电脑、音响、漫画书、游戏机、课内课外书籍等，所有他用得着的东西，都在他房间，所以，除了吃饭以外，他是不轻易下楼的。

外婆看着他的背影轻轻叹气。

她是打心眼儿里疼这孩子，可是，光她疼有什么用？一个孩子从小就不知道自己爸爸是谁，妈妈又不敢正大光明地承认他的存在，他心里该是什么感觉？而他将所有的一切都深深地埋在心里，从来不闻不问，这就更令人揪心。

记得陶淘还小的时候，外婆有一次试探地问他："淘淘，你想妈妈吗?"

正在玩火车玩具的陶淘头也不抬地说："不想。"

"那……"

她迟疑了半天，终于小心翼翼地问："爸爸呢?"

小陶淘蹲在地上看着自己沿着轨道奔跑着的小火车，半晌忽然回头说："我没有爸爸，没有妈妈，外婆，我是石头缝里蹦出来的……"

他跳起来挥动着小手，在地上翻了个跟斗，摆了个POSE，说："我是孙猴子!"

这一幕外婆永远也忘不掉!

外婆也渐渐老了，她真怕自己哪天就这么走了，这孩子该怎么办?

珊妮不敢承认他的存在，今天不敢承认，以后呢？以后恐怕更不敢……虽然她也知道珊妮心里其实是爱陶淘的，但是这爱，真不知道是该说太轻呢，还是太难!

第七章　生日会邀请

第二天，陶淘又迟到了。

这一次他是故意的，因为他实在不想刚好又碰上柳浩，和他一起上学，所以，就故意迟了几分钟才出门。

作为班长的柳浩，自然是不会迟到的，他也就顺利地避开了两个人碰面的可能。

但是，这也始终是个问题，他总不能天天迟到吧？而且也不知道王维和那个女人谈得怎么样……他到底要不要转校？

这次他是非常不愿意转走，并不是因为这所学校是重点高中，而是，这里有王维，这让他有几分安心。几年的相处，他已经不知不觉中对王维产生了依赖，也许这是他自己都还没发现，或者说不愿意承认的事情。

陶淘趴在课桌上，想着自己的心事。

一下课乐乐就热情地凑过来，拍了拍他的脑袋，调侃地说："哟，怎么不做金毛狮王啦？"

陶淘继续趴着，抬手拍掉她的"爪子"，闷闷地说："要你管，小丫头片子一边去。"

乐乐才不怕他呢，将胳膊肘儿撑在他课桌上，俯低身子，笑嘻嘻地说："中午一起吃饭吧？咱们这么多年不见的老同学，也该叙叙旧啊！"

叙旧？和她们？

陶淘眼珠子转了一下，抬起头看了看前面乖乖待在自己座位上的柳絮儿，笑了："好啊，没问题。"

昨天就感觉到柳絮儿同学还是很怕他，这让他觉得有趣。

乐乐看看他的表情，凑近他低声警告地说："我告诉你，可别打什么鬼主意，你再敢吓絮儿，她这辈子都会躲得你远远的。我就是想你们俩能和解了呢，别再惹事了！"

陶淘一脸的无辜，说："什么嘛，那么小儿科的事情，我怎么还会做？"

乐乐斜着眼睛瞄了他一会儿，满意地点头说："这就对了，大家能再遇到一起也不容易，应该好好相处，对吧？"

陶淘拼命点头，应着："嗯嗯。"

乐乐见他这会这么一副"乖巧"的模样，便继续开导小朋友似的，说："咱们都长大了，做事要有分寸，知道没？絮儿可是到现在都还怕你呢。"

陶淘瞄了眼絮儿的背影，没心没肺地说："那是她自己胆小，多大点事记到现在！"

乐乐拿眼瞪他，说："还不是你那时候太过分了！"

絮儿知道乐乐是去邀请陶淘的，心里七上八下有点不安，偶尔回头看他们一眼，正好撞上陶淘看过来的目光，忙回过头去，小脸微微有点红。

她自己也很懊恼，为什么看到这个"老同学"自己就不能像乐乐一样大方？那么多年以前的事情，难道自己真的还记仇吗？想想那其实是男孩子们经常会做的恶作剧，只是没有人像陶淘对她一样乐此不疲，一而再，再而三地拿各种东西吓她，以至于隔了这么多年，她都还记忆犹新。

其实现在想起来，对于三个人来说都算得上是快乐的回忆，儿时一起打打闹闹的玩伴，心里自然也会有点亲切感，只是，絮儿却无法克制自己心里对陶淘那种出于本能的戒备。

中午一起吃饭的时候，看着乐乐和陶淘两个人有说有笑的，絮儿就只是在一旁微笑地听着，默默地吃饭。

两人还真的叙起了旧，当然是乐乐翻出陶淘以前干的坏事奚落他，而陶淘也不甘示弱地学着乐乐向老师打小报告的样子，你一言我一语，互不相让地挤对起来……絮儿好笑地在一旁看着他们两个。

"怎么，柳絮儿同学变哑巴了？"

陶淘终于忍不住开始将矛头指向絮儿。

絮儿微微怔了下，很无力地想：我想做个隐形人都不可以吗？

她还没来得及说话，乐乐已经狠狠瞪了陶淘一眼，说："你才变哑巴了呢！因为你这恶人在，絮儿才不说话的好不好。"

陶淘一脸的无辜，还故意凑到絮儿面前去问："我是恶人吗？"

絮儿不好意思地笑了，说："没有啦，我只是……比较习惯做听众。"

为了转移注意力，她难得地变被动为主动，说："乐乐，你不是要问陶淘同学学习的事吗？"

乐乐被她这一提醒才想起来，自己一直很好奇陶淘的成绩是怎么来的，忙说："啊啊，是啊，差点忘记了。陶淘，你每次放学回去以后才开始学习吗？"

陶淘摇头，说："没有啊，怎么？"

乐乐凑过去很好奇地问道："可是在学校也不见你学习，放学回去后也不学……那你成绩怎么会那么好？有什么秘诀吗？"

陶淘看看乐乐又看看絮儿，显然她们两个都在等着他的答案，可是他能说什么？难道说是别人硬塞进他脑袋的，而这个人还是他们现在的班主任王维？这当然是不能说的，他并不想自己和王维的关系被同学们知道。既然不能说真话，就只能撒谎，可是，他忽然不太想在她们面前撒谎，也觉得没那个必要。

所以，他只好低下头吃饭，嘀咕了一句："谁说我成绩好了。"

可是，乐乐可不会轻易放过他，不屑地说："少来，那天柳浩说的，我们大家都听见了好不好。还装！"

这回陶淘有话说了，他抬起头笑着说："既然是他说的，那你去问他嘛……"

他装模作样地左顾右盼了一下，居然发现柳浩就在他们旁边不远的桌子上，本来他是准备对乐乐说：喏，他就在那，要不要去问问？

但是，当他不经意地看过去的时候，发现柳浩正在看着他们，想起王维叫他不要和柳浩走太近的叮嘱，又想起自己的处境，心里黯然，便什么也没说，继续埋头吃饭。

"怎么了？"

乐乐见他本来笑嘻嘻的样子，忽然变了，好奇地顺着他刚才的目光看过去，也看到柳浩和许美艳，柳浩还友好地冲他们这边笑笑，乐乐也回笑，低声说："人家挺友好的嘛，你干吗一副见了鬼的样子？"

陶淘很努力地将自己的嘴巴里塞满饭菜，不打算再说话。

乐乐撇撇小嘴，以为他是不肯透露学习秘诀，有点赌气地说：“不说就不说嘛，有什么了不起！”

陶淘既不想被乐乐缠着问东问西，也不想待在这里被柳浩注视，所以，打算赶紧吃完了开溜。但是……该死的，他居然看到柳浩正满脸微笑地往他们这边走来……

柳浩真的走到乐乐他们这桌停下，非常绅士地说：“请问，我可以加入吗？看你们聊得挺开心的。”

陶淘没有搭腔，絮儿和乐乐面面相觑，也很是意外。

还是乐乐反应过来，笑眯眯地说：“当然可以，我们也只是随便聊聊。”

他们的餐桌是四人座，所以陶淘身边就刚好空一个位，柳浩微微一笑，就在那里坐了下来，解释说：“我来其实是想请你们参加我的生日PARTY，就在下周六晚上，正好休息，我就想请全班同学一起聚聚，也好彼此多些了解。你们到时候可以来吗？”

他说完期待地看看三个人，乐乐和絮儿对望一眼，看得出来还是乐意的，毕竟年轻人都爱热闹，何况现在同学之间都还比较陌生，在一起聚聚也好；可是陶淘一直埋头吃饭，好像现在说的事和他没关系一样。

乐乐代表她和絮儿两个人说：“没问题，到时候我们肯定去，正好也见识一下有钱人家是什么样儿的！”

她很没心机的一句话逗得柳浩笑了，说：“没有啦，就是同学们普通的聚会……到时候只有我们这些同学，我爸爸妈妈会自动回避，免得大家拘束。对了，”他转向絮儿，礼貌地问道，“听说柳絮儿同学的钢琴弹得不错？”

絮儿没想到他突然会问这个，不好意思地笑笑，说：“只是……一般而已。”

“什么一般，别听她的。”

乐乐在一旁不依了，抢着说：“絮儿的钢琴岂止是不错，是非常非常好！她钢琴可是过十级了哟！”

柳浩再次看向絮儿，礼貌地说：“那到时候可不可以，请柳絮儿同学弹一曲为同学们助助兴？”

“这个……”

絮儿被乐乐夸得有些不好意思，她不是个爱出风头的人，这多少有点受她妈妈李心兰的影响，在这个孩子们信奉张扬和自我的年代，她却是少见的含蓄、低调。

见絮儿犹豫，乐乐干脆一口帮她答应下来，爽快地说：“没问题，絮儿包了。”

陶淘看不下去了，调侃地说：“喂，柳絮儿好像是旁边这位同学吧，于乐乐你插什么嘴？”

乐乐白了他一眼，撇着小嘴不屑地说：“怎么了？我就是能代表絮儿，不服气啊？”

陶淘不屑地撇嘴，站起来说：“哪敢哪敢！你牛气，你们聊我先走了。”

柳浩忙喊住他，问道：“那……陶淘同学会去吗？”

陶淘头也不回地挥挥手，说：“看吧，有时间就去，柳大少爷！”

柳浩有几分尴尬，乐乐忙在一旁说：“别理他，他就是这种人！跟谁也不肯好好相处，总给人难看。”

柳浩笑笑，也站起来说：“那就这么说定了，到时候请你们一定到，也有劳柳絮儿同学了。”

絮儿微笑一下，也不好再推辞，只得说：“没事。”

让她弹几首曲子倒是没什么大不了的事，可是问题是，她隐约觉得妈妈不会高兴她赴这个约……从上次和妈妈的对话中她完全可以听出来，妈妈对柳浩，或者应该说对他这类人没有好感。

柳浩走了以后，乐乐见絮儿一个人低头想着什么，便小声问道：“怎么了？想什么心事呢！”

絮儿摇摇头，慢慢收拾着吃完的餐具，叹口气，说："我怕……我妈妈不让我去。"

"怎么会?"

乐乐一脸惊讶的表情，说："你妈妈可是我见过最开明的妈妈了，怎么可能不让你去呢。"

絮儿再甩甩头，说："不知道，只是直觉。我妈妈，好像对他们这种人家有些成见。"

乐乐愣了一下，随即明白了，笑嘻嘻地说："安啦！柳浩和那些媒体曝光的什么富二代完全不同嘛！根本不是那种不可一世的家伙。我跟我妈说了，你猜我妈怎么说?"

絮儿好奇地问道："怎么说?"

乐乐故意一副老成的样子，说："我老妈说，真正的有钱人家本来就应该是这样子的，有涵养、有家教的，而且好多国外的富翁都让自己的孩子寒暑假出去打工，独立生活，才不像我们国内传说的那些富二代那样，一天什么都不懂。这些人啊，不过是些自以为有点钱的暴发户!"

说到这，两人忍不住笑起来。

絮儿轻轻碰碰她，示意旁边还有人呢，乐乐这才收敛一点儿，跟絮儿扮个鬼脸，说："好啦，不要担心这个，实在不行，我去跟阿姨说，我才不相信阿姨一下子变成老古板了呢!"

絮儿皱下鼻子，说："算啦，还是我自己搞定。"

两人收拾好，将稍许的残余倒进旁边的垃圾筒，又将盘子放到规定的地方后离开食堂。在出去的时候，絮儿忽然不经意地看到刚才和柳浩一起的许美艳还在那里，而且正以一种很奇怪的眼神看着她们。

第八章　母女间的第一次争吵

柳浩的生日PARTY邀请了全班同学，除了陶淘以外，其他人全都很爽快地答应了。其实陶淘不敢贸然答应，是担心柳浩当天会在他们住的那个别墅区开PARTY。

从小习惯了和身边的人保持距离，这一次有个住得这么近的同学已经让他很不安，而这个同学还要将同学们都召集过来，这让他更不安！

除了陶淘以外，还有一个人也因为柳浩的PARTY而很不开心，这个人就是絮儿。

当天吃晚饭的时候，絮儿考虑了很久，决定还是直接跟妈妈讲出来。但是，当她小心翼翼地说到柳浩邀请她们去参加PARTY的时候，妈妈李心兰完全怔住了，脸色忽然变得很不好看。

“妈妈?”

絮儿试探地叫了一声，虽然早有心理准备，可还是被妈妈的反应吓了一跳，是不是也太……严重了点？不就是同学生日大家一起聚聚嘛，至于如此紧张?

李心兰回过神来，低头吃饭，淡淡地说了一句：“还是不要去了。”

絮儿不解地问：“为什么?”

李心兰低头沉默半晌，才说：“那种人家走太近了不好，容易惹是非。”

絮儿尽力解释，说：“不会的，妈妈，是我们全班同学一起去呀！”

“絮儿。”

李心兰抬头看着她，表情异常严肃：“我跟你说过吧？对于他们这种人，不要抱非分之想……”

“妈妈!”

絮儿震惊地看着妈妈，实在没想到妈妈会如此歪曲自己的意思，但是李心兰并没打算罢休，继续说：“什么生日PARTY，不过是他显摆罢了！你们现在是学生，而且是学业最重的高中，应该把更多的精力放在学习上，搞这些乱七八糟的做什么？他爱显摆让他去显，你不许去!”

“妈妈!”

絮儿再次想辩解，但还是被李心兰打断了：“这件事不要再说了，你们这些小女生头脑简单，他带你们去参观他家的别墅，看他的名牌跑车，看他家多有钱！忽然接触到这么奢华的一面，你们的脑袋还够用吗？还不得一个个被迷得找不到北?”

一向乖巧的絮儿激动地站起来，大声说：“妈妈，你什么时候这么不讲道理，这么野蛮？事情根本不是这样的，柳浩也根本不是你说的这种人！他从来不坐他家的私家车上学，都和同学一样挤公车！他没有想显摆，只是……只是……只是想大家一起聚聚，轻松一下，也增进彼此的友谊！您！为什么要如此歪曲人家的意图?”

“他什么都好，是吗?”

李心兰的双眼一眨不眨地看着絮儿，那种眼神让絮儿很不舒服。

絮儿也知道，自己为柳浩的辩解显然让妈妈更加误会……长这么大，她可是第一次这样和妈妈说话，而妈妈也是第一次这么蛮不讲理，这让她一时不知如何应对。

絮儿咬着唇生生吞下想说服妈妈的话，赌气地拿了书包就往外走：“妈妈，现在我不跟您说话，请您也好好想想。”

走出家门，走出小区，走到公车站，絮儿没有停下来等车，而是继续直冲冲地往前走，她需要冷静一下。

为什么一提到柳浩妈妈就像变了一个人？难道妈妈就这么不相信自己的女儿？认为她那么花痴地想做灰姑娘想疯了？

絮儿大大的眼睛里含满了委屈的泪水，她真的从来没有这个想法，妈妈一直是那么通情理那么开明的人，为什么突然变得这么不可理喻？

一边走一边想，可是她怎么也想不通。

连乐乐都说妈妈是天下最开明的妈妈，可是……偏偏在这件事情上显得那么偏激，而且野蛮，根本不听自己解释。

一个人走了老远，絮儿总算是冷静下来，心里知道妈妈是担心她，又后悔刚才自己的反应是不是也过激了，想打个电话给妈妈，又不甘心。因为明明是妈妈先不讲理的，要打也应该是妈妈先打给她，可是，她就这么冲出来，妈妈居然也不闻不问？

拿着手机想了半天，絮儿改拨了乐乐的电话。

“絮儿？吃好了？”

乐乐也正在去学校的路上，她有时候骑单车，有时候步行，反正很近怎么都行。

“嗯。”

絮儿闷闷地应了一声，听到乐乐的声音，所有的委屈一下涌上来让她一时说不出话来……

乐乐也听出不对，忙问道：“怎么了？出什么事了？”

絮儿撇着小嘴终于嘟囔了一句：“妈妈太不讲道理了！”

这一开口，她索性生气地说：“她是天下最不讲道理的妈妈！我以后什么事都不告诉她了！”

乐乐在那边吓了一跳，忙故作轻松地问道：“喂喂，到底怎么了？柳絮儿同学也会生这么大的气，难得哟！说说看，到底怎么了？”

她的确很奇怪，因为柳絮儿的性子是就算急也发不出脾气的那种，从小到大，第一次见絮儿这样，而且她所说的还是她妈妈！

因为两人要好的缘故，乐乐也经常会去絮儿家玩，对于絮儿的妈妈印象非常非常好，美丽、温柔、优雅……几乎一个女人所有的优点都集中在她身上了，而且经常和她们一起聊天，一起玩，完全没有家长的架子。

今天这是怎么了？

最乖的乖乖女和最开明的妈妈之间开火了？

李心兰并不是不知道自己的态度是粗暴的，但是她无法将其中的原因告诉絮儿，只能第一次在女儿面前不讲道理地对她的事横加阻拦。

看着絮儿委屈的背影，李心兰痛苦地将脸埋在手心里。

她想起了很多很多——自己也曾经像絮儿一样天真无邪……可是，自己的无知和鲁莽才造成了今天这样的局面，她不止一次地在心里狠狠地骂自己，她多怕絮儿跟她一样，背负沉重的感情孽债，何况……柳浩那孩子絮儿绝对绝对不能接近，不能！

想到这里，李心兰又硬起心肠。

本来想打个电话跟絮儿和解，因为她们母女俩可以说是第一次这样针锋相对，絮儿心里一定很难过，但她拿起电话还是又放下了。

暂时还是不要去打扰她吧，这一次，无论如何不能答应她，等她心里平静些，母女俩再好好谈谈，可能她会接受也说不定。

李心兰只能这样安慰自己。

她走到客厅里那架钢琴旁，轻轻掀开琴盖，修长的手指顺着琴键轻轻一拨，带出一串清脆悦耳的声音，令她烦躁的心情冷静不少。她索性坐下，微微闭上眼睛，弹起她最爱的那首《爱的协奏曲》。

往事一幕幕，曾经的欢笑与忧伤，曾经的爱与恨，曾经年轻的那些岁月……一一在脑海中浮现，泪水不知不觉模糊了双眼。

忍耐啊，李心兰！忍耐！

你现在所拥有的，已经是上帝的恩赐……所以，继续忍耐吧！

絮儿，原谅妈妈！原谅妈妈！

柳絮儿此时正和乐乐讲着电话，她听不到妈妈的心声，因为妈妈心里那个忧伤的世界对她紧紧封锁着，她看到的只是李心兰努力伪装出来的，开朗、乐观、幸福的妈妈！

絮儿很委屈地噘起小嘴，在电话里对乐乐说：“我说我妈妈不会同意的吧。”

她已经在街道旁边绿荫处的长椅上坐下来，烦恼地叹着气。

乐乐歪着脑袋很慎重地考虑了一下，缓缓地说：“其实，我觉得你妈妈说的也有一定道理。”

絮儿不依了，说：“什么嘛，连你也帮着我妈妈说话？”

乐乐忙说：“不是这意思啦，絮儿。我是说……站在妈妈们的角度来想的话，她的担心也不是多余的……”

絮儿的小情绪还在，不服气地说：“那别的妈妈怎么没有反对？你妈妈有这么说吗？”

“我老妈哪能跟你妈妈比！”

乐乐一撇小嘴，自嘲地说：“说得难听点我老妈就是一土包子，成天只知道好好学习天天向上，根本没接触过什么‘上流社会’，所以，她倒也不往这方面想。不过絮儿……我说了你别不高兴。”

“怎么呢？”

絮儿不明白她到底要说什么，怎么忽然这么慎重？

乐乐在那边考虑了一阵，才说：“会不会……你妈妈在这方面有什么不好的经历……所以，她才对此特别在意，因为不想你重蹈覆辙啊！”

乐乐刚说完，絮儿就反驳说：“于乐乐！你的脑洞可真大，别乱讲，我爸爸可是我妈妈的初恋呢。”

乐乐忙解释说：“不一定是本人啊，也可能是你妈妈身边的姐妹什么的，有过这样的经历呢？反正，我的意思是你妈妈对于有钱人相当排斥。你想，平时你妈妈是多么的通情达理，什么时候这么粗暴过？没有吧？为什么独独这件事，她会反对得如此强烈？而且，你也说了，你第一天提到柳浩的时候，就感觉出来你妈妈对他有成见，对不对？”

絮儿在这边缓缓地点头：“是，第一次提到柳浩的时候，妈妈的反应也的确有点不对。”

乐乐有些得意地说："对嘛，所以说她肯定是成见太深了。你也不要多想，咱们明的不行，来暗的。"

絮儿问道："什么意思？"

乐乐在电话里说："咳咳！既然你妈妈反对得这么强烈，不惜和你这个宝贝女儿翻脸，可这次柳浩的生日PARTY，你又必须得去，你还答应人家弹曲助兴的呢。所以，不如到时候咱们想办法撒个小谎不就好了。"

絮儿惊讶地说："你说要骗我妈妈？"

乐乐不以为然地说："怎么啦？你不会没对你妈撒过谎吧？"

絮儿迟疑地说："这个……的确有点难，我从小就不会说谎，一说我妈妈准能看穿。"

乐乐胸有成竹地说："这个包在我身上，嘿嘿！"

完了她又笑嘻嘻地问道："怎么，第一次和你妈吵架吧？是不是特难受？"

絮儿不好意思地嘟起小嘴，小声说："是有一点儿啦！"

乐乐爽朗地一笑，说："哎，多大点事呀！慢慢就习惯了，我们长大了，肯定会有很多事情和大人们想不到一块儿去的，吵架的事后面还多着呢。"

絮儿还是有点小纠结："嗯，可是，晚上回去怎么办？现在都不知道怎么面对我妈。"

乐乐大大咧咧地说："该怎么样还怎么样呗，母女俩吵架还记仇吗？你还是主动和解算了，不管怎么说，你妈也是为你好嘛。"

絮儿轻轻叹口气，说："好吧，知道了。"

和乐乐这通电话一聊，絮儿原本烦躁的心情已经好了许多。

也许这是成长必经的烦恼吧，自己以前很乖，妈妈又很开明，所以几乎没有任何矛盾，但是现在看来，好像母女两个之间开始有分歧了。

第九章　不同的亲情

柳絮儿晚上下了自习回到家的时候，发现只有门厅的灯亮着，妈妈第一次没有为她等门，居然已经先睡了。

她本来一路上还在想着，要怎么面对妈妈，毕竟是第一次和妈妈翻脸，虽然彼此也都没有说什么很严重的话，可是，她还是感觉挺难为情。要怎么开口，第一句话要说什么？她想了很久，但现在……看来都用不着了。

絮儿很无趣地去冲了凉，换上长长的卡通睡袍，回自己房间看了会书。心里终究还是放不下，她也不相信妈妈跟她吵完架，居然能比平时睡得更早、更安心？

于是，犹豫一会儿，她还是悄悄溜到妈妈的卧室，爬上床，在黑暗中轻轻搂着妈妈，低声说："妈妈……我爱你！"

李心兰的心剧烈地痛了一下，黑暗中伸手搂过絮儿，强忍着夺眶而出的眼泪，尽量让自己平静地说："乖，宝贝！"

絮儿原本以为妈妈还在生自己的气，这时才松了口气，撒娇地将脸蛋贴到妈妈脸上，笑了。一切都不用解释，天生的血脉相连，就像乐乐说的一样，母女俩吵架还记仇吗？

当然记不起来。

李心兰轻轻抚摸着絮儿的小脑袋，说不出话来。

如此乖巧可爱的女儿，上天对她何等优待！

这一刻，她心里甚至没有了任何怨恨，只要女儿和她在一起，能体谅她，她还奢求什么呢？

良久，她才拍拍絮儿的脸蛋，轻声说："宝贝！不早了，去睡吧，明天还要早起。"

絮儿赖在那里不走，更紧地搂着她的脖子说：“不嘛，妈妈，今天我要跟你一起睡。”

黑暗中李心兰露出欣慰的笑容。

母女两个第一次吵架，倒让两人更加亲密，这是她没有想到的事。她今天没有等絮儿，就是想到絮儿可能会不知如何面对；而她，为了不让絮儿去参加那个PARTY，这一次本打算强硬到底的，至少让絮儿知道她是认真的。

但是，没想到，女儿居然会主动来和解，而且用这样一种令她窝心的方式!

呵!

她没有做错，生下这个宝贝女儿，她没做错!

两人都没有再提到柳浩这个人，更没有提到那件事。

李心兰原本也有想过趁机让絮儿说出“不去参加”的承诺，但是，想想还是没有忍心，去破坏现在如此亲昵的气氛；而絮儿，也是一样的心思，躺在妈妈怀里，她才决定了接受乐乐的建议。也许偶尔撒个小谎，也是可以的吧？为了不让妈妈担心而撒的谎，是可以原谅的吧？因为不是还有“善意的谎言”吗？

和妈妈争吵之后，絮儿倒是更黏妈妈。她的性子里有几分柔弱，也许因为在李心兰精心的关爱下长大，几乎没有机会接触到任何不良的东西，从小到大她是乖巧懂事，人见人爱，也几乎没有受过任何挫折，她还不知道什么是坚强。

这一夜，李心兰几乎没有入睡。

感受着身旁女儿均匀的呼吸，她的心无法平静。

干脆逃走吧!

带着女儿远走高飞，不管到哪里都好，她相信自己能养活自己和女儿，她至少还有一技之长！在没有絮儿以前，她一直是钢琴老师，后来有了絮儿，为了能全心全意照顾絮儿，才辞去了工作。

如果她真的能带着絮儿离开这里，去过自由的生活，那该多好……

可是，她又该如何向絮儿解释这一切?

絮儿能接受吗？能原谅她吗?

不，她不敢冒这个险!

她唯一的絮儿。

这天晚上乐乐回到家里，放下书包就兴冲冲地对等着她的妈妈说："老妈，告诉你个好消息!"

"什么好消息?"

"絮儿终于和她妈妈吵架了!"

乐乐一副兴高采烈的样子，接过妈妈递过来的睡衣，就往洗漱间走，她妈妈在身后狠狠拍了她脑袋一巴掌，说："你这丫头！絮儿不是你最好的朋友么，她和她妈妈吵架就把你乐成这样?"

"哎哟!"

乐乐夸张地大叫一声，回过身子冲她老妈说："我是不是你亲生女儿啊，拍傻了怎么办？这您就不懂了吧！我高兴，是因为絮儿终于长大了，有自己的主见，不再是什么都听妈妈的了，这有什么不对！话说……"

她自己停下来想了想，说："好像这一次……应该是您高兴才对，因为这次吵架的主要原因，我觉得还是絮儿那个开明的妈妈，终于也像老妈你一样蛮不讲理了!"

乐乐妈妈哭笑不得，佯怒道："你这丫头，越说越没谱!"

见妈妈举手又要打她，吓得她赶紧溜进浴室，还不忘露出脑袋，冲她老妈扮鬼脸。

乐乐妈妈王丽其实也不老，只是和絮儿妈妈李心兰是完全不同的风格。做了多年的小学老师，年轻的时候也时尚过，可自从有了乐乐，身材日渐发福，加上家境并不富裕，衣着上也越来越朴实，不像李心兰那样不管什么时候都打扮得体，举止优雅。

乐乐不说了，她妈妈倒忍不住问起来：“絮儿这孩子一向挺乖的，她们为什么吵架了？”

两个女孩子要好了这么多年，两个家庭的父母就算平时很少来往，可对彼此家的情况也都算得上了解，对两个孩子更是了若指掌。

乐乐在里面一边冲凉一边说：“其实絮儿也没做什么错事，这次的确是她妈妈有点担心过头了。不是跟您说过我们班有一富二代吗？她妈妈不准她和人家走得太近不说，连这次全班都去的生日PARTY也不让去……好像还说了一些奇怪的话！所以，絮儿就终于学会反抗了。”

乐乐在浴室里面，她妈妈在外间，两人就隔了一层玻璃聊起来。

听完乐乐的话，她妈妈也是不以为然地笑笑，说：“是有点过分了，孩子们之间你来我往不是挺正常的嘛。她妈妈一向也很开明，怎么这次这么想不开？”

乐乐对自己的妈妈很是不屑地说：“您懂什么呀！要我说，她妈妈担心的也不多余。”

王丽好奇地问道：“怎么？难道絮儿和那孩子真有什么？”

乐乐一边冲澡一边头头是道地说：“目前倒没有，这不才开学嘛。但是，很难说啊。絮儿长得漂亮又多才多艺，从小就好多男生喜欢的。柳浩不知道在哪知道絮儿会弹钢琴，还邀请她到时候弹琴助兴呢。”

王丽在外面听着微微皱了皱眉头，说：“这么说的话，絮儿不去也好，你们刚进高中，正是学习的时候，真来个早恋什么的耽误的是絮儿。那孩子家庭好学不学无所谓，你们可不一样啊！”

乐乐在里面高声反驳道：“早什么恋啊！恋爱不分早晚！”

王丽恨恨地说：“你倒是敢给我恋一个试试看！我不剥了你的皮！不好好学习，尽想这些没用的……”

乐乐洗完出来，一边擦着湿湿的短发，一边调侃道：“老妈，亏您还是人民教师，您就这觉悟？”

王丽笑着打了下她，又不忘叮嘱说：“别人我不管，你，可给我老实点，别给我惹乱子，那什么富二代之类的，能出什么好人？就算是好人，咱也高攀不上，趁早别想!”

乐乐停了手上的动作，转头盯着妈妈说：“瞧，你刚还说絮儿妈妈担心得多余，这不是一样一样的嘛!”

她妈妈也不理她的抢白，走出去，大大地打了个哈欠，说：“好了，看会儿书早点睡觉，我也困了，还要改会儿作业本。”

乐乐看着自己妈妈完全没有形象的样子，在后面直摇头。

优雅，她老妈这辈子算是学不会了，怎么也是一人民教师，倒像是市井妇人似的。衣服穿得土里土气，说话大声大气，买东西斤斤计较，一天到晚就爱唠叨!

她冲着镜子里的自己撇撇嘴，笑了。

有什么样的老妈，就有什么样的女儿，所以自己和絮儿的性格也是天差地别，不过幸好，她们算是互补型的，所以这么多年相处愉快、情同手足!

开学才三天，王维刚刚和珊妮谈好了让她现在别回家的事情，紧接着，就接到陶淘上课不听讲开小差的报告。而且，答应过他上课不捣乱，便选择在课堂上“隐形”的陶淘终于还是和老师发生了正面冲突。

高一年级二班的物理老师姓吴，是一个年过半百，比较传统也比较严厉的男老师。陶淘不仅上课不听讲，而且还在言语上顶撞了这位老师，气得这位老师下课就跑去找王维理论，直言育林高中什么时候收进了这么没有教养的学生？王维只得好言安慰，并且说会好好教育陶淘同学。

放学后，王维将陶淘叫到学校操场谈话，现在是吃饭时间，操场上没有什么人。陶淘自然知道王维为什么找他，也准备很老实地站那听王维唠叨。

但是，王维很久都没有开口，他在考虑要说什么怎么说才能有效果。

讲道理？这小子什么道理都懂，他只是一任性起来就什么都忘了。

现在是高中了，不是幼儿园、小学、初中，以前的老师对学生的包容度会高很多，毕竟当你是小孩子，可是一个高中生说大不大，说小也不小了，该懂的道理也都懂了。而且育林高中一向校风严谨，老师们对于顽劣的学生容忍度很低……陶淘如果不知道收敛，就这样下去用不了多久，就可以把老师一个一个都得罪干净。

该拿他怎么办？

沉默许久，王维才看着他，感慨地说："陶淘，你今年要十六岁了。你这个年纪也算是长大了，不要再那么任性好吗？有时候一时的任性，也许会让自己一生都无法弥补。你是男人，要学会承担，承担两个字里就包含了隐忍。人这一生哪，很多事情由不得自己……"

陶淘低着头，脚尖有一下没一下得划着地面，也不知道到底有没有在听。

王维叹口气，拍拍他的肩，低声凝重地说："如果……你不想一辈子，被当作她的宠物一样养着（陶淘曾经跟他说过类似的话），你知道该怎么做吗？以前你还是孩子，但是现在，我希望你已经长大了，真正懂事了！好好学习，让自己变得强大起来吧。只有这样，你才能坦然地活着！"

陶淘破天荒地没有顶嘴，紧紧咬着唇，眼睛直直地看着地面。

坦然地活着，不用躲躲闪闪见不得光，不用害怕交朋友，害怕别人关注的目光——这是他的梦想！

第十章　第一次说谎

柳浩的生日是下个周末，乐乐和很多女生一样，这周就在考虑她要穿什么衣服。但是絮儿就没得考虑了，因为她得瞒着妈妈，出门的时候自然不能穿得太漂亮，得尽量和平时一样，到时候能如愿参加就不错了吧？

乐乐让絮儿对妈妈撒个小谎，在参加PARTY那天说是去乐乐家了，这在以前也是挺正常的事，应该不会引起絮儿妈妈的怀疑。絮儿很庆幸当时没有跟妈妈讲柳浩生日是哪一天，不然，这谎就无论如何也说不过去了。

中午吃饭的时候，乐乐忍不住也帮絮儿出起主意，提议说："絮儿，不如你挑好衣服到时候带出来，到我家换？"

絮儿摇摇头，说："算了，万一引起妈妈注意反而麻烦了。"

乐乐歪着脑袋想了下，拍拍絮儿的脑袋说："不怕，我们俩身材差不多，你穿我的衣服好了……只不过，我没你那种小淑女的衣服。"

絮儿笑了，说："好啦，别为我伤脑筋了，就是同学们一起去玩么，我就穿平时的衣服，也不至于丢人现眼吧？"

乐乐忽然一脸惆怅的样子，说："那倒是！我们家絮儿穿什么都是小美女！可我想想实在找不出一件合适的衣服，你知道的，我夏天的衣服除了T恤，还是T恤，连条像样的裙子都没有，也没有穿得出去的泳衣……不如，这个周末我们去逛逛街吧？正好有合适的你也可以先买了放我这，不带回家你妈妈总发现不了了吧？"

絮儿笑着点头。

她在想，估计这个周末全班女生都会去逛街了！以她们这个年纪，这样"隆重"的PARTY，之前可没有多少人参加过，所以肯定都想把自己打扮成最漂亮的小公主，哪个女孩子不爱美呢！

乐乐忽然问道："对了，陶淘有没有欺负你？"

絮儿怔了一下，迟疑地摇头："这倒没有……"

因为之前班会的时候，老师顺便调了一下座位，乐乐和絮儿分开了，陶淘这家伙倒是调到絮儿旁边了，所以，乐乐才会有此一问。

其实陶淘坐到旁边来之后，也并没做什么出格的事，好像很多时候都是絮儿反应过度。对这一点，絮儿很有些不好意思，只是一时之间还无法克服。比如陶淘只要一叫她，或者一碰到她，她就会马上全神戒备起来……然后倒把陶淘弄得很没趣。

想到这絮儿忍不住笑了。

乐乐看她一眼，一边吃饭，一边别有用心地问："什么事一个人藏着偷笑啊？"

"哪有……"

絮儿正准备说话，忽然旁边的座位上坐下一个人，那人也不问一声是否有人，直接来了就坐，坐下就自顾自开吃，她本能地扭头一看——什么叫说曹操曹操就到啊！

坐她旁边的居然是陶淘。

乐乐轻轻敲了下陶淘的餐盘，不客气地说："喂喂，也不问下有没有人你就知道是留给你的啊？"

"嗯哼！"

陶淘大大咧咧地应一声，继续吃他的东西。

乐乐无奈地笑笑，说："话说，我们刚刚在说你呢，你就跑来了。"

"说我什么？"

"问你有没欺负我们的絮儿啊。"

"欺负？"

陶淘抬起头来，非常无辜地看着乐乐，然后扭头看一眼絮儿，非常非常可怜地说："于乐乐，你说点别的好吗？柳絮儿现在当我是毛毛虫一样……"

他话还没说完，于乐乐的眼睛已经瞪得圆圆的，然后眯成一条缝笑开了，一边笑，一边看着絮儿说："他是毛毛虫？哈哈！絮儿，笑死我了！"

絮儿忙反驳说："我哪有……哪有！"

然后自己红了脸低头吃饭，整个脸都要埋到餐盘里去了。

陶淘似乎给乐乐提起伤心事，想给自己讨回公道，索性转过身面对絮儿，一脸苦恼的样子，问道："我说，柳絮儿同学，你今年几岁了？"

他一副要吃人的样子，乐乐当然也不能坐视不理，忙瞪了陶淘一眼，说："你想干吗?"

陶淘一脸苦恼地说："我很无奈啊，你知道这丫头怕我到什么程度吗？我不小心路过碰到她一下，她都要跳起来……"

他用探究的眼神看着絮儿，继续说："我真有那么可怕吗？还是……我真有毛毛虫血统?"

"毛毛虫血统!"

乐乐在一旁笑翻了，连絮儿也忍不住笑出声，可是本来正在努力吃东西，这一笑就呛着了，猛烈地咳嗽起来。

乐乐又瞪了陶淘一眼，陶淘摇着头叹气，忙将絮儿的饮料递给她。

喝了几口饮料勉强控制住咳嗽，又擦了擦咳出来的眼泪，絮儿偷看了陶淘一眼，很抱歉地说："对不起！可是……我也不是有意的。就是……有那么点害怕你突然恶作剧，所以……"

陶淘摇头叹气，低头继续吃东西，他能说什么呢?

大概真是自己以前作孽太多吧!

就算最初他还有点想恶作剧的心思，现在也是半点兴趣都没了。

为了让妈妈不太注意到下个周末的不同，絮儿决定干脆这周就跟妈妈说去乐乐家玩，这样，下周再去，妈妈应该更不会在意了。

对此，乐乐也很赞同。这样这周末两个人就可以一起做作业，一起上补习班，然后一起逛街买衣服。

两个孩子黏在一起，对于两家的大人来说都已经不是什么稀奇事，谁也不会太留意。

所以，当周五晚上吃晚饭的时候，絮儿小心翼翼地又尽量表现得很不经意的样子，说："妈妈，这周末我去乐乐家过可以吗?"

李心兰想都没想就答应了，说："可以呀，记得做作业，记得去上补习班，你们俩可别玩疯了就行了。"

然后顺带又补了一句："有时间也带乐乐回家玩，我给你们做好吃的。”

絮儿拼命点头，顺势说：“嗯嗯。这两周我去他们家，下下周乐乐就来我们家玩。”

李心兰温柔地看着她，说：“好的，到时候你记得提醒一下妈妈，多做点好吃的。”

絮儿乖巧地点头，提到嗓子眼的心终于放下了，看来撒谎并不是什么难事，一学就会啊！

絮儿想着自己的心事，没有注意李心兰似乎也有话要对她说的样子，直到李心兰开口说：“絮儿，妈妈也有事情跟你说。”

絮儿这才从自己的心事里爬出来，有些茫然，也有几分心虚地抬头看着妈妈，问道：“什么事呀，妈妈？”

李心兰微微一笑，说：“也不是什么大事啦，嗯……我从下周开始要去工作了。”

“工作？”

絮儿露出惊讶的表情，随即便迟疑地问道：“家里……生活费不够了吗？”

“你这孩子！”

李心兰笑容更深了，故意逗她说：“怎么？如果不够了，我们絮儿有什么办法？”

絮儿微微鼓起腮帮子，想了想，说：“妈妈可以少给我零花钱，我用不了那么多，另外……我有好多衣服啊玩具啊什么的，现在网上有二手市场的，专卖这些旧物，我想，把我的拿一部分去卖掉，应该有很多钱吧？妈妈用不着出去工作，实在不行，我周末可以找场子去弹钢琴，之前就有人找过我的……”

李心兰见絮儿越说越当真，忙阻止道：“好了好了，逗你的，赚钱的事现在还不用你操心，好好读书吧，不管谁找你，也别答应，知道了吗？妈妈呢，是不想在家闲得生锈了，到时候连絮儿也嫌弃妈妈一无是处，所以，才想去工作。而且，也不是什么很累的事情，还是教钢琴，就在我们住宅区旁边不远，有一家很大的琴行，你知道吧？”

絮儿想了想，点头说：“知道，上次还进去看过。妈妈是要去那里上课吗？”

“是的。”

李心兰笑笑，继续说：“在那里上课的学生好像还挺多的，他们有一个钢琴老师去了外地，所以要再聘一个，刚好我也想找点事做，看到他们的广告就去了……很轻松的，我的课都安排在上午，所以下午还是有足够的时间休息，为我们絮儿准备晚餐。”

絮儿嘟起小嘴，不满地说：“哼！妈妈去应征都不告诉我一声。”

李心兰轻轻敲下她的脑袋，说：“这不是正在告诉你嘛！”

絮儿也故意摆出一副小大人的样子说：“都已经决定下来了才说，应该先跟我商量才对吧？”

其实她心里已经接受了，因为她也知道，以前妈妈都是为了照顾她才辞了工作。现在，她平时上学的时候，中午不回家吃饭了，也就是差不多一整天都不在家，妈妈一个人在家的确是很无聊的，出去工作还可以散散心。

李心兰微微眯起眼睛，笑着说：“哟，忘了柳絮儿同学长大了，在家里有发言权了……对不起！是妈妈不好，要不，妈妈下周请你去吃大餐怎么样？”

絮儿差点答应下来，猛然一想，不对，下周不行……忙改口说：“还是等妈妈第一次拿薪水的时候，再请我吧。”

李心兰也想起之前絮儿说了和乐乐有约的事，自嘲地说：“哎，我都忘了我们絮儿下周有约了。你们两个丫头真是离开一会儿都不行呀！”

絮儿尽量让自己加速跳的心平静下来，笑着说：“妈妈吃醋了吗？”

李心兰也顺势开玩笑，说：“还真是……你跟乐乐，可比跟妈妈亲多了。”

絮儿撒娇地说："哪有，妈妈最好了。"

李心兰笑了，她并不知道，这不经意间，她这个宝贝乖女儿就完成了生平最完美的一个谎言……虽然在絮儿看来，这算得上是善意的谎言，只不过是不想让妈妈过分担心，当然也为了让自己能像别的同学一样参加那次聚会。

絮儿在心里说：妈妈不用担心，絮儿会乖乖的，不会闯祸的！这些天她也想了又想，很肯定自己不会被富有所诱惑，不会盲目地去做灰姑娘的梦，更不会轻易地爱上某个人……在她小小的脑袋中，想不出这样一次同学间的聚会，会有什么错？

第十一章　新衣风波

晚上睡觉的时候乐乐还打来电话，专门问絮儿是否"过关"，絮儿长长地舒口气，压低声音说："还好，妈妈根本没想别的。"

乐乐在那边不以为然地说："我就说简单嘛，大人有时候可没我们那么精明！还害我老人家跟着你瞎担心，这下子放心了吧？明天上补习完就直接到我家来吧？"

"嗯哪，不过，我可是说了，这两周周末我去你家，下下周你就得到我家来。"

"这个没问题！"

乐乐在那边嘿嘿地笑，说："我可是很怀念阿姨的手艺呀！"

絮儿很喜欢去乐乐家，她也喜欢看乐乐和妈妈没大没小地顶嘴，没头没脑地吵架，喜欢听乐乐妈妈唠叨。虽然，乐乐的妈妈没有自己妈妈那么漂亮，但是，也另有一种让人温暖的感觉。

同样的，乐乐也很喜欢去絮儿家，她喜欢看着絮儿妈妈李心兰那么优雅的身影，哪怕是烧菜做饭，都感觉与众不同，更喜欢和絮儿一起，伴着李心兰的钢琴声唱歌……每每在心里拿自己的妈妈和絮儿妈妈一比，就觉得很气馁。当然，这并不表示她不爱自己的妈妈，倒是爱之深，恨之切，很有点恨铁不成钢的味道！

咳咳，别以为只有父母对子女才会有这种感情，很多时候子女对父母一样会有。

周六下午的补习课上完以后，乐乐就和絮儿迅速转移到某商场，用乐乐的话说，她今天要血拼一把。她已经把她这么多年的压岁钱全拿出来了，下决心要从上到下装扮一新，最主要的是要改变下风格，让絮儿给她当参谋，也来淑女一下。

乐乐和絮儿性格不同，气质不同，肤色也不同。絮儿皮肤白净水灵，而乐乐是那种健康的、浅浅的小麦色。这种肤色让人看起来爽朗、阳光，但并不是什么颜色的衣服配上都好看的，所以两人将商场二楼的淑女专柜转了大半个，试了几套衣服，都没寻到合适的。要么是颜色太粉，和她的肤色不搭，要么是款式偏成熟，感觉也不太合适，乐乐不禁有些气馁。

絮儿安慰她说："不急，反正跟你妈妈说了不回家吃饭的，现在还早呢，慢慢看嘛。"

乐乐撇着小嘴，没有说什么，眼睛继续忙着在各种款式的女装上一一扫过，忽然她眼睛在前面不远处一家装修挺精致的专柜前停下，胳膊肘碰碰絮儿，低声说："你看，那是谁？"

絮儿顺着她的目光看去，笑了。

在那家专柜前试穿衣服的女孩子，不是许美艳吗？看来这周末真是很多女生都在逛街，都在花心思自我"包装"呢。

乐乐悄悄扮个鬼脸，拉着絮儿准备换个方向，免得跟许美艳撞上。但此时许美艳已经从镜子里看到她们两个，并且回头看了她们一眼。

"你们也在买衣服吗？正好，看看这身……漂亮吗？"

许美艳似乎并不经意地叫住她们，很大方地在镜子前面摆了个POSE，挺胸、收腹，下巴微微抬起，索性让乐乐和絮儿参谋起来。

她身上是一件深紫色的连身短裙，剪裁得很贴身，加上“V”形的低胸设计，将许美艳本来就比较丰盈的身材尽显无遗。

心直口快的乐乐说：“是不是太成熟了点，有点像少妇。”

许美艳的脸色微微变了下，看着镜子里的自己，矜持地左右扭动一下身体，慢悠悠地说：“这叫高贵，不懂别乱说。”

乐乐正要反唇相讥，已经闻到火药味的絮儿忙拉了她，回头对许美艳说：“我们不懂，乱说的，那个……乐乐，我们去那边看看吧。”

说完她还不忘对许美艳笑笑，拉着乐乐往另一边走去。

走了好远，乐乐忽然定定地看着絮儿，一本正经地问道：“她高贵吗？”

絮儿叹口气，笑着说：“那你也不能说人家像少妇嘛，她跟我们差不多大，给你那么说，肯定不高兴呀。”

乐乐自己撇了撇小嘴，说：“算了，我是有点讨厌她那么招摇啦，可能是我说话太毒了！”

絮儿一边拉着她看衣服，一边好笑地说：“你呀，知道就好。”

乐乐不屑地说：“这丫头就仗着柳浩好说话，一直黏着人家，也不知道害臊。”

乐乐撇撇小嘴，说：“这你就不懂了，这叫造势。就是要让人家都误以为她是他女朋友，别的女孩子就不好打他主意了啊。”

她的眼睛忍不住又晃到许美艳所在的方向，小声问道：“你说……柳浩真喜欢那种风格吗？”

絮儿还有点茫然，看到乐乐还在看许美艳，这才明白她的意思，笑笑说：“这也说不准，不过……我们还是高中生，穿得太成熟不太好吧？”

乐乐点头说：“这倒也是。”

絮儿忽然眼前一亮，指着前面一个模特说：“看，这套衣服不错，你穿起来肯定漂亮。”

那是一件纯白的小背心，肩带很纤细，里面配一件橙色的小抹胸，下面配了一条折皱的小牛仔裙，腰间松松地系一条和抹胸同色的宽皮带，整个看起来非常亮眼，也非常俏皮可爱。

这风格和乐乐的气质很搭，这是絮儿第一眼的感觉。

乐乐看了看，也回头满意地对絮儿说：“说不定就是它了。”

“试试看吧！”

絮儿将她的书包接过来，好方便她试衣服，旁边的营业员也主动走过来招呼她们，看好尺码，拿了一套给乐乐。

当乐乐从试衣间出来的时候，和絮儿对望一眼，两个人不约而同地点头。

果然还是不要什么成熟、高贵的装扮，像她们这么年轻的小姑娘，穿得越简洁、越清爽，看起来越舒服。乐乐的性子本来就活泼、开朗，有时候甚至可以说是泼辣，太过淑女的衣服也不适合，像这种小背心、小短裙，配上她的短发，倒是格外俏丽。

买好衣服，乐乐又去买了双运动鞋、一个小背包和衣服搭配。本来她是想让絮儿也买一套的，可是，絮儿还是担心会被妈妈看出什么，什么也没敢买。毕竟平时她有哪些衣服妈妈可是一清二楚，突然多出来一套，不可能不知道。

两人回到乐乐家，乐乐迫不及待地对着镜子，再一次试穿今天买的新衣服，自己在镜子前面臭美。

这时乐乐妈妈推门进来说：“水已经放好了，两个小丫头快点洗洗，睡觉吧。”

絮儿乖巧地说：“就来，阿姨！”

王丽亲切地摸摸絮儿的脑袋，说：“还是絮儿乖，于乐乐，尽在那臭美啥，咦，这是今天买的衣服吗？”

她这才上下打量着乐乐，说：“于乐乐你还从上到下焕然一新呢，怎么一下子买这么多？又花了多少钱？”

乐乐有几分心虚地冲她妈妈扮个鬼脸，说：“花多少钱也不要你管，这是我的私房钱。老妈，你去睡吧，我们这么大人了，不用管我们。”

王丽可不同意她的想法，说：“你这孩子！什么叫私房钱？就算是压岁钱那也是你老妈老爸给别人，别人才会给你，懂不懂？你有赚过一分钱吗？”

乐乐嘬起小嘴，说：“行了，我知道了。人家也不是天天买衣服，柳浩过生日的时候大家都穿得漂漂亮亮的，你就希望你女儿穿得像个土包子一样嘛！”

听她这么说，王丽眉头皱起来，说：“人家过生日你跟着瞎起什么哄啊，不就是一起吃个饭，玩玩闹闹嘛，还专门为这个去买了……一整套？”

乐乐见跟妈妈越说越说不清楚，干脆气鼓鼓的不说话。

眼看母女两个又少不得要吵几句，絮儿笑笑，拿了乐乐的睡衣，径自冲凉去了，把地盘让给她们。她经常来乐乐家，乐乐和妈妈争吵也从来不避她，已经习以为常了。在她看来，这也是一种交流方式吧？只是比较特别而已。再怎么吵啊吵啊，转眼就又笑了，乐乐常说的，母女俩吵架哪里会记仇呀！

果然外面母女两个，气呼呼地争了几句，一会儿又传来乐乐笑嘻嘻的声音：“我就知道妈妈最好了！”

王丽嫌弃的声音：“行了行了，赶紧脱下来明天给洗洗，多少人试过的你就这么穿上，也不嫌脏！”

絮儿听着外面的动静，默默地笑了。

第十二章　成长的快乐和烦恼

陶淘最近居然开始用功了，虽然还是一回到家就钻进自己房间不出来，到半夜十二点多才睡觉，但是不再像以前一样拼命玩游戏，而是在学习。当外婆给他送水果进去的时候，看到陶淘在书桌上写作业，还以为自己眼花……

看着她惊讶的表情，陶淘习惯性地皱了下眉头，说：“都说了多少遍了，不用送来，要吃我自己会去吃。”

“好的，外婆知道了。”

外婆也习惯地这样回答，但是准保第二天还是会送来，有时候她这种固执简直让陶淘崩溃，所以，他干脆不再搭理她，自顾自埋头写作业，随她去。

外婆非常开心地站在那里看着陶淘，眼睛都眯成了两条缝。这孩子长这么大，她还是第一次看到他主动学习……她的心里可不仅仅是欣慰，可以说是激动了。

陶淘有点受不了那样的目光，头也不抬地说：“您就准备在这站一晚上吗？睡觉去吧，我这没事了。”

外婆忙笑眯眯地说：“啊，好的，我这就走。你也别太晚了哈，早点休息……”

她一边说一边退了出去，又小心地带上房门。

看来这孩子真的长大了？

可是这转变似乎来得有点太突然了……会不会只是三分钟热度？

外婆心里不免还是有点担忧，但后来陶淘一连几天都是这样，甚至还主动提出周末要去上补习班……刚上初中的时候也给他报过补习班，可他几乎就没有规规矩矩去上过一次课，总是溜出去玩，打电动啊、泡网吧啊，有几次还跟别人打架，挂了彩回来。后来就没给他报补习班了，周末也交给王维，至少在王维那，他不会出去惹事。

有点一头雾水的外婆悄悄给王维打了电话，老人家有时候不太敢拿主意，孩子大了，到底是什么想法她也摸不透，她不知道该不该让陶淘去补习班。

王维倒是不太意外，在电话那边安慰地说："这是好事呀。您就别管他，随他去。"

外婆有点不放心地说："好的，我知道。只是……我还是有点担心，你说陶淘这回是真的转性了吗？"

王维想了想，说："这孩子也该长大了！您多给他点空间，让他自己把握吧。"

他猜想是自己上次那番话起了作用，觉得挺欣慰的，自己一番苦心总算没有白费。如果陶淘能从此改变了那种对什么都满不在乎，吊儿郎当的态度，认真学习，考上名牌大学什么的完全没有问题，对于陶淘的智商，王维还是很有信心的，只要他肯努力！

最主要的是，陶淘开始主动学习，这也表示他对人生有了新的认识，至少在准备为自己的人生做点努力。这些年他一直生活在妈妈的影子里，说实话，王维一直挺担心长此下去，孩子的心理太过灰暗，无法积极地面对以后的人生，现在看来，他真的想通了！

挂了电话，王维心里其实也有些兴奋，迟疑了片刻便拨通了陶淘的电话。听外婆的意思，这时候陶淘应该还没睡，他忽然很想和这个孩子聊几句。

陶淘其实还坐在书桌前做习题，却故意抱怨说："什么事啊，老师，这么晚了不让人睡觉了吗？"

王维笑笑，说："听说你想报补习班？"

陶淘一点儿都不意外，依然是那副没大没小的样子，说："外婆也真是，什么事都跑去问你，还真当你是自家人了。我这不是为你好么，省得周末也全给我霸占了，到时候找不到老婆怨我呀。”

“好了，你小子别乱扯，我问你，觉得哪几门课会比较吃力？”

“英语，还有物理……看到那老头儿就讨厌，所以……也学不进去。”

“敢情你都是给老师学的啊？喜欢的老师就多学一点儿，不喜欢的就不学？”

“这不是影响情绪嘛！你要给我换一美女老师，肯定不用补……”

“别贫嘴了你！”

王维打断他的话，问道：“还有吗？”

“让我想想……”

陶淘拿着电话爬到床上，舒服地伸开四肢，歪着脑袋很认真地想了想，说：“哎！要不语文也补补吧，那老师也挺烦的……”

他在这边一脸恶作剧的表情。

王维愣了一秒才反应过来，语文老师不就是说他吗？便故意生气地说：“怎么，嫌我烦？这好办啊，干脆给你换一班得了，连班主任也换了。”

陶淘笑得在床上打滚，还不忘取笑说：“哈哈！您还真生气啊？小气鬼。”

王维在这边无奈地笑笑，忽然用认真的语气说：“听说……你最近很用功？”

陶淘也收住笑，无所谓地说：“嗯。就当是吧。”

王维由衷地说：“这就好！这挺好！”

陶淘沉默了一会儿，低声说：“我也觉得挺好。”

“哦？”

这回答倒是有点出乎王维的意料，完全不是陶淘的风格。

陶淘的眼睛盯着天花板，带着些感伤的语气，说：“以前其实挺空虚，一心只觉得不公平，只想捣乱，跟谁都过不去，看谁都不顺眼，变着法儿地逗自己开心……但，其实，并不开心。我是该长大了，我是个男人，不能总一直这么下去吧？”

他忽然笑了，翻身坐起来，对着电话说：“你猜怎么着？我这么一想吧，就想得学点东西了，然后当我真的开始认真学习的时候，发现其实学习本身也是一种乐趣，而且……会让你觉得充实，不那么空虚。”

王维静静地听着，眼睛有点湿湿的，他是真的开心，甚至是感动。

虽然他教过的学生也不少了，但是没有一个学生像陶淘这般和他亲近，所以，也从来没有哪个学生像陶淘这样，如此真切地告诉他自己心理的成长历程。

是啊，这就是成长吧！

孩子，你长大了！

他在心里这么说，嘴上只说：“很好，很好！那么，陶淘同学，加油！”

“嗯嗯，王维老师，你也要加油啊！”

“我？”

王维愣了下，没反应过来。

“是啊，加油早点找个老婆呀！哈哈！”

陶淘大笑着挂了电话，不给他反击的机会。

再次躺下去，陶淘脸上挂着一种幸福的笑容，很开心。

他很喜欢王维，虽然也会跟王维使性子啊、吵啊、发脾气啊什么的，但，其实有很长一段时间他都在心里悄悄地希望王维是他爸爸，只是，他自己也知道这种可能性太小太小，几乎为零。

不过，现在这样也挺好的，不是吗？

王维既是他的长辈，又是他最好的朋友！

而最重要的，他知道王维一直关心他，在乎他……在他心里觉得，不管什么时候王维都不会抛弃他！

好吧，这就够了。

任性了这么多年，也烦了王维好几年，他第一次让王维这么开心吧？

所以，他自己也很开心！很开心！

絮儿周日下午补完课便回到自己家，昨晚乐乐拉着她讲了大半夜的悄悄话，两个人都没有睡好。

所以她回家就爬上床，准备补一会儿觉。

就在她挣扎在睡梦边缘的时候，手机响了，她摸了半天才从书包里摸出来，看也没看就贴到耳朵上，有气没力地说：“喂，谁呀？”

电话那边的人愣了一下，咽下本来想说的话，直接问道：“怎么这么没精神？生病了吗？”

絮儿睡得有点迷糊，没有听出来声音，只得问道：“你是谁？”

那边的人停顿了一下，用有些失望的语气自报家门：“我……是柳浩。”

絮儿压根儿没想到会是他，略为尴尬地说：“呃，你好，不好意思，我没睡醒。请问，有什么事吗？”

“是……有点。”

柳浩没有继续回答，而是关心地问：“生病了吗？听你说话好像不太舒服的样子。”

絮儿不好意思地说：“没有，只是没睡好，正准备补觉。”

然后又追问一次：“找我有事吗？”

柳浩在那边说：“其实也没什么，就是想确认一下，下个周末你一定会来吧？”

能确认吗？

这个问题絮儿有点头疼。

但是人家这么慎重地打电话来确认，说明人家重视这个生日会，她也不能太扫人家的兴，所以，很认真地想了想，说：“如果没有什么意外的话，会去的。”

柳浩听她这么说似乎已经很满意了，他也听出来絮儿的确很疲倦，便说：“好吧，那你休息吧，一会儿见！”

结束和絮儿的通话，柳浩拿着手机，半躺在落地窗前的摇椅上发呆。

柳浩的妈妈苏玉走过来问道："浩浩，想什么呢？"

这是一个典型的贵妇人，打扮很入时，一件米黄色的洋装，配上美发师精心打理过的，微卷的长发，加上保养得好，看起来也就三十岁左右的样子。

苏玉本身出身名门，老公是门当户对，这一生她就不知道穷字怎么写，与生俱来的优越感，让她虽然除了享乐之外无所事事，却能时时抬起高傲的下巴。她和柳浩的爸爸柳越生都是独子，所以，其实是两家的联姻成就了现在的正大集团。当然所有的一切都是柳越生打理，苏玉只需要从大小姐变成贵夫人，该怎么享受还怎么享受。

她的生活平时也安排得颇为丰富，今天是难得在家，居然看到宝贝儿子一个人坐在这发了半天呆，一动不动，忽然想起来自己的儿子也进入青春期了，有了心事？

看她一脸好奇的样子，柳浩懒洋洋地说："什么也没想，妈妈今天怎么没出去？"

苏玉撇着嘴说："懒得出去，一天来来去去就是那些活动，挺腻味的。"

顺势在摇椅的扶手上坐下来，问道："你呢？年轻人不是应该很有活力，到处乱跑的么，怎么待这不动了？"

柳浩笑嘻嘻地说："跟你说的一样，跑腻味了呗。"

苏玉一边观察着他的表情，一边试探地问道："不对吧，我儿子有心事？"

柳浩漫不经心地说："哪有……我说妈妈，你注意力别放我这啊，该看着的是老爸，小心他在外面……到时候够你受的。"

苏玉摆出一个不屑的表情，说："你爸才不会呢。"

柳浩并不相信地说："真的？"

苏玉凶悍地说："他敢！他找一个，我灭一个！你以为你妈妈我是吃素的呢？"

柳浩吐吐舌头，闭嘴不说话。

苏玉眯着眼睛上下打量着他，好奇地凑过来问道："浩浩，真的有女朋友了？"

柳浩否认："没——有！"

柳浩站起来，长长地舒展下身体，说："八字还没一撇呢，妈妈你就别操心了！"

"切！"

苏玉咬牙，恨恨地拍了他一下，说："你小子翅膀硬了啊？是不是同学？"

柳浩笑嘻嘻地说："不告诉你！妈妈，我不吃晚饭了，上晚自习去了。"

他一边说一边开溜，往大厅右侧的旋转楼梯走去，他可不想继续被妈妈盘问。

苏玉看着柳浩的背影，倒是真的担起心来。

她并不希望儿子真的被哪个女生迷住，那可不是什么好事。

她在原地发了会儿呆，喃喃地自言自语："这小子！可别和他爸一样。"

第十三章　暴风雨来临之前（上）

柳浩的生日PARTY似乎成了育林高中一年级二班的某个节日，因为毕竟是这个班集体第一次聚会，以这种轻松休闲的方式，而且这里面多少包含点富贵人家的气派。虽然柳浩表示不会太铺张，但场地和一切招待的"硬件"，都是绝对一流的。

苏玉原来是准备在市区长住的家里，或者正大集团旗下的酒店为柳浩开PARTY，但后来柳浩觉得那样会有些局限，并不尽兴，便另外安排了地方。

那是柳家在郊区的一个大庄园。整座山林，整片湖泊，就他们家自建的一座庭院。光庭院围墙圈起来的地方就足有上千平方米，有别墅，有泳池，有花园、假山、回廊、凉庭、草坪……可以说是应有尽有，而且每一处都给人感觉恰到好处，独具匠心，华丽但并不张扬。院墙外面还有两排白色的住宅，是专门给平时在这里修剪花草、打扫卫生的工人以及安保人员居住的。再往外走一点，就是一片天然湖泊，绿水青山，景色宜人。

聚会是从周六下午一直到周日，也就是说，晚上大家也可以一起玩到很晚，彻底疯一下。这里也早就安排好若干客房，困了随时可以休息；食物都是苏玉请顶级大厨亲自准备的，不仅正餐非常丰盛，各种小点心也是相当精致而丰富，水果、饮料这些都准备得很充足，甚至还备了啤酒和红酒，这是柳浩的意思。十六岁虽然不像十八岁那样是标准的成人礼，但也表示自己长大了。在这种快乐的时候喝点酒也是助兴吧？生日蛋糕自然是必不可少，苏玉也已经预订好，会在晚上十点左右送到。

所有的一切都打点好了，苏玉还特别陪着笑容带着些乞求地问柳浩："真的……不能带上妈妈吗?"

柳浩回她一个灿烂的笑容，说："不——能!"

苏玉暗自咬牙，她还是很在意柳浩之前说的那个女孩子，很想知道究竟是谁，会不会对柳浩的未来造成影响……所以，本来想混进来打探下情报，哪知道柳浩一点儿都不通融。

周六下午不上补习班的同学，中午就被柳家的车接走了；下午有课的同学，下了课也有车在外面等着，基本上下午五点以前都能到达目的地。

这天几乎所有同学都穿上自己最漂亮的衣服，特别是女生。男生们因为平时的校服比较正统，今天自然就选择了比较休闲的风格，不外乎T恤、牛仔、休闲服之类的那几种搭配；而女生的花样就多了，虽然大多是裙装，裙子的款式可是五花八门，长裙、短裙、吊带裙、背带裙……

牛仔的、雪纺的、纯棉的……颜色则多以粉色系为主，毕竟都是十几岁的小姑娘。

这么一群盛装的少年人聚在一起，还真的是很赏心悦目。

柳浩很早就到庄园等候了，带先到的同学四处参观熟悉环境，也有棋、牌、桌球、网球等娱乐设施供他们消遣。

絮儿和乐乐因为下午有课，属于后到的一批同学。在车上的时候，就有同车的同学介绍说："你们看那里的湖，从那边开始，后面这全是柳浩他们家的，连这条路也是他们家修的……"

说话的女生叫王琪，平时和柳浩关系也很一般。

乐乐不禁奇怪地问道："你怎么知道这么多?"

王琪坐在前面副驾驶位置上，听乐乐问，回过身来看了她一眼，说："你去网上搜一下，什么都能搜到……柳家有哪些产业，柳浩爸爸的身家值多少，那些记者都有罗列并且计算出来。"

乐乐和絮儿对望一眼，笑了。

看来名人也不好做，现在那些娱乐记者八卦的本事是越来越强。

乐乐不经意地问了一句："柳浩爸爸经常被采访吗?"

她和絮儿一样，平时不怎么关注这些东西，所以，不是很清楚。

王琪摇头说："没有啦，柳浩爸爸很低调的，从来不接受采访，这些都是记者们自己去收集了写出来的。"

车子沿着湖泊绕了半圈，再转过几道弯，终于看到庭院的大门。

柳浩今天穿着那种很浅的粉红色T恤，米白色的休闲裤，非常帅气地站在那里等候着他的客人，身边还有几个同学不时和他聊着什么。他旁边就是一身浅蓝色洋装的许美艳，她到底是没有选被乐乐说像"少妇"的那条裙子。

"欢迎你们!"

柳浩很绅士地替她们打开车门，乐乐和絮儿相继下车，许美艳跟过来热情地说："里面请吧，大部分同学都已经来了，王维老师也在里面哦。"

她今天似乎又是以女主人自居，倒也没有人在意这些，乐乐暗自冲絮儿挑挑眉，和大家打过招呼，便拉着絮儿的手，径自往里走去。絮儿依然安静地对每个人微笑，从拥挤的城市，到这样宽阔的郊外，鸟语花香，人的心情也自然舒畅起来，这里真有些像世外桃源，让人可以暂时忘却世间的一切。

王维今天也很早就来了，看看并没什么帮得上忙的地方，便索性和几个男生一起玩起了桌球，陶淘来了以后也加入其中；女生们则三三两两在庭院里闲逛，或者在二楼大厅里唱唱歌，玩玩扑克、五子棋之类的；也有大大方方换上泳衣泡进泳池里的……在这个城市九月的天气还是很炎热的，私家泳池也不是家家都有的，难得有机会享受一下，何乐而不为?

柳浩一再说让大家尽量放松，当自己家一样，喜欢做什么就做什么，只要不拆了房子就行。大家也就顺从主人的意思，自己找乐子了。

今天所有人将在这里度过一个狂欢之夜，然而，这狂欢中会发生什么？谁也无法预料。

晚餐是自助式的，在另一幢房子的一楼，这里布置得和酒店的西餐厅一样，也是庄园专门招待客人的地方。从下午五点一直到晚上九点都是用餐时间，大家完全可以不紧不慢地享用丰盛的晚餐。

柳浩在礼节性地征得了王维同意之后，才当众宣布："今天我们不是孩子，不是学生，所以，饮料旁边的啤酒和红酒，请大家随意享用!"

没有不醉不归之类的"豪言"，但是几乎所有男生都放弃了饮料和果汁，选择了酒。在这么多女生面前，当然男生们都想表现得更MAN一些；甚至有不少女生也拿了红酒品尝，毕竟在他们这个年纪，被允许喝酒的日子并不多。

在经过饮料和酒水供应台的时候，絮儿自然地拿了一杯西瓜汁，而乐乐则稍稍犹豫了一下下，伸手拿了一杯红酒。

絮儿惊讶地看着她，乐乐转动着酒杯，看里面暗红色的液体流动，笑容可掬地说：“你不尝尝?”

絮儿忙摇头，又叮嘱说：“你可别喝醉了，小酒鬼!”

乐乐不在意地说：“放心吧，醉不了!”

两人找了个靠窗的桌子坐下，王琪也坐了过来，因为同在一个地方补习的缘故，再加上今天又同车过来，在这班刚刚接触的同学中，乐乐和絮儿也算是她比较熟悉的人了。

“哇，乐乐也喝酒吗?”

王琪惊讶地瞪着乐乐面前的红酒杯，乐乐得意地一笑，然后王琪便小声说：“我也去来一杯……”

她起身的时候还不忘看看絮儿，问道：“絮儿，你不要吗？要不我帮你拿一杯来?”

“啊，不用了。”

絮儿忙摇手，笑着说：“总得留一个清醒的，一会儿照顾你们两个醉鬼呀。”

王琪便自己去拿了杯红酒过来，还颇有架势地和乐乐碰杯：“Cheers!'

然后两人将酒杯放到唇边小小地啜了一口，乐乐倒是没什么，老妈平时虽然不让她喝，但是过年的时候会例外，所以，她其实还是有点酒量的。王琪似乎是第一次喝酒的样子，忍不住吐了吐舌头，直皱眉头，那样子把絮儿和乐乐都逗乐了。

乐乐取笑她，说：“王琪，你要不会喝就别喝了吧?”

王琪不服地说：“谁说不会了？再来。”

她端起酒杯，又和乐乐碰了下，然后很大气地喝了满满一口，脸蛋一下子成了红苹果。

乐乐在一旁偷笑，絮儿忙阻止说：“别急，慢慢喝，慢慢喝呀!”

王琪直吐舌头，脑袋已经有点晕了，嚷着：“呼呼！这东西真难喝。”

陶淘因为不想喝酒，就不想和男生坐一起，会被当成异类。所以也端了餐盘过来，在絮儿身边的位置上坐下，嘲弄地说：“哟，这也有俩酒鬼啊！”

王琪像发现新大陆一样夸张地惊呼道：“咦，陶淘你居然没喝酒？”

陶淘看着她那一脸通红的样子，笑嘻嘻地说：“大小姐，您不是这就醉了吧？谁规定今天必须喝酒？”

乐乐端起酒杯，说：“王琪，咱们别理他，来，我们喝。”

原来乐乐也没安好心，大有将王琪灌醉之意，陶淘看着她俩摇摇头，忽然拿起叉子伸到絮儿面前，说：“来，她们喝酒的碰杯子，咱们吃饭的碰下叉子。”

看絮儿一脸没反应过来的样子，便自顾自拿着叉子碰了下絮儿的叉子，然后才低头吃东西，絮儿好笑地看着他，说：“听说过拿饮料当酒碰的，没听说过拿餐具‘碰杯’……”

陶淘回头笑嘻嘻地说：“这是我发明的，有创意吧？”

絮儿笑了，这个人似乎永远喜欢做些出人意料的事情，还是很顽皮，但是，好像已经没有小时候那么“可恶”了。

乐乐不满他们两个那么“友爱”，倒把她冷落了，讪讪地说：“某人看来是洗心革面重新做人了？”

陶淘只顾着吃东西，头也不抬地说：“什么叫重新做人？某人本来一直就这样好不好。”

“切！”

乐乐话还没说出来，陶淘忽然抬头盯着她，恶狠狠地说：“不许翻旧账，都哪辈子的事了！女——人！”

乐乐才不怕他，反瞪着他说：“女人怎么了？自己喜欢做还怕人家说？”

陶淘送了一大口食物在嘴里，嘟囔着说：“懒得理你。”

絮儿笑着说：“你们俩还真是……欢喜冤家啊！”

她本来是想解围，但这句话可让两个人都不满，同时“切”出声。

因为“欢喜冤家”一般是用来指喜欢争争吵吵的情侣，乐乐更是大声说：“谁跟他是冤家啊，一边凉快去。”

陶淘也不示弱：“我可没招你，人家好好地跟絮儿聊天，你自己插嘴进来的好不好?”

见他们俩又要争起来，已经有些醉乎乎的王琪又端起酒杯，说：“乐乐，咱们……还喝酒，别理他，连酒都不敢喝的……男生……”

乐乐也拿不屑的眼神看着陶淘，连声附和着说：“就是就是，连酒都不敢喝的……胆小鬼。”

陶淘摇摇头，拿没救的眼神看她们，说：“那也比你们俩酒鬼好。”

他的确是不敢喝酒，因为他绝对不能醉，一个有秘密不能说的人，自然不能醉。

王琪显然根本没有酒量，一小杯都没喝完，就已经醉了，话也渐渐多起来，开始一个人没完没了地说话，估计在说什么连她都不知道。乐乐一边欣赏她的醉态，一边还不停地跟她碰杯，絮儿拦都拦不住这两人，陶淘则是在旁边看戏。

这还只是低度的红酒，幸好柳浩没有提供烈酒，不然，这两人肯定得当场倒下不可。

第十四章　暴风雨来临之前（下）

晚餐之后是舞会时间，大家聚在一起唱唱歌、跳跳舞，有什么特长的也都可以趁此机会展示一下。他们这年纪，会跳交际舞的没有几个，所以虽然说是舞会，还是以唱歌和表演为主。

年轻人本来就挺放得开，从下午到现在互相之间不熟的也混了个半熟了，加上很多同学都喝了点酒，气氛就更加活跃。在争先恐后的一番歌唱表演之后，柳浩邀请絮儿为大家弹奏一曲，这是他之前就说过的事，所以，絮儿也没推辞，大方地走向一直闲在旁边的钢琴。

《爱的协奏曲》不仅是李心兰最喜欢的曲子，也是絮儿的最爱，所以，她很自然地弹起了这首曲子。纤细的手指轻柔地在黑白琴键上舞动，一串串清脆、空灵的音符，让原本有些喧闹的大厅渐渐安静下来……絮儿自己也渐渐融入这音乐，脸上带着恬静的微笑，而这笑里，也蕴藏了几分淡淡的忧伤。

柳浩就站在她身边，倚着钢琴静静地看着她，脸上的表情有几分陶醉。

一曲终了，有人鼓起掌，同学们自然也都响应，絮儿羞涩地站起来鞠躬致谢，正准备回到原来的座位，柳浩拉住她说："不如，絮儿你来伴奏，我们大家来合唱好不好?"

他后面的话是问向其他的同学，同学们自然高喊："好!"

絮儿的兴致也起来了，略带点顽皮地问："是不是我弹什么大家唱什么?"

柳浩爽快地代大家回答说："没问题。"

于是，絮儿弹起了一首很欢快的曲调。

大家在一片哄笑声中齐声高唱："两只老虎，两只老虎，跑得快，跑得快……"

不一会儿，絮儿又换了曲子，反应快的就又跟上。就这样一首接一首，絮儿换得快，而唱得人多总有人能接上！合唱的魅力就在于所有人都能参与，而且"人多声众"，即使没有麦歌声也可以很嘹亮，气氛很热烈。

在絮儿引领大家唱了好多儿歌之后，不甘寂寞的同学们纷纷表演了自己的拿手节目，小提琴啊、二胡啊，都是自带乐器有备而来，最后所有乐器还在一起来了一次大合奏……欢乐的气氛在整个庄园里弥漫，平日里因为没有主人而孤寂的庄园今晚充满生气。

今晚几乎所有人都表演了节目，连王维都被同学们起哄拉起来唱了两首歌，但是，有一个人例外……

絮儿退出人群之后，将所有同学都仔细看了一遍，真的少了一个人：陶淘。

所有人都在这，唯独他不在，他一个人会去哪里？

絮儿本能地有点担心，她回头看看乐乐，乐乐还是醉意很浓，今天她和王琪两个人算是搭上伴了，都有点晕乎乎的，唱歌、起哄比谁都积极。刚才两个人还拉着柳浩合唱来着，惹得许美艳在下面只翻白眼；这会儿许美艳提议大家玩游戏，她们两个又早早地冲上去响应……

絮儿忍不住笑了，她还是第一次看到乐乐喝醉的样子，原来醉态如此可爱。再看看闹腾的人群，她决定一个人出去找找陶淘，大家都在这玩得开心，他一个人在外面做什么呢？

柳絮儿对这不熟，这会儿也已经是深夜，一个人也不太敢乱跑，幸好外面灯光、月光都挺明亮，并不觉得太可怕。她站在走廊的落地窗前往外面搜索，很快就在假山旁边看到一个身影，确定那就是陶淘之后，她才下楼向他走去。

本来陶淘也没想一个人溜出来，可是，偏偏有人居然唱起了珊妮的歌，他一时间什么兴趣都没了，便自己出来透气。这山间的空气倒是不错，白天的热气已经散尽，凉风习习，他一个人坐在这，悠闲地看喷泉池子里的鱼儿自在地游来游去。

猛然听到身后有脚步声，陶淘警觉地站起来转过身，月光下认出是絮儿，意外地说："你怎么出来了？"

絮儿笑笑，没有回答，倒是凑过来好奇地问："这里有什么宝贝吗？"

陶淘一副神秘的样子，说："你猜！"

絮儿径自探了半个身子去看水池里的东西，因为刚才看到陶淘就是一直盯着水池在发呆，虽然月光不错，但还是照不到水底下，所以絮儿看了好一会儿，才惊讶地说："这里面有鱼？"

陶淘故意逗她，说："是啊，不然你认为水里能养什么？蛇吗？"

絮儿笑笑没理他，蹲下来仔细看着，眼睛更加适应的缘故，水里的鱼儿也渐渐清晰，还不止一条，而是很多，只是它们动作很轻盈，所以，水面上并没很大的波浪，也不易被人发现它们的存在。

絮儿家没养过金鱼，所以也没这方面的常识，本能地说："这么晚了，它们不睡觉的吗?"

陶淘笑着说："那你问问它们啊。"

絮儿也笑了，忽然玩性来了，本来伸在水里无意识拨弄着水的小手，迅速撩起水珠浇向一旁的陶淘。

陶淘完全没有防备，被淋个正着，虽然水珠并不多，只是弄湿了一点点，但是……重要的是，一直好像很怕他的丫头居然敢主动挑衅他?

这还了得!

陶淘阴阴地说："好啊！柳絮儿，这可是你先动手的哟。"

他一副作势反击的样子，絮儿早就咯咯笑着跑开了。

"站住！别跑!"

陶淘并不追，而是很缓慢地走过去，看起来好像很无害的样子。

"才不呢!"

絮儿冲他扮个鬼脸，她可不上他这当。

反正他慢，她也慢，他快，她也快，他上前一步，她必定退后两步……两个人看起来像在玩老鹰抓小鸡的游戏。絮儿平时不是这么活泼的人，不过今天的环境和气氛把她少年的天性也完全解放出来，月光下，两个孩子无忧无虑地嬉戏追逐，那么旁若无人。

突然，陶淘紧张地大声说："不要跑，不，不要退了……不要退了……"

他很清楚地看到絮儿身后就是游泳池，要命的是絮儿自己显然并没有注意到。

虽然他叫得很大声，可是絮儿哪里会听他的，见他上前准备拉她，忙迅速往后退……

“扑通！”

絮儿结结实实地摔进游泳池里。

陶淘忍不住哈哈大笑起来：“叫你不要退啊，小傻瓜！”

絮儿在水里扑腾了几下，居然没有爬上来……他愣了一下，莫非这丫头不会游泳？他还在犹豫，水池里的絮儿又扑腾了几下，咕噜地冒着水泡：“救……我……”

本来她跌下去的地方离水池边很近，就算不会游泳，顺手就能抓住旁边的围栏。但是，忽然这么跌进水里，将完全不识水性的絮儿吓了一跳，受了惊吓的她，从跌进水里开始就完全失去了方向，越是挣扎着想爬上去，离水池边越远……

陶淘这才赶忙过去，一把抓住絮儿伸上来的手，另一只手抓住了水池边的扶手，用力将她拖了上来。

絮儿整个湿漉漉地爬上来，已经吓得半死，眼泪和水珠子一起滚下来。

陶淘也有点不知所措，在旁边一个劲儿地问她：“没事吧？没事吧？”

絮儿很努力地隐忍了半天，终于还是忍不住趴在他怀里，放声大哭起来。她在受过惊吓之后，是一定会大哭的，哭着哭着才会缓过劲来，这也是一种宣泄情绪的方式吧。小时候也是这样，每每陶淘真的吓到她时，她就会大哭，乐乐就会来安慰她。所以，在陶淘的记忆中，小时候的柳絮儿就是一双大眼睛挂着泪珠的样子。

陶淘微微怔了下，看看紧紧抓着他的衣服哭得很忘我的絮儿，最初的尴尬之后，心跳便开始不由自主地加速……大概因为第一次有人这样在他怀里哭吧！

他深吸口气，努力让自己镇定下来，小声地安慰着：“吓着了吗？没事了，没事了！”

这时，王维也迅速地从房子里跑了出来，他是隐约听到“扑通”一声响，感觉不对，往外看时，就看到水池边有人影，这才赶了过来。到了水池边，才看到是陶淘和柳絮儿，再一看……柳絮儿全身湿漉漉的，还在哭？

从眼前看到的情景来看，他会以为是陶淘又恶作剧了，但是，不至于恶作剧到把人家小姑娘推下水池吧？而更让他意外的是，走近了才看清柳絮儿整个人都趴在陶淘怀里哭，这让他有点摸不着头脑。

他一边放慢脚步走过来，一边疑惑地看着陶淘："出什么事了？"

陶淘抬头，一脸无辜地看着他，又对怀里的絮儿说："别哭了，别哭了……你再哭我也要哭了！"

不用想他也知道王维肯定以为是他干的，可是天地良心……明明是絮儿自已跌进去的……当然，也是为了躲他……

已经哭过一阵，缓过点劲来，听到陶淘说话，絮儿这才发现自已一直抓着的，居然是陶淘的衣服！黑暗中她只觉得脸蛋儿滚烫，尴尬得很想再跳进水里去，而更让她无地自容的是，一回头居然看到王维老师正用一种很奇怪的眼神看着他们。

絮儿脸上还挂着泪痕，眼里还闪着泪花，看着王维期期艾艾地说："老师……那个……那个……"

第十五章　与生俱来的谎言

絮儿一连"那个"了好久，也不知道该说什么，当着老师的面，她前一秒钟还在一个男生怀里哭，这让她如何解释？

其实事情并没那么复杂，王维也不是看不出当时的情况她应该是下意识的行为，可是絮儿自已却无法释怀，又尴尬又紧张，然后就语无伦次了……

本来最初看到王维的时候陶淘也有几分尴尬，但是看到絮儿窘成那样，又忍不住好笑，看她实在是说不清楚，便干脆替她说："刚才柳絮儿同学不小心跌进水池里去了，然后受了惊吓哭起来，事情就是这样。”

王维不太信任地看看陶淘，又转而问絮儿：“是吗，絮儿？”

絮儿忙点头很小声地说：“是的，老师，我自己不小心跌进去了……是自己吓着自己了……”

她很不好意思地低着脑袋，谁也不敢看。

陶淘对王维耸耸肩，意思是，你不相信我，总不能连当事人也不相信吧？

王维悄悄瞪他一眼，又用温和的语气对絮儿说：“衣服全湿透了，这样不行，会着凉的，快进屋吧。”

正说着，察觉到自己少了客人的柳浩也出来了，一眼看到絮儿湿漉漉的样子，忙说：“絮儿这是怎么了？糟糕，我这里也没有女孩子的衣服，不过妈妈刚准备了几套新睡衣，要不你先将就着穿穿吧。”

絮儿有些迟疑，婉拒道：“不用麻烦了，很快就干了。”

王维看了看她，实在湿得不像样子，白色的连衣裙又是纯棉的，这会儿还在滴水，并不容易干，便说：“还是去换一下吧，这样会生病的。”

陶淘有意让她放轻松些，打趣地说：“去吧去吧，这样子怎么见人？还以为哪冒出来的水鬼呢，顺便把头发也吹吹干。”

少数服从多数，柳浩也不再问，径自微笑着说：“跟我来，这边走。”

他在前面带路，絮儿一直低着脑袋默默地跟着，还没从刚才的尴尬中回过神来。

谁都不知道，今晚这一丁一点的细节，决定了整个事件的走向，而等在柳絮儿前面的，是她再也回不去的深渊！

第十六章　残忍的真相

在前面带路的柳浩一时也不知道说什么，回头看看絮儿，没话找话地问：“不小心跌进水池了？”

絮儿点点头，应了一声：“嗯。”

她也没敢多说什么，想着刚才的情景就很想找个地缝钻进去。

她虽然低着头，柳浩回头的时候还是能看到她脸蛋上红艳艳的，无限娇羞，忍不住又回头看了几眼，柔声说：“吓着了吗？絮儿怕水？”

“嗯。”

絮儿再次点头，忽然觉得自己总是这样回答有冷淡之嫌，不太礼貌，便抬头对他笑笑。这娇羞的笑容，居然看得柳浩有些痴了，“砰”，忘了回头的他，一下撞在转角处的墙上，这下絮儿“扑哧”一声真的笑起来了。

柳浩摸摸被撞的脑袋，也笑着说：“不好意思！”

他倒不会太窘，毕竟是男孩子，而且也有和女孩子相处的经验，在他这个年纪来说，是很大方的了，哪怕是面对女孩子，也能谈笑自如，不会拘泥。

不管是如何的阴错阳差，这也许是上天的恶作剧，将一切都安排得丝丝入扣。注定了柳浩以后会喜欢上他不该喜欢的人，注定了絮儿会落进水池，注定了絮儿将在今晚，在这里，撕碎一个从她出生就开始编织的谎言。

没有一点点预兆，一切来得那么突然！

这个娇滴滴的小女生，将在几分钟后面对对她来说很残忍的真相！

柳浩推开属于他的房间，对絮儿说：“请进……”

虽然他和父母都很少光顾这个庄园，但还是各自有固定的房间。而絮儿本以为他会带她去客房换衣服，之前就知道这里准备了很多客房，直到进门看到房内的布置，看到墙上挂着柳浩小时候的巨幅照片，才疑惑地看向柳浩。

柳浩笑容可掬地说："能看出来吗？这是我八岁的时候，这是我十二岁的时候……"

絮儿也跟着笑了笑，有些迟疑地说："这是你的房间？"

柳浩很淡定地推开里面的玻璃门，说："是的，我平时也很少来……客房还没准备好，你先在这里冲一下换下衣服，我拿去让她们清洗烘干，你明天就可以穿了。"

絮儿似乎也感觉到有点不对，可是又不好说什么，就怔在那里没动，柳浩忙说："对了，稍等下，我去给你拿衣服。"

看着他迅速出去拿衣服，絮儿也不好再说什么，心想只是换下衣服，应该没什么吧？

在柳浩没回来之前，她自然地环顾一下整个房间，然后，当她的目光移到床边柜子上那个相框上之后，就再也没能移开！

那个男人是谁？

她直直地盯着相框里的照片，盯着照片里的人，眼睛睁大了又眯起来，然后小心翼翼地走过去，小心翼翼地拿起那个相框，小心得手都在微微颤抖……

"絮儿，你就穿这件吧。"

柳浩推门进来，看到絮儿怔怔地对着相框发呆，笑着说："那是我和我爸，今年暑假的时候照的，怎么样？我爸也挺帅的吧？"

某种东西碎了，不！是爆了！

絮儿只觉得脑袋一阵轰鸣，已经分不清东南西北，她拿着相框，傻傻地看着柳浩："他……是你爸？"

"是呀！"

柳浩也发现絮儿的脸色有点不对，忙问："怎么了？絮儿。"

柳絮儿没有回答他，舔舔干涩的唇，艰难地问道："你爸，叫什么名字?"

柳浩有点意外地说："柳越生呀。"

他没想到絮儿居然连他爸爸是谁都不知道，因为他的身份并没有隐瞒，他本来以为所有人都知道的，想想又说："我爸比较低调，从来不接受采访什么的。"

"柳越生?"

絮儿此时根本没有心情听他说什么，只是听到这个名字，心里又升起一丁点的希望，小心翼翼地问道："不是柳晨生?"

"柳晨生?"

柳浩意外地打量了一下絮儿，说："这是我爸小时候的名字，絮儿，你怎么知道?"

最后的一丝希望也破灭了!

絮儿眼前一黑，差点摔倒，柳浩忙上来扶她，却被絮儿一把推开……

"絮儿?"

柳浩惊讶地看着面前忽然之间变得异常悲愤的女孩子。

是的，悲愤!

为什么会这样？为什么？！

絮儿已经乱成一团的大脑，根本已经不会思考，她只知道错了，错了，所有的一切都错了!

"絮儿?"

柳浩试图再次扶住她，因为她看起来摇摇欲坠，但是絮儿像躲开瘟疫一样躲开他，受伤地看着他，嘶哑地低吼了一句："不是这样的，不是这样的，他是我爸爸，是我爸爸!"

如果她现在还有一丝理智，就应该知道她不该说这句话，可是，这突如其来的打击，已经让她完全失去了理智，失去了思考的能力，这句话脱口而出，她都不清楚是在对柳浩说，还是对她自己说……

在柳浩还没反应过来之前，她已经夺门而出。

冲出房间，絮儿一路跌跌撞撞地狂奔，狂奔。

为什么会这样？为什么！

心里被悲伤和愤怒塞满的她，感觉就要窒息，就要发狂，就要炸裂！

错了，一切都错了！不是这样！不是这样！不是这样的！

陶淘和王维在游泳池边散着步，有一搭没一搭地说着话，忽然看到一个人影从刚才柳浩带着絮儿进去的那幢楼冲了出来，一路奔向庄园大门。

陶淘微微愣了一秒就认出那是絮儿，马上跟了上去："柳絮儿，你去哪儿？"

王维在后面问："怎么了？"

陶淘也是一脸茫然，说："不知道，我去看看，你先进去吧。"

他说完便向絮儿追去，大半夜的一个女孩子这样跑出去肯定不行。可是这丫头，跑起来还真快啊，一直跑出院子他居然都没追上。

他心里很疑惑，刚才絮儿跟柳浩去换衣服，怎么会突然冲了出来？看起来非常激动，连他和王维都没看到，连他们叫她也没听到，直接冲往外面，他们发生什么事了？而且，絮儿还是穿着那身湿衣服，显然并没有来得及换……

难道柳浩那小子不规矩？

但是，那小子看起来也不像这么没水准的人啊，也不至于吧？

陶淘已经跑得气喘吁吁了，但是不管他怎么喊，絮儿就像没听到一样，还是没命地狂奔……他好不容易在大门外不远处的湖泊边将絮儿一把抓住："喂！柳絮儿！到底发生了什么事？"

絮儿喘得马上就要断气一般，而且，一停下来，身子也软了，吓得陶淘忙双手扶住她，看她脸色苍白，双眼茫然无助的样子，担心地问道："你还好吧？"

这一问，柳絮儿眼角马上滚出两串泪珠……用力推开他，大声说："不要你管，不要管我！不要管我！"

她挣扎着继续往前走，陶淘再次将她拽住，见她这会儿完全激动得听不进话，也只好跟着吼道："你到底怎么了？说话呀！那家伙欺负你了？"

絮儿摇头，拼命摇头，怎么也挣不脱他的控制，便拿一双悲伤至极的泪眼看着他，拼命咬着唇，什么也不说。

陶淘看她这样也不由得难受，缓和了一点继续追问："那是怎么了？"

絮儿依旧拼命摇着脑袋，就是不说话，只是泪如雨下。

虽然不知道到底为了什么，但看她如此伤心欲绝的模样，陶淘也不忍，将这个只知道哭的女孩子拥进怀里，轻声说："好吧！好吧！想哭你就痛痛快快地哭吧！傻丫头，你真的是水做的吗？"

然而这次絮儿不再像刚才受了惊吓那样放声大哭，只是紧紧咬着唇，哽咽着，哽咽着，无声地掉着泪，整个身体不停地颤抖。陶淘轻轻帮她揉着后背，试图让她放松一点，冷静一点，好几次他都担心她会喘不过气来断了呼吸……

为什么突然之间好好的人会变成这样？

他无论如何都想不出，就刚才那么几分钟时间，絮儿和柳浩之间到底发生了什么。

柳絮儿那么失控地冲了出去，而柳浩却迟迟没有现身，王维也感觉事情好像很严重。可是能有什么事呢？

他站在原地看着柳浩应该出现的方向等了许久，轻轻叹口气，若无其事地回到依然热闹的舞会现场。虽然感觉事情不那么简单，但是事情没有弄清楚之前，他还是不想声张。

絮儿那里有陶淘追去，应该不会有事；至于柳浩，切生日蛋糕的时候，他这个小寿星肯定会出现，到时候找个机会问问清楚吧。

其实在絮儿冲出房间的时候，在听到絮儿冲他喊“那是我爸爸”的时候，柳浩也彻底蒙了。

他一个人愣愣地待了好久才回过神来。

絮儿说相框里的人是她爸爸？

柳浩痛苦地闭上眼睛。

怎么会有这样的事？怎么会！

然而，到底是与不是，他很好弄明白。

在冷静下来之后，柳浩拿起电话准备拨给他爸爸柳越生，但是拨了几次，又放下了几次，他躺倒在自己的大床上，眼睛茫然地盯着天花板，心里居然有那么一丝的害怕，害怕知道答案。

害怕？

当他自己意识到这点之后，心里同时生出一种近乎恼怒的情绪……然后手指急匆匆连续按下一串电话号码。

他怕什么？他怕什么？该怕的应该是那个既叫柳越生又叫柳晨生的男人才对啊！

电话响了一声就被接起来了，他爸爸柳越生很愉快的声音：“哈啰，到底还是想起老爸来了？生日过得怎么样？开心吗？”

柳浩深深吸口气，重重地咬着牙说：“开心！非常开心！”

柳越生显然并没有想到这边会是什么情况，依然是开心地说：“咦？这是什么语气？谁惹我家宝贝儿子了？”

电话里还传来他爽朗的笑声。

柳浩迟疑了。

要不要问？

爸，你是不是有个女儿？

可如果真的是呢？

真的是……爸爸的女儿，真的是该怎么办？

这个从来不知道忧愁为何物的少年，第一次……有生以来第一次，这么犹豫，这么矛盾，甚至是惶恐。他想知道答案，可是，又害怕知道答案！为什么偏偏要是絮儿？是谁不好，为什么偏偏是絮儿？

柳越生似乎终于察觉到柳浩的情绪不对，忙关心地问道："怎么了，浩浩？"

柳浩这不同寻常的沉默，让他意识到儿子也许真的遇到什么不开心的事了，但是，他还没想到那会是和自己有关的事。所以，他很耐心地说："有什么不开心的吗？跟老爸说说。"

柳浩迟疑地问："真的可以……说吗？"

与其说在问柳越生，不如说在问他自己。

他这反常的态度，也让柳越生意识到问题的严重，忙温和地开导他："当然可以说，我是你爸爸，父子两个有什么不能说的话呢？说说看发生了什么事？"

柳浩闭了闭眼睛，再次深深吸口气，一字一句地说："爸，你得给我说实话。"

"嗯，什么事？"

"你在外面……有个女儿吗？"

说出这句话，柳浩的心就提了起来，小心翼翼地等着爸爸的回答。

柳越生似乎并不太意外，沉默片刻，不置可否地反问："怎么？"

柳浩的心沉到谷底，他并不傻，从爸爸的态度中他已经猜到了答案，但还是抱着最后一点希望，追问："你回答我！有，没有？"

电话里传来柳越生的叹息，柳浩的心也彻底凉了。

第十七章　仇恨的种子

柳越生在电话里很淡定地说："既然你已经发现了，老爸也不再瞒你。的确是的，你也应该知道是谁了吧？絮儿也知道了吗？"

柳浩第一次这么愤怒，几乎是冲他爸爸吼道："这么说，您早就知道？您知道还让她跟我一个学校一个班？爸！您是不是太过分了？"

柳越生长长叹口气，说："浩浩，你一向是很懂事的孩子，先别生气，听爸爸讲个故事，这也许是……你以后也会遇到的事情，不妨听听。呵，不妨听听！"

柳浩没有说话，但也没有挂掉电话。

他想听，想听听看是一个什么样的故事，一个什么样的女人，居然跟爸爸有了那么大的女儿，而自己和妈妈完全被蒙在鼓里，半点都不知道。这个女人跟她的女儿还和他们生活在同一个城市……他和那个女孩还成了同班同学！

他忽然觉得，他爸爸肯定是疯了！

这并不是一个很新鲜的故事，灰姑娘和王子相爱，但王子被迫娶了邻国的公主。这个王子就是柳越生，公主是和他门当户对的苏玉——柳浩的妈妈，柳家正正经经的媳妇，而灰姑娘，自然就是柳絮儿的妈妈李心兰。

当时柳越生和家里抗争了很久，一心想娶李心兰为妻，不惜和家里断绝关系，盛怒之下他曾说：如果不能接受他所爱的人，那么他也不会再踏进柳家一步。但是，他逃出家门和李心兰在一起过了不到半个月甜蜜的日子，妈妈病危的消息还是再次将他拉回了柳家。

心兰是的的确确爱他，因为爱，所以不忍看他在亲情和爱情之间承受这样的煎熬；不忍心他真的为她放弃一切。所以，她不再坚持他们的感情，反而苦口婆心地劝他听从家里的安排娶苏玉。

“爸爸妈妈是唯一的，不可替代的亲人，不要做让自己遗憾终身的事。”

在心兰这样的劝告下，看着躺在病床上面容憔悴的妈妈，柳越生屈服了。

可是娶了苏玉的柳越生，还是没能放下李心兰……

柳越生在电话里略带愧疚地说：“浩浩，是爸爸太自私了！”

现在想来，他也常常内疚。

如果当初不是自己苦苦挽留，心兰应该早就离开这座城市去了别的地方，邂逅别的男人，也会拥有她自己的婚姻和幸福的家。可是，当年的柳越生一想到她的身边可能会有另一个男人，就嫉妒得要发狂！所以，他自私地留下了她，这一留，就是大半辈子，他的自私，让李心兰的整个青春在等待中一天一天、一年一年地流逝。

柳浩默默地听着，那颗还稚嫩的心渐渐冰冷。如果这个故事的主角是别人，也许他会对这个女人产生一些怜惜，可是……这个女人爱着的是他的爸爸，口口声声说爱着那个女人的男人是他爸爸，那他妈妈算什么？他无论如何都怜不起来！

不管爸爸把那个女人说得再好，他都觉得很可恶！不管那个女人做再多事，那都是活该！

他听到自己的声音冷冷地说：“小三就是小三，您把她说得再好还是小三。既然都伟大得劝你和别人结婚，她还留下来做什么？让你娶别人，她却给你生孩子，她真以为这样做很伟大吗？你们有想过我妈妈吗？对我妈，您就不内疚吗？那个女人就没有罪吗？她不觉得自己很贱吗？”

“浩浩！”

柳越生制止地叫了一声，耐心地解释着：“浩浩，不是这样！有些事情并不是说的那么简单。对你妈妈，我当然也很内疚，所以，这些年我对她都是百依百顺难道你不知道吗？你妈妈的脾气你不是不知道……”

柳浩再次愤怒了：“仅仅是内疚吗？您一点儿都不爱跟你生活了十多年的结发妻子吗？那么我是什么？你爱那个女人，还有她生的孩子，我和我妈妈算是什么？您既然口口声声都是爱那个女人，为什么要娶我妈妈？那个女人的青春是青春，我妈妈的青春就不是青春吗？她有什么错，要跟一个根本就不爱自己的男人过一辈子，她有什么错？”

见柳浩激动起来，柳越生忙解释说：“是我的错，我的错……浩浩。我没有不爱你，不爱你妈妈，我和你妈妈一起生活了十多年，不可能没有感情；而你，浩浩，你是知道的，你是我唯一的儿子，我怎么可能不爱你？絮儿是絮儿，你是你，我都爱，你懂吗？如果一定要比较，可以说我爱你更多一些，我看着你从一个小不点一点一点长大，可是，絮儿……她几乎是没有爸爸……浩浩，你能明白吗？我欠她太多太多……”

柳浩怒极反笑，不无嘲弄地说：“爸，您真的是太贪心了！太贪心了！这都什么年代了，你还想三妻四妾，享齐人之福吗？凭什么你认为你自己可以如此特殊？因为你有钱吗？你还一直要我和普通孩子一样，不要搞特殊化，而你自己呢？你不觉得自己很虚伪吗？”

柳越生无言以对，沉默良久，用低沉的近乎哀求的语气说：“一切都是爸爸的错，爸爸对你，对絮儿，都有罪！我知道要你一下子接受这件事也的确很困难。但是絮儿是无辜的，她什么都不知道，一直以为她爸爸在国外工作，其实她是完全在她妈妈的照顾下长大的，我这个做爸爸的……真的欠她太多。当初知道絮儿和你考进同一个学校，又在同一个班，心兰……絮儿她妈妈也很担心，本来是想给絮儿转校的。是我劝住了她，你知道为什么吗？”

柳浩没有说话，心里隐约猜到什么，但是他什么也不想说。

柳越生缓了缓，继续说：“浩浩，我知道你是个懂事的孩子。我希望你们俩能在没有成见的情况下认识，了解对方，我相信你会喜欢她，絮儿是个很乖巧的女孩子，很懂事、很可爱，我希望你们俩能好好相处，爸爸没有别的要求，只希望你们兄妹能相认，毕竟她是你妹妹!”

柳浩心里一阵苦涩，猛然挂了电话。

柳越生拿着电话一个人出了半天神，柳浩的态度比他预想的要激烈许多，这是他没想到的，也让他隐隐感觉不安。

“看”着絮儿一年年长大，他也知道没有任何谎言可以说一辈子，而这些年他自己也知道亏欠絮儿和李心兰的实在太多。所以，私心里柳越生想认回絮儿，让絮儿能光明正大地做他的女儿，这是连李心兰也不知道的事。他虽然并没有特别做什么，暗中却有意让事态往这个方向发展。

所以，当李心兰焦急地跟他说，柳浩和絮儿在一个学校，说要让絮儿转校的时候，他婉转地否定了，并且耐心地安慰她说不会有事的；他也知道絮儿瞒着妈妈去参加柳浩的生日PARTY，却没有告诉小心翼翼的李心兰……其实，柳浩和絮儿迟早有一天会发现这个秘密，这是他早就预料到的事。

本来以他对自己儿子的了解，他以为柳浩这一关是很好过的。虽然苏玉那一关会九死一生，但他以为至少儿子会体谅他，关键时刻也能做苏玉的工作，但他没想到柳浩的态度会这么激烈。

柳越生做梦都不会想到的是，他让柳浩和絮儿作为普通同学相识，柳浩的确是对絮儿有一种好感，却不是兄妹那种感情……

多么可笑！多么……可恨!

是的，在柳浩心里，这是非常可恨的事，所以，他又怎么可能去体谅爸爸？不仅仅是无法体谅，当他挂了爸爸电话，一个人躺在那里脑子里乱成一团，而心里第一次尝到伤痛的时候，愤怒和恨意也在一点点膨胀。

为什么要是柳絮儿？为什么偏偏要是柳絮儿？换作谁都好，可是偏偏要是她!

为什么老爸做错事，受惩罚的人却要是他?

他无法接受，无法原谅！

其实，如果絮儿只是一个普通女孩子，并不是柳浩同父异母的妹妹，她对柳浩来说，也许仅仅是成长路上一个相伴走过一段的路人，并没那么重要。他们现在还只是情窦初开的年纪，爱，对他们来说只是一种懵懂的好感，未来的变数太大，而他们对爱、对自己的认知还太浅，所以，这时候的感情并不一定长久。

也就是说，柳浩对絮儿的感情，也许并没有他自己想象的那么真切，那么浓烈，那么执着。

但，问题是，现在他还没来得及表达自己的感情，就这样硬生生地剥夺了他的权利，少年情窦初开就这样生生地被堵在心底，这种感觉令他窒息，也令他备感深刻，不得不压抑的感情便自然在心底愈来愈烈！

越是得不到的，越是珍贵的，越是想得到的，人类的情感大多如此。

何况，柳浩出生在那样的家庭，从出生到现在，几乎没有他想要而得不到的东西，可这一次，命运跟他开了个玩笑。

这玩笑在他看来，是残忍的，可恨的！

谁让他痛苦，那个人也不要想好过。

这个几个小时前还对絮儿心存好感的少年，此时心里充满怨恨，他这份恨恐怕是整个事件里面最意外，最令人想不到的，也是柳越生最大的失误。

快到半夜十二点的时候，柳浩终于再次出现了，依然笑容满面，风度翩翩。他是这里的主人，也是今天的寿星，他当然不可能将客人丢下，自己缺席。

面对妈妈给他准备的巨型蛋糕，在大家“生日快乐”的歌声中，柳浩闭上眼睛微笑着许下了他的生日愿望。

我要报复！

这是在他闭上眼睛的刹那，脑海里突然闪现的念头。

然后，这就成了他的生日愿望。

谁让他感觉痛苦，他也不会让那个人好过。所以，他要报复！

“生日快乐！”

“生日快乐！柳浩。”

“生日快乐！吹蜡烛，吹蜡烛！”

在一片起哄的欢笑声中，柳浩吹灭了蛋糕上的十六支蜡烛，他心里微微痛了一下。十六岁的生日，他一直当是他的成人礼。可是……他伟大的父亲大人，送了他多么巨大的一份“生日礼物”啊！

别了，那个曾经纯真的少年！

以后他会按自己的想法去做任何事，不会再像以前一样什么都听爸爸的话。因为，爸爸，在这一夜之间成了世上最虚伪的人！让他和他的那些人生道理见鬼去吧！

不动声色地笑着，柳浩的心，却比任何时候都冰冷。

第十八章　无法安慰的痛

闹了一晚上酒劲已经渐渐散去的乐乐，这时才开始找絮儿，可是，找了半天就是找不到。她看过了每个角落，问了好多同学，都说没看到。就在她担心地到处寻找的时候，王维解释说：“絮儿刚才在外面不小心落进水池，衣服都湿透了，所以，我让陶淘陪她先回去了。”

他这么一说，乐乐也才注意好像的确也没看到陶淘，有点懊恼地拍拍自己的脑门，说：“不好意思，王老师，我好像……真的喝多了。”

王维微笑着说：“没事，今天例外，以后可不许这样。”

乐乐吐吐舌头，顽皮地说：“当然，当然。”

王维不经意地看向柳浩，柳浩从刚才出现到现在都一直若无其事的样子，但是，一直没问柳絮儿和陶淘的下落。这就是问题所在，很明显柳浩知道柳絮儿会走，他对于絮儿的缺席一点儿也不意外……那么他们之间的确是发生了一些事情？

王维独自坐在靠落地窗的地方，看着外面的夜色，考虑着自己是否该插手此事。

眼看过了凌晨一点，很多人开始困了，柳浩便安排大家休息。

这期间王维给陶淘打了电话，但是陶淘说絮儿一直在哭，还没法告诉他，他们之间到底发生了什么事。

一直在哭……他大概算一下，那就是说柳絮儿至少哭了两个小时了。一边是那么失控，一边却在努力装作正常，他们之间到底出了什么事？

王维觉得有必要和柳浩谈谈。

他让柳浩先安排好同学再来安排他，这样才方便说话。

柳浩似乎已经猜到他的目的，等到就剩他们两个人的时候，便问道："老师，您有话想说吗？"

王维点点头，眼睛温和地看着他，反问："你不想知道自己的客人去了哪吗？"

柳浩淡淡一笑，说："您刚才不是说已经派陶淘送她回家了吗？"

王维依然不动声色地说："可是这么大半夜的，这山里面并没有公交车站，更不会有出租车，你不觉得他们回家很困难吗？"

柳浩倒是很直接地说："老师，你想说什么就直说吧，我不喜欢打哑谜。"

王维微微一笑，说："老师可以问一下，刚才你和柳絮儿之间发生了什么事吗？"

柳浩扭过头去，看向别处，良久才吐出两个字："私事。"

王维追问："不可以说？"

柳浩回头看着他，淡淡地说："是。老师，这不是您该过问的事。"

他的态度已经变得冷硬，话也不再那么礼貌。

王维有些意外，静静地看着柳浩，他能感觉得出来柳浩身上有某种东西，发生了变化。

柳浩面无表情地说："您要睡觉吗？我带您去您的房间。"

他说完，便转身带路，王维也只好跟着。

一路上柳浩都冷着脸，不再说话，将王维带到一间客房，推开房门，他才转身说："请不要意外，我想，以后我的态度可能会有比这更恶劣的时候，老师，不必要的时候请不要多管闲事。"

在他要离去的时候，王维终于说："柳浩同学，你确定不需要谈谈吗？"

在他眼里一向懂事的学生，风度翩翩的少年，忽然之间表现出如此没有礼貌、没有教养、不可一世的一面。到底发生了什么，让他有这样的转变？

还是……这才是他的本性？

柳浩敢如此跟王维说话，因为柳家是育林高中最大的金主。作为一所教学质量最硬，教学环境最优，而且每年的奖学金都很可观的重点高中，是需要很大的财力支持的。这当然不能仅仅靠学生交的费用，和国家拨的那点费用，柳家每年给育林高中资助的钱，是育林很重要的收入来源。

所以，柳家在育林高中很有分量。

当初柳浩被分到他带的班级时，校长还亲自找他谈过话，很婉转地表示，柳浩同学只要不是有很大的原则性的问题，让他一概不要追究、过问。但柳浩进入学校以来的表现，让他认为校方实在多虑了，这个学生在各方面都很优秀，而且很懂事、很礼貌，最主要的是并没有传说中的那些富二代身上那种不可一世的恶习。

可是，忽然之间，这个很懂事、很礼貌的学生，就真的变得不可一世。

作为一个班主任，虽然校长有过那样的"警告"，但他还是希望自己能做点什么。他是老师，对方是他的学生，做老师的能看着自己的学生往不好的方向发展而不闻不问吗？

柳浩迟疑了一下，稍稍缓和一点，说："您是个好老师，但是，我不需要。对了，您如果实在想知道，就去问柳絮儿，如果她愿意说的话……"

他脸上露出一丝嘲弄的笑容，不再说什么，径自离开。

王维长长地叹口气，却叹不掉他心里的闷气。

自己的学生居然用这种语气跟自己说话，哪个老师都会感觉不舒服吧？但是他却只能受着。他这才理解，为什么校长会那么慎重地找他谈话，原来校长"大人"并没有多虑，倒是他自己天真了。

他关上房门，拉开窗帘，再次在夜色中打量着柳家的别墅、庭院……这就是有钱人吗？柳浩到底被打回了原形？他到底只是一个仗着家里有钱，不可一世的小子？还是刚才真的发生了什么足以令他发生这么大转变的事？而这又会跟柳絮儿有什么关系？

王维不得而知，但是，他却知道自己以后这三年日子恐怕不会太好过。

和柳浩的冷漠和镇定不同，另一边的柳絮儿是彻底崩溃了。

她原本美好的世界在今晚轰然倒塌，这个打击对于原本就娇弱的她来说，是很致命的！

从柳浩房间冲出来之后，很长一段时间，她的头脑都无法思考，整颗心、整个人都陷在浓浓的悲伤和愤怒里无法自拔。幸亏陶淘追了出来，一直守着她，不然，那一夜，真的无法保证柳絮儿能活着度过。

终于累了，哽咽变成了完全无声的流泪。

泪水呵，再多也洗不去这个少女心里的悲伤和痛楚！

湿漉漉的长发和衣服几乎要被风吹干了，然而，她的泪却像永远流不尽一般，不停地涌出眼眶。

陶淘心里也被她弄得酸酸的，好不容易看她稍微安静下来，不再像刚开始那么激动，才带她到湖边的长椅上坐下休息，然后小心翼翼地问："絮儿，出了什么事，可以说说吗？"

絮儿无力地将头靠在他肩头，一动不动。

她不想去想，什么都不想想，因为她知道所有的一切都绝对会是她最不愿意面对的真相！

陶淘再次试探着轻轻叫着她："絮儿？"

新的泪水再次涌出来，滴落在他肩上，他能感觉得到那些泪珠的温热，所以，忙住了口。就在他决定不再追问的时候，絮儿却缓缓地一点点抬起头来，眼神迷茫地看着远方，悲伤地说："我爸爸是个大骗子！"

"你爸爸？"

"对，他骗我说他在国外工作，从我出生开始就骗我，可是……他居然就在这个城市，他就在这个城市，居然一直躲着不肯见我！我是他女儿啊，他却不肯见我？他居然就躲在这个城市某个地方，骗我说在国外！还在电话里说多想我，多爱我！骗子……骗子！骗子！"

絮儿控诉似的发泄完，再次痛苦地闭上眼睛。

陶淘完完全全怔住了，他怎么也没想到事情会是这样，这本身就超出了大家可以预见的范围。

那么絮儿为什么突然间发现了呢？

柳浩、柳絮儿……柳家……又是什么关系？

他隐约猜到……只是怕会让絮儿更难过，没有说出口。

絮儿痛苦地问："世上会有这样的爸爸吗？"

陶淘无言以对。

他能体会那种痛苦，因为他自己也曾经经历过，可是却不知如何能安慰，或许，这根本就是一种别人无法安慰的痛。

絮儿低下头，喃喃地说："既然不要我，不爱我，为什么要生我？为什么要生我？既然我是多余的为什么要生我？为什么……"

泪珠一串串滴落，陶淘唯一能做的，只是默默地陪着。他的心，也一样地痛过，他知道那种感觉。对人生、对自己的生命那样沉痛地质疑……怀疑自己的存在，怀疑这存在的意义！

看着哭泣的絮儿，陶淘自己也想起了很多很多，他的眼睛也湿润了，轻轻拍拍絮儿，喃喃地说："不要难过，不要难过。不管大人们做了什么，你都没有错。不是你的错！"

不是你的错，不是！

这话他也对自己说过，说过很多次。

絮儿连连摇着脑袋，低声说："你不会懂，不会懂……"

陶淘用了很大的勇气，一字一句地说："不，我懂，我知道。"

絮儿怔了一下，终于抬头看着他，眼里是不太信任的神情。

从小学一年级算起，他们应该已经算是认识了九个年头了，可是，他们对彼此的家庭状况并不了解，因为当时都还太小，六七岁的孩子，那是真正年幼无知的年纪，哪里能记住这些。

那么他说他懂是什么意思？难道他也是……

陶淘目光看着平静的湖泊，沉吟着，今晚他有种想倾诉的欲望。

许久，他终于用淡淡的语气说："我真的懂，因为我也一样……"

絮儿惊讶地看着他，张了张嘴，但没有说出任何话，因为她和他一样懂得，这种伤痛是旁人无法安慰的。

陶淘回头看着她，问："想听吗？"

絮儿默默点头。

陶淘自嘲地笑笑，继续说："你还有个骗你的爸爸，我没有，我从来就不知道那个人是谁，我也不想知道。知道了又怎么样？他只是给了我生命，却从来没有负过半点责任，就算知道了，我也不会叫他一声爸。"

絮儿被他的故事吸引了，安静而专注地听着。

陶淘以一种尽量平淡的语气说："我和你一样，曾经无数次地在心里问过，既然不要我为什么要生我？可是，这问题没有人能回答。也许就连我妈，也想不起当初为何会生下我了吧！在她，也许只是一时的冲动，可是，我……却要承受一生一世！私生子，从小我就知道自己是一个私生子，因为没有为我编织谎话的人，没有。絮儿，你的爸爸妈妈的确骗了你，但他们也是希望让你感觉到美好，虽然这美好是假象，至少表示他们在乎你。但是我啊，没有人在乎我是什么感受。她生下我，丢给她妈妈，也就是我外婆，然后当着别人的面从来不敢认我！”

陶淘停止了叙述，紧紧咬着牙，泪水在眼眶里打转。但是，他是男生，他不可以像絮儿一样哭泣，他已经过了那种可以随意在别人面前哭泣的年纪。

絮儿悄悄将手放在他胳膊上，无声地安慰着。她能感觉到他全身都已经紧绷起来，他在努力地克制着不让眼泪掉下来吧？

她的泪水再次涌出来。

而陶淘则硬生生将眼里的泪水逼回去，深深吸口气，笑着说：“你知道她是谁吗？你不可能知道，说出来也许吓你一跳……”

他稍稍犹豫了一下，但是既然已经将秘密说出来，他封闭了许久的心一旦打开，就不想再有任何隐瞒。所以，他回头看着絮儿，说：“珊妮。”

絮儿目瞪口呆地看着他，不敢置信地问：“珊妮？那个明星珊妮？”

陶淘点头，说：“是，就是她，没有人会想到，她已经有个我这么大的儿子，她也绝对不敢让别人知道！不只是现在，也许她这一辈子……都不敢在人前认我这个儿子。”

他长长地叹口气，眼睛看向远处。

他比任何人都迷茫……既然这世上没有人爱他，没有人需要他，那他存在又有何意义？

如果不是遇到王维，他现在可能还在外面和别人打架，随时准备找人拼命。

陶淘忽然转过身，伸手擦掉絮儿脸上的泪珠，努力微笑着说：“所以，别难过了，傻丫头，至少还有一个人比你更惨呢！不管他们大人们曾经做了什么，你就是你，没有人有权要你去承担那些错！就算……就算他们不要我们，我们自己不可以不要自己！”

絮儿看着他，默默地点头。

没有人有权要你去承担那些错吗？

她希望这句话是真的，可是她又几乎能预见自己将可能面对的悲剧。

只是听了陶淘的故事以后，她心里的确比刚才好过了一些，思维也渐渐恢复了正常。不管发生什么事，不管她该不该出生，她都已经存在了，这是无法挽回，也无法逃避的事实，所以，不管她愿不愿意，都必须要面对。

爸爸为何如此绝情？为何一直躲着不肯见她和妈妈？

妈妈是不知情，还是压根也是爸爸的同谋？

絮儿稍微一想，就已经猜到真相。因为妈妈总是在为爸爸的不能回家找各种理由，甚至说爸爸的工作具有保密性，所以，她们不能去探望爸爸，也没有爸爸在国外的电话，只能等爸爸打回来，也只能等爸爸回来……从小到大，如果没有妈妈的说辞，爸爸这个谎是无论如何说不圆的。

所以，絮儿心里已经有了答案，虽然这是一个让她更心痛的答案。

妈妈为何要如此做？那么美丽优雅的妈妈……为何要做一个见不得光的、世人所厌恶和唾弃的人？

絮儿无法理解，在她纯真的心里，也无法接受任何的理由，所以，她恨爸爸的无情，也恨妈妈……是妈妈的错，是妈妈的错！柳浩可以光明正大地作为柳家的儿子，享受爸爸的爱，而她呢？她却只能生活在谎言里，在虚假的幸福里，还迟钝地快乐着……这是多明显的差别！

此时絮儿才想到自己刚才实在不该对柳浩说那句话，他会告诉别人吗？会去跟他妈妈说吗？会告诉同学们吗？说她是私生子？是他爸爸的私生子？

她整个身子蜷缩在椅子上，用双手蒙住了脸，那样她该怎么办？她还有脸见人吗？

陶淘见刚刚冷静下来的絮儿，又激动起来，忙问："怎么了，絮儿？"

絮儿将脸埋在手心里，摇头，再摇头。

她和陶淘可以彼此守护秘密，可是柳浩呢？柳浩会帮她保守秘密吗？他会吗？他有理由帮她守秘密吗？

陶淘不经意间触到絮儿的手，感觉冰冰凉，忙抬起她的脑袋，摸摸她额头，担忧地问道："冷吗？糟糕，你还一直穿着湿衣服，这可怎么办？肯定要生病的。要不，我打电话给王老师，让柳浩派辆车送你回去吧，这里半夜三更肯定是没车来的。"

絮儿固执地说："不要！我没事的。"

陶淘站起来看看四周，说："你这样怎么可能没事？要不我们叫出租车？可是这里离市区太远，现在又太晚了……这附近根本就没人住，就怕没有车愿意来。"

他一边说着一边拿出手机，想在网上约车，但是果然不出意料，下了单很久也没有人接。毕竟这里已经是荒郊野外了，白天都不一定有车愿意来，何况现在是深更半夜。

絮儿这才知道他们陷入了困境，不好意思地低下头，说："对不起！都是我不好……要不你回柳浩家吧，我没事的。"

陶淘看她一眼，笑着说："你觉得一个正常人，会半夜三更丢下一个女生待在荒郊野外，自己躲到房子里去吗？"

絮儿咬着唇不说话。她也知道陶淘不可能丢下她自己回去柳家，可是，现在能怎么办呢？她是绝对不会再回去的，甚至连回家都不想回……就这样待在这没人的地方也许就很好！

陶淘见她真的很内疚，又解释说："我只是怕你着凉，要不，我们慢慢往城里走吧，要是前面有人家，也可以试试看有没有人肯让我们借宿，至少让你换身干衣服。"

絮儿点头。

于是，他们两个便开始沿着大路往城市的方向走着，谁也不知道这路有多远，不知道在什么地方能遇到可以帮助他们的人。

第十九章　心病

絮儿还是病了。

那天夜里，她和陶淘走了好远，才看到路边有人家，虽然是深更半夜，主人家还是接纳了这两个看起来很憔悴的孩子，并且拿出自家的衣服给絮儿换上，又给他们准备了床铺。

可是，絮儿这一睡下，第二天就没能醒过来。

高烧四十摄氏度，人也处于半昏迷状态，把主人家和陶淘都吓坏了。

陶淘忙打电话叫了救护车，等待的时候想找到絮儿的手机联系她妈妈，这才发现絮儿身上并没有手机，他想了想很可能是昨天落水的时候掉水池里了，便打电话给王维。

王维是凌晨收到陶淘的短信，说他们已经找到人家住下才放下心来，但是没想到一大早就得知絮儿病了，马上问清楚了地址，一边赶过去一边通知了絮儿的妈妈。

李心兰还以为今天絮儿是在乐乐家，根本不知道这边出了这么大的事。听王维说絮儿生病了，在一个陌生人的家里，她只是感觉事情不对，但直到此时，她都并没有想到自己的谎言已经被絮儿发现，只是满心疑惑地赶了过去。

王维是在柳浩他们庄园，所以赶过去很近，但是李心兰在城里赶过来就很远，她一路上心神不定，一边安慰自己可能絮儿只是和乐乐来这边玩病了，一边又觉得这种说法根本就说不过去。那么到底发生了什么事？为什么自己的心那么慌？

等李心兰到的时候，救护车已经走了，王维跟救护车送絮儿去了医院，而陶淘自愿留下来等她。

见到面前这个陌生的小男生，李心兰更加意外了。

陶淘礼貌地说："阿姨，我是柳絮儿的同学，我叫陶淘。昨天絮儿同学发生了一点儿意外，我想跟您谈谈可以吗？"

李心兰茫然地点点头，因为没有见到絮儿人，便忍不住焦急地问道："絮儿怎么样？她人呢？"

陶淘看着满脸担忧，但显然还不够了解情况的李心兰，一边想着怎么能比较婉转地让她明白，一边回答说："絮儿应该没事了，我们老师跟着救护车一起去了，所以，我才留在这等您。"

李心兰疑惑地看着他，说："那么，你想跟阿姨谈什么？"

她打量着面前这个长相几乎称得上漂亮的男生，他和絮儿之间有什么事发生吗？为什么絮儿会出意外会生病？

陶淘考虑了一下，实在也想不到什么好的说辞，最后决定干脆直接说实话吧。他是想让絮儿妈妈有点心理准备，毕竟受了那么大打击的絮儿，再次见到她妈妈的时候不可能那么平静。

"阿姨。"

陶淘有点为难地叹了口气，接着说："昨天我们都在柳浩家里给他过生日……然后，絮儿发现了……"

他很明显看到李心兰的脸色瞬间变了，没忍心再说下去。

到这时候，李心兰才真的意识到发生了什么，她的脸色异常难看，身子晃了晃，忙扶住一旁的桌子，不敢置信地看着面前的男孩子，艰难地说："你说，絮儿……絮儿……她怎么样？"

陶淘有几分怜悯地看着这个女人，语气尽量轻柔地说："您……和柳先生的事，她都知道了。"

就这轻轻几个字，足以将李心兰打垮。

终于……絮儿还是知道了！她最最担心的事，还是发生了！

她低下头，痛苦地闭上眼睛，瘫坐在旁边的椅子上。

其实柳絮儿不仅仅是身体着了凉，还有心理所遭受的打击，身心交瘁之下人便彻底倒了。昏昏沉沉中，她脑海里时而出现妈妈美丽的身影、温柔的微笑；时而是柳浩冰冷的眼神；时而是无数陌生人的讥笑：

“看，她就是私生子！”

“她妈妈是小三……小三小三小三小三……”

“破坏人家家庭，好可恶！这种人死了都活该！”

“就是，还有什么脸活着，死了算了！”

“现在的人为了钱什么都肯做，最无耻的就是这种小三，还有脸生孩子。”

…………

爸爸！爸爸！你说啊，你说啊，你说不是这样的，不是这样的！您是爱妈妈的，您是爱我的，妈妈她不是小三，我不是私生子，不是！

絮儿痛苦地挣扎着，想向她亲爱的爸爸求助，可是，她什么也没法说出口……最后，一个熟悉的身影出现在她面前，冷冷地看着她，说：“你妈妈是小三……你妈妈为了钱才生你的……”

“不，不是这样，不是……”

她在自己错乱的意识里努力地挣扎着，脸色苍白，眉心紧锁，额上脸上全是豆大的汗珠。

从柳家的庄园回来之后，同学们的生活依旧如常地继续，只有絮儿一连请了多天的病假，没有去学校。

王维找机会问过陶淘，那晚到底发生了什么事，但是，就连陶淘也对他保密，只说絮儿遇到很大打击，但具体什么事涉及个人隐私不方便说，弄得王维一头雾水。作为班主任，他去医院探望过柳絮儿，那个以前看起来乖巧而可爱、无忧无虑的小女生，现在已经像变了个人似的，脸色苍白得吓人，眼神也空洞迷茫，别说笑容连语言的能力都似乎已经从她身上消失了。

絮儿在医院躺了三天，人早就已经清醒了，但是，不哭不闹、不吃不喝，跟谁都不说话，包括她妈妈和一有时间就去看她的乐乐。

乐乐很后悔那天自己把自己灌迷糊了，以至于絮儿出了什么事她一点儿都不知道！然后怎么就突然变成了这样？知道那天晚上是陶淘和絮儿在一起，她也去问过陶淘，但是陶淘什么也不肯说，不管她如何威逼利诱就是不说！气得她咬牙却无计可施。

王维是第一次见到絮儿妈妈，和所有初见李心兰的人一样，她在他眼里是一个美丽、优雅的女人，只是眉宇间有着太多的担忧和浓浓的哀伤，似乎正在承受着某种磨难。而柳絮儿却对此视而不见，对她极其冰冷。

到底出了什么事？

作为一个老师他很想帮助絮儿，可是，连到底发生什么事都无法知道，帮助也就无从谈起。在李心兰送他出来的时候，他婉转地问了句："孩子是不是受了什么打击？"

然而李心兰也低头不语，只是哀伤更浓。

她知道絮儿是为了什么，可是，这种事她又怎么说得出口？

她当然也知道絮儿的病不仅仅是身体，更多的是心理的伤。连医生都觉得不对劲，还问她孩子是不是精神或智力方面有问题……作为一个既爱自己女儿又愧对女儿的妈妈，李心兰这几天心里承受的煎熬是旁人无法想象的。

可是再多的苦涩她都只能自己咽下去，她能怨谁？能怪谁？

没有人会理解，更没有人来安慰，连那个口口声声说爱她的男人，在这种时候也只是偶尔一个电话，只在絮儿住院的当天夜里来过一次！这对她来说，是另一种打击吧！从感情上来说，她多希望这时候柳越生能放下一切，站出来安慰絮儿，也只有他这种态度能给絮儿安慰，可是……她更清楚这是不可能的，从她决定留下来的那一刻起，她就该知道这是不可能的。

所有的错都是她自己一手造成的，该遭天谴的人是她！絮儿何其无辜！

可不正是她自己，亲手将无辜的絮儿卷进了这场是非吗？！

当夜深人静，病房里只剩下李心兰和絮儿的时候，她不止一次地拉着絮儿的手，流着泪说："絮儿，你骂我吧，嗯？骂妈妈，是妈妈对不起你！对不起！但是你不要不说话，不要这样……絮儿……不要这样！该受惩罚的是妈妈，絮儿是乖孩子，是最乖最乖的宝贝！求你说句话……求你……"

她真害怕她的絮儿从此以后都不再看她，不再开口说话，她从来没有如此害怕过！上帝啊，佛祖啊，惩罚她吧，不要让她的絮儿这么难过！

"絮儿，你能听到妈妈说话吗？你听到的对不对？你要怎么样你说，妈妈什么都听你的，我们离开这好不好？我们走得远远的好不好？絮儿，吃点东西好不好？有了力气我们才好远走高飞，真的远走高飞，离开这地方，再也不回来……妈妈对不起你，对不起你！但是求你，别这样不理妈妈！求你……别折磨自己……"

但不管她说得如何肝肠寸断，絮儿还是拿双眼茫然地盯着天花板，没有半点反应，也没有半点表情，她在想什么？没有人知道。也许，她什么也没想，因为不愿去想，不愿去面对，她更愿意像现在这样从精神上将自己和这个世界生生地隔离开来。

不然她能怎么办呢？

承认自己妈妈是小三，是人们口中下贱的女人？承认她自己是不该出生的私生子？承认她爸爸并不是工作忙，而是不爱她、不要她？

有哪个孩子愿意承认这些东西？

她多希望这只是一场梦，梦醒了她就还是以前那个无忧无虑的柳絮儿，妈妈还是那个美丽温柔的妈妈，爸爸还是那个因为工作而不能回家，但很爱很爱她的爸爸……可是，这梦为什么一直不醒？为什么还不醒？

第四天，絮儿看起来还是没有半点起色，还是不吃不喝也不开口说话。

医生叹息着说："孩子心理有问题也要及时治疗，拖延不得呀，要不，我给介绍个心理医生吧，很专业的。"

李心兰悲哀地看着絮儿，迟疑了。

真的要看心理医生吗？

她看向病床上的絮儿，絮儿眼睑颤动了一下，干脆闭上了眼睛。

医生摇摇头，说："唉！你再考虑考虑吧，别耽误了孩子。"

他不是心理医生，但也能感觉得出这孩子对妈妈非常抵触，可是怎么看孩子都是一个乖巧的孩子，妈妈是一位温柔而善解人意的妈妈……什么事弄到如此地步？

这一整天李心兰都在考虑是不是真的要让絮儿看心理医生，她知道这事不用问柳越生，因为他的回答肯定是不要。看心理医生就意味着，心理医生可能会以各种方式引诱絮儿说出她心里全部的伤……虽然说心理医生的专业操守是不应该将病人的秘密泄露出去，可这个秘密关系重大，那对柳越生来说，实在是极大的威胁；不仅如此，一旦事情真的闹开，絮儿也必定要面对更多、更恶劣的事情！她的絮儿能受得了吗？

就因为知道这样很冒险，她才犹豫不定，可是看着絮儿现在的样子，她多希望真的能有个人来开导和安慰……

"别耽误了孩子。"

医生的话让她格外负疚，以前的错已经铸成，已经无法挽回，可是，现在她该怎样做才是对的？谁来告诉她怎么做才是对的选择？她多怕自己的决定会给絮儿造成更大的伤害……

第二十章　我们是一国的

李心兰一直以来也的确从来没对柳越生提过任何要求，没想过要破坏他的家庭，更没想过要去破坏他的事业……她默默地一个人守着那个

“残缺”的家，守着心底自认为凄美的爱，这些年也不可谓不可怜。

可是，现在，就连心里那份爱也已经动摇了，她更多地想保护絮儿……如果对絮儿有利，她不会再顾及柳越生。

所以，在太阳落下，华灯初上的时候，她已经暗暗在心里做了决定。

当初该是有多爱，才能决定这样委曲求全地在一起？

可是，当初绝对不会想到，他们的爱到今天会这样千疮百孔，不堪一击。不仅她在考虑到絮儿的时候，可以不顾及柳越生，柳越生暗中所做的一切，其实早已经再一次选择了牺牲她！

自从絮儿知道这件事之后，柳越生一直在非常慎重地考虑一件事。

以哪种方式让苏玉也知道絮儿的存在，然后以一切代价争取苏玉接纳絮儿，让他认回这个女儿，光明正大地弥补这些年来对絮儿的亏欠。在他看来只有这样才能给絮儿最大的安慰，因为她拥有了柳家女儿的名分。

当然，这是一件非常困难的事，在做之前他必须非常非常谨慎，任何一步走错都可能是万劫不复。上次柳浩的态度让他知道，不能对柳浩寄予太大希望，只要他这个儿子不出来捣乱就很好了。

如何让苏玉知道效果会更好？

是自己向她坦白，还是让柳浩间接告诉她？

或者让这件事“无意中”被人发现，公布于众，然后造势忏悔，拿一切去求得苏玉谅解？

他和苏玉生活了十几年，在他看来苏玉是个头脑并不复杂的人。所以，他觉得，只要苏玉原谅了他，认回柳家的骨肉应该并不难。苏玉有苏玉的优点，虽然她脾气不好，任性不通情理，但她心肠并不坏，最主要的是，柳越生知道苏玉是爱他的，不会愿意真的失去他。

当然不管是哪种方式，当他决定让苏玉知道絮儿的存在时，就已经在心里放弃了李心兰。苏玉有可能接受絮儿，却是绝对没有可能接受李心兰的。最好的结局是：絮儿回到柳家，而李心兰得到一笔钱远走他乡。

柳越生甚至在心里自欺欺人地认为，他这是给李心兰自由。

多可怕的男人！

当初苦苦哀求她留下，发誓今生不离不弃的男人，在她背叛了所有亲人，青春已逝之后，却想夺走她唯一的女儿，放她自由！这是怎样一份自由？

当然此时的李心兰并不知道这些，她只是单纯地不想再对絮儿有任何伤害，在她的爱情里，她可以卑微到一无所求，可是，她不能让这爱再伤害她唯一的孩子。

所以，她没有征求柳越生的意见，独自决定，如果絮儿还是如此的话，明天就带她去看心理医生；她甚至决定，等絮儿稍微好一点儿，就带絮儿远远地离开这里！

这天晚上，陶淘也来了。

其实这几天王维和乐乐都不止一次地找过他，询问絮儿到底发生了什么，他当然不能说，而柳浩也什么都没说，这点他倒挺意外。

他没有来看絮儿，是没有想到絮儿会像现在这样整个把自己封闭起来。那天晚上他们交换过秘密之后，絮儿的状态明明已经好多了。可是，这两天从王维和乐乐反馈的情况来看，絮儿这一病又让自己钻进牛角尖里去了，而且谁都拽不出来，他只好来试试了。

李心兰正守着絮儿一筹莫展，看到这个客人，想起来，那天就是这孩子和絮儿在一起，也是他告诉自己絮儿的情况，既有点惭愧也很感激地说："你是叫……陶淘吧？很谢谢你来看絮儿，也谢谢你那天……照顾絮儿。"

"没什么，阿姨。"

陶淘放下书包，径自坐到絮儿床前的椅子上，看着床上一动不动的人，不动声色地问："柳絮儿，你准备这样躺多久啊？"

絮儿嘴角微微动了下，但没有开口，坚持着刚才的姿势不变。

李心兰给陶淘倒了杯饮料，无奈地赔笑着说："絮儿这样好几天了，你别介意。”

她心里是感激这孩子的，但同时也有点疑惑。这几天乐乐来看絮儿的时候，显然还是对事情一无所知，但是，絮儿居然什么都告诉他了？那么这孩子是絮儿在高中交的新朋友吗？

陶淘回头微笑着对她说：“阿姨，我可以和絮儿单独聊聊吗？”

“这……”

李心兰迟疑了一下，但看到陶淘一脸真诚的样子，想了想还是说：“好，那阿姨去给你们买点水果回来。那个，絮儿心情不好，陶淘你多担待点啊。”

陶淘微笑着说：“您放心，我们就是随便聊聊。”

李心兰再次看看完全不看她的絮儿，只好出去了。

陶淘没有急着对絮儿说话，环顾着病房，这家伙好像挺有经验似的，并没像普通人那样急于开导对方，而是在寻找“切入点”。然后眼睛便停在旁边的保温瓶上，他听王维说絮儿不吃不喝，不哭不闹，也不说话……那么这里面应该是被她拒绝而留下来的食物吧？他径自打开看看，里面果然是熬到很稠的白粥，还冒着热气。

他深深吸口气，笑嘻嘻地说：“嗯，好香啊！要不要吃点东西？听说你已经好几天没吃饭了吧？”

絮儿依然不理他。

他便一边将粥盛出来，一边说：“那我当你默认了啊。还是热的，正好……”

陶淘端着粥坐到床边，用小勺子舀了一点点轻轻吹吹，放到絮儿唇边，像哄小孩子一样说：“来，吃一口看看，真的很香。”

絮儿终于看他一眼，但拒绝地扭过头。

陶淘再喂过去，耐心地哄着她，说：“柳絮儿，别这么傻好不好，不管怎么样也不能饿肚子啊！饿的是谁？你还能饿着别人吗？”

絮儿脸依然扭向一边，但忽然嘴角一撇，泪珠子哗地就滚下来。

陶淘一边拿过旁边的纸巾帮她擦着眼泪，一边“自言自语”道：“奇怪……王老师还说柳絮儿不哭不闹……这不是哭了吗？……”

其实这几天絮儿的确没有哭过，她只是努力坚持让自己什么也不看，什么也不听，什么也不想。可是陶淘的出现，让她不能不去想，那天夜里发生的一切又清晰起来，心里一难过，自然就哭了，而这一哭也就不容易收得住。

陶淘很耐心也很温柔地帮她擦着泪珠，一边叹着气说：“好了好了，别哭了……你这是打算把我的那一份也哭掉吗？先吃点东西再哭吧，不然哪有力气啊……”

其实门外的李心兰听到这里，才真正离开。

絮儿哭了吗？这应该是好现象吧……她心里悄悄升起一点儿希望。这几天絮儿那样冷漠得没有表情，也不表达任何情绪，真的让她很揪心。哭了，至少表示絮儿憋在心里的情绪发泄出来了！

走出医院，看着城市的万家灯火，李心兰也很想哭，但是任凭泪水在眼眶里打着转，她也倔强地没有让它掉下来。她这辈子哭得已经够多了，当初决定不计名分跟着他的时候，自己偷偷哭过；父母要和她断绝关系的时候，她偷偷哭过；一个人独守空房的时候，更是无数次地哭过……而现在不是哭的时候啊！

为了絮儿，她要比以前更坚强。

有时候一个女人的坚强，也许只是因为没有人可以让她依靠，没有人给她遮风挡雨，没有人为她拭去脸上的泪水，将她拥进怀里！

病房里，陶淘拿出有生以来最大的耐心哄着絮儿：“来，乖，吃一点儿，不然柳絮儿真的可以满天飞了……瘦成这样你还想减肥啊？”

絮儿终于忍不住泪眼模糊地看着他，弱弱地问道：“你干吗对我这么好？”

陶淘很没心没肺地笑着说：“谁让你总在我面前哭呢！还有……”

他看起来很有点无奈，再次将汤匙放到絮儿唇边，不动声色地说：“你忘了，我们是‘一国’的嘛。不要总一个人胡思乱想，你这样挺吓人的知道吗？来，吃点东西，跟谁过不去也不能饿自己啊！”

絮儿犹豫地看着他，还是没有张口，良久，垂了眼睑小声问道：“别人知道了吗？”

“别人？”

陶淘随即反应过来，知道絮儿是在担心同学们的反应，忙摇头说：“没有人知道，不用担心了，快点养好了回学校吧，那小子什么也没说过。”

“真的？”

“真的。”

陶淘说得那么肯定，絮儿也稍稍安心一点儿，抿了抿唇，没有再说什么。

陶淘很无辜地说：“柳絮儿同学，我手都举软了，给点面子好不好？”

絮儿终于微微张开了口……好几天没吃过一点儿东西了，连唇都干涩得快裂开了，其实虽然只是白粥，对她也是蛮具诱惑的，何况现在那个她最抵触的人并不在场，她心里的防线自然也就松了。

陶淘长长舒口气，笑着说：“好吃吧？来多吃点儿……”

他一点一点耐心地喂着絮儿，好一会儿絮儿才意识到什么，不好意思地说：“我自己来……”

“也好！我帮你坐起来。”

陶淘帮她垫了两个软软的靠枕，让她基本上可以保持坐姿又靠得很舒服，这才将小碗递给她，说：“吃完了那边还有。”

“嗯！”

絮儿点点头，低着脑袋自己慢慢吃着白粥，似乎又恢复了以前的乖巧。

陶淘坐在旁边悠闲地看着她吃东西，想了想说：“要不，一会儿我帮你补下课吧？这么多天不去上学，你想做留级生吗？”

木讷了这么多天的絮儿，还不太适应说笑，只是看着他说："你不早点回家吗?"

陶淘看看时间，说："没事，晚点回去也没关系，现在也还早。"

其实来之前他也没多大把握能改变絮儿的状态，但现在絮儿却的确因为他开口说话，并且吃东西，这多少让他心里有点小小的成就感。想当初他可是人家开导的对象啊，没想到现在他也能开导别人了……也许因为同龄人的话更好接受，也许因为他们有相似的遭遇吧!

他自己也是这么过来的，自然比较能理解絮儿的心情。

其实认真来说，他现在还不算是已经"过来了"，他心里也并没有完全放下从懂事开始一直背负的东西，只是能表现得比较正常了。絮儿的性子本就有几分柔弱，何况，他是从小就知道真相，而对絮儿来说，这打击是突如其来的，所以，絮儿一时之间比他更难接受，他也理解。

陶淘并没过多地去对絮儿说道理，这些道理絮儿也懂，她需要的只是一种慰藉，一种能让她有勇气再次将心打开的慰藉。这当然不是几句好听的话能做到的，而是需要一个她不设防的人，能真正走到她心里。

恰巧，陶淘就是最合适的人选。

乐乐虽然是跟她感情更好些，但是乐乐毕竟不知道那天发生的事，也不知道她真正的身世，而她也没有勇气告诉乐乐，不敢跟乐乐倾诉。

她很害怕，乐乐如果知道了真相会怎么样? 会不会嫌弃她?

陶淘就不一样了，就像陶淘说的，他们俩是同"一国"的，陶淘也很坦诚地向她讲了自己的秘密。

所以，她不仅对他不会设防，而且还会有一种主动的关心，就像陶淘对她一样。

默默地看着陶淘翻开书包拿课本，絮儿忽然低声问："你妈妈她……很久都不回来吗?"

陶淘怔了一下，然后继续刚才的动作，故作轻松地说："她不回来我还安逸些，不然又要提心吊胆……”

絮儿抿了下唇，又小心翼翼地问了句：“你不恨她吗?”

陶淘回头看她一眼，没有直接回答，而是反问：“怎么?”

絮儿低下头，用很微弱的声音说：“我恨她！我现在看到她就讨厌……更不想和她说话，只想离她远远的……”

她现在所说的“她”自然是她自己的妈妈。

陶淘拿过课本和作业本，拍拍她的头，说：“其实……絮儿，我想你应该知道，你妈妈……她就算有错，有天大的错，但她还是爱你的。”

絮儿咬着唇不说话。

陶淘看着她，叹口气，说：“也许你只是需要点时间。但是你知道的，对于她来说，你可能就是她的全部！当初，她应该也是怀着这种心情生下你……也许她可以不在乎任何人，但一定非常非常在乎你！我敢肯定!”

他敢说这番话也是因为见过了李心兰，那是和珊妮完全不同的女人，他能从李心兰的神情里看出来她对絮儿的爱！非常非常的深!

絮儿自己抹去脸上的泪水，抬头说：“好了，不说这个。我做不到，做不到！我无法原谅她!”

陶淘无奈地摇摇头，并不再继续这个话题，翻开课本说：“好吧好吧，先不说这些，等你吃完了，我们来看书吧。”

絮儿微微点头。

不一会儿，病房的门忽然被很无礼地推开了，一个絮儿并不想见到的人出现在门口。

第二十一章　错位的愤怒

絮儿住的是独立病房，除了病床所在的房间之外，还附带一个小会客室以及洗漱间。会客室到病床这边是没有门的，只有到外面去的一扇门，李心兰出去的时候只是轻轻带上，并没有锁，来人也并没有敲门，而是很无礼地直接闯了进来，然后空气有一刹那的凝固。

闯进来的这个人现在应该是絮儿最不想见的人之一——柳浩。

柳浩站在门口直直地看着他们，面无表情。

其实这几天里他已经来过这里好几次了，只是没有进来。他并不清楚自己为什么要来，来了之后又并不真的想进去，只是远远地看着。他知道絮儿在哪个房间，因为只是二楼，所以，他在远处隐约可以看到躺在病床上的絮儿，也能看到几乎是一直守在床边的李心兰。原本他并没打算在柳絮儿生病的时候来刺激她，但是，当他看到陶淘进去而李心兰出来之后，这么多天都无动于衷的絮儿，居然因为陶淘的到来而开始一点点“活”起来……他终于隐忍不住自己心中的怒火，冲了进来。

他很愤怒！

特别是推开门看到陶淘和絮儿两个人那么近距离地坐在一起，而且原来的气氛看起来居然相当愉快？虽然他极力隐藏着自己的情绪，但是他整个人站在那里，就给人一种“怒火中烧”的感觉。

陶淘放下书戒备地站起来，他看看絮儿，絮儿是很受惊的表情，柳浩的出现对她来说的确是种刺激。不仅令她想起那天夜里的情景，更是让她不得不面对两个人这种极其尴尬的关系。

见他们两个都不说话，还是陶淘先开口打招呼，说：“你来了。”

柳浩冷笑一声，径自走进来，“砰”的一声关上房门，似笑非笑地说：“当然，妹妹生病了，做哥哥的怎么能不来探望呢！”

从自己出现时，陶淘那种戒备的神情中，他就猜到这小子已经知道了他们的秘密，所以他也没有必要做戏，他不仅没有顾忌地一语道出那个秘密，而且还故意说得相当暧昧。

陶淘见他这么直白，也不绕弯子，淡淡地说：“絮儿现在是病人，希望你不要刺激她。”

柳浩昂着头直直走到他面前，站定，逼视着他：“关你什么事？你是她什么人，凭什么说话？”

陶淘从柳浩微微眯起的眼眸中，看到了某种怒火。他不是太明白这怒火的原因，但是不惧地回视着对方，良久，才缓缓地婉转地说：“柳浩同学，你是不是……弄错了对象？”

陶淘的意思是柳浩不该来找絮儿的碴，毕竟絮儿和他一样是无辜的人，就算他恨，也不应该是恨絮儿。没有人知道柳浩的恨，其实并非因为李心兰的存在，而是因为柳絮儿的存在！

柳越生原本并没有算错，柳浩对于他在外面有几个女人之类的行为，并不会太过在意，也能比较容易谅解。虽然除了女人之外还有孩子，这比一般的小三事件要复杂一些，可是对柳浩来说，也不是什么完全无法接受的事情，柳越生就很直白地对他说过：絮儿不可能和他争家产，柳家始终还是他柳浩的。

所以，其实柳浩对李心兰的恨并不深，他的恨，是因为他想要得到的东西，永远也无法得到。

可他这份好感到目前为止，除了他自己以外没有任何人知道，事到如今他更不可能说出来，因为那已经变成一个笑话。所以，包括陶淘在内的人都认为他的恨意来源于父亲和李心兰的事件，而柳浩也早就决定将错就错，以大家都认为的理由来光明正大地报复。

在絮儿惊怯的目光中，柳浩俯下身，逼视着她，幽幽地说：“在这个外人面前，你好像什么都说了？”

坐在床上的絮儿本能地后仰，一直靠到靠枕上，退无可退。

他忽然很温柔地说：“那我……是不是也可以告诉我妈妈？”

“不！”

絮儿惊恐地瞪着他，眼里露出乞求的神色，痛苦地说：“柳浩，不要这样！拜托你！不要这样！我们当作什么事都没有好不好？我只是你的同学，我们只是刚巧同姓……不，我去改姓，我不再姓柳，我……”

柳浩笑了，直起身子，说：“你还真天真哪！当作什么事都没有？你以为你不姓柳就不是柳家的人了吗？你那个……小三的妈妈呢？躲到哪里去了？”

他故意如此说只是想气絮儿，其实他是看着李心兰出去的。

絮儿拼命咬着牙，无法开口。

既恨柳浩对妈妈的侮辱，又恨自己无法反驳！

她无法想象，这事要是让柳浩妈妈知道了会怎么样？

正室如何羞辱小三的画面瞬间在她脑海里浮现，不可以，不可以……

“柳浩！”

一旁的陶淘终于忍不住再次开口：“大人的事情，你们不要掺和好吗？”

原本因为是这样隐私的事，也相当于柳家的家事，他是无权过问的，也没打算插手。可是，实在看不下去柳浩的咄咄逼人，也无法看着絮儿那么无助、那么惶恐而无动于衷。

柳浩冷冷地盯着他反问：“你！凭什么说这种话？”

陶淘冷静地说：“你不能把错都算到絮儿身上，她和你一样无辜！”

“无辜？”

柳浩再次冷笑：“谁不无辜？我妈妈不无辜？我不无辜？我妈妈才是我爸爸的妻子，这个女人凭什么和他在一起？凭什么花他的钱？凭什么给他生孩子？凭什么？居然还有脸生孩子！真是可笑！那个不要脸的女人生了她，她就不无辜！”

陶淘忍耐地说：“够了！这是大人们之间的恩怨，你一定要这样吗？”

他没想到柳浩会真的翻脸无情，当着絮儿的面说出这种话来。

柳浩正准备反唇相讥，忽然不经意间看到病房门不知道什么时候被打开了，从他进入这个房间开始，三个人都太过专注，居然没有一个人发现……此时一个女人愣愣地站在那里，脸上是受伤的表情……

然后，絮儿和陶淘也看到了她。

絮儿猛地躺下，“呼”地拉过备用的毛巾被将自己的脸蒙起来，此时的她感觉真是无地自容！无地自容！

陶淘狠狠瞪了柳浩一眼，低声说：“有话我们出去说。”

柳浩看了面前的女人几眼，知道这个女人就是一直守在这里的柳絮儿的妈妈，而他刚才说的话，显然她听到了……其实他本来并不是来骂她的，刚才只是和陶淘争执，一时顺口就说了出来，更没想到她刚好回来，刚好听到。

陶淘收起书包，一把拽了他就往外走，经过李心兰旁边的时候，低声说了句：“阿姨，我们走了。”

一走出去，在医院的走廊上，柳浩就甩开陶淘的手，揉着自己的胳膊，充满敌意地说：“你这家伙，还真爱管闲事啊！”

“这里是医院，想打架也到外面来。”

陶淘看也没看他，径自往外走。

柳浩盯着他的背影，眼眸微微收缩，手也不由自主握成了拳头。

陶淘拉着柳浩出去以后好半天，李心兰才缓缓回过神来，关了门，悲哀地看了一眼将自己裹在毛巾被里的絮儿，她一直忍着没流出来的泪水“扑簌簌”地滚滚而下，紧紧捂着嘴，身子缓慢地倚着门蹲了下去。

“她凭什么和他在一起，凭什么花他的钱，凭什么给他生孩子？那个不要脸的女人生了她，她就不无辜！”

柳浩的话就像一把锋利无比的刀，一刀刀插在她心上。

李心兰曾经是一个多么高傲的女生，艺术学院的才女，多次参加钢琴比赛获大奖，美貌加上才气，追求者无数……那时候的她，是多么让人羡慕甚至嫉妒！她是父母手心的宝贝！是老师眼里的珍珠！

可是……曾几何时，她沦落成了“那个不要脸的女人”？

人生啊，一步走错，步步错！

到如今，已经年迈的父母都还不肯原谅她，因为她太伤太伤他们的心！

好不容易建立起来的“家”，哪怕是虚假的，她也竭尽全力地去爱护，去维系，可是……现在连自己的女儿，自己都无法保护了吗？反而因为自己的存在而无情地伤害着她！

“不要脸的女人”，从来没有人当面说过的话，今天从一个十几岁的孩子嘴里说出来，她感觉自己的世界真的被击碎了。

是啊，从来没有人这么说过她，她在别人眼里一直是美丽而优雅的女人，温柔而开明的妈妈，可那只是因为她伪装得太好，从来没有被人发现吧？那所有的美好，原来都只是假象，而她……只不过是个“不要脸的女人”！

絮儿躺在床上一样痛苦万分，一个本是自己同学的人，当着她的面，当着她妈妈的面，如此羞辱她妈妈，而她们竟然找不到半点理由反驳！

枕头湿了，蒙着脸的被子湿了……然而，多少的泪水也洗不去这屈辱啊！

“不要脸的女人！不要脸的女人！不要脸的女人！”

到最后她脑海里只剩了这几个字，来来回回地盘旋，一遍遍刺痛她那原本纯真的心。

这一夜，注定是痛苦的。

李心兰是第一次这样被人辱骂，絮儿何尝不是？在几天前她还是个无忧无虑的孩子，可是转眼间……她却成了任人辱骂，无力为自己辩解的人。

谁能告诉她，为什么会这样？她真的感觉很受伤，很无助！也很绝望！

这事到什么时候是个头？柳浩会就这么放过她吗？她以后该怎么办？

其实那一夜陶淘和柳浩并没有打起来。

本来在医院的时候，陶淘的确很想揍柳浩一顿，而柳浩也是憋了一肚子火很想找个人发泄出来。不过，当两个人走出医院，走到外面草坪上停下来的时候，陶淘忽然改变了主意。

这个自己曾经也桀骜不驯的少年，不知从什么时候已经学会从另一个角度看问题。两个人打一架的确能发泄，能出气，可是，也很可能令现在本来就很紧张的局面更加紧张，更加无法和解。

激怒柳浩，对絮儿和她妈妈来说，绝对不是一件好事！

这件事本来他并没有想掺和，他也的确没有立场掺和进来，他只是单纯地对柳浩刚才的态度非常生气。可他不能因为自己的冲动让事情往更不好的方向发展，让絮儿和她妈妈处于更不利的位置。

所以，当陶淘深呼吸，转过身面对柳浩的时候，刚才的愤怒已经消失，他看着依然双眼冒火随时准备扑上来的柳浩，平静地说："柳浩，你不是这么不明事理的人，为什么要这么对絮儿？就算她妈妈对不起你们，可是她有什么错？出生在这样的环境下，你以为她愿意吗？她有的选择吗？"

柳浩咬着牙，他当然知道陶淘说的是对的，可是他并不会轻易被说服，因为他心底真正怨恨的并不是这些，所以他不理会陶淘的话，挑衅地说："不是要打架吗？"

陶淘摇摇头，诚恳地说："我们是同学，也许同学之间打一架没什么关系，也很正常。可是，因为这样的事情打架，就不一样。说实话，这件事我并不想插手，我知道我也没权利插手，只是，不要那么对絮儿，你该比我更清楚……这件事对她的打击有多大，她有多伤心，难道你真的看不到？"

柳浩冷笑，忽然用一种探究的眼神看着他，嘲弄地说："你跟柳絮儿什么关系？嗯？这么关心她，你们什么关系？她也和她妈妈一样轻浮吗？呵！真是什么都遗传哪！"

陶淘皱眉，再次隐忍着想扁人的冲动，坦诚地说："我们只是朋友，请你不要用那种语气说话，你也知道柳絮儿不是这样的女孩。"

柳浩挥着手叠声地说："我不知道！我不知道！真是人不可貌相啊！她妈妈看起来不是也很斯文，甚至很贤淑吗？你能想到这样的女人是小二吗？想不到吧？所以，我什么也不知道。别看柳絮儿一副乖宝宝的样子，谁知道她背后是什么样子？搞不好跟她妈妈一样……”

陶淘低声制止道：“柳浩！”

柳浩不屑地说：“怎么，不爱听？你就这么袒护她？”

陶淘叹气，说：“你是失去了理智，都不知道自己在说什么吧。”

柳浩盯着他看了半天，忽然扭过头去，看了看医院的方向，很无趣地说：“不敢打架的话，我可不奉陪了，我没兴趣像女人一样婆婆妈妈的。”

他刚走了几步又停住，转过身，警告地说：“如果你真的不想插手，就离柳絮儿远点，知道没？再让我看到你们俩在一起，不好意思，我想我们俩之间就没什么可谈的了。”

陶淘忽然在他身后问：“你到底在恨什么？”

然而柳浩并不理会他，径自走了。

这是问题的关键，陶淘已经隐约感觉到柳浩的反应不太对劲。如果说他真的是因为爸爸在外面养女人而恨的话，为什么他恨的对象不是絮儿妈妈，而是絮儿？刚才李心兰出现在门口的时候，陶淘有留意，柳浩对这个他应该恨的女人反而没表现出多大的仇恨来……他说那些话分明是在气絮儿。

为什么会这样？仅仅因为絮儿分享了他爸爸的爱？

陶淘有点想不明白。

其实柳浩并没有走远，在车子开出一段之后他又让司机掉头回来，直到看着陶淘搭车离开之后，他才让司机继续走，心里的火气也消了几分。

也许这家伙和絮儿真的只是普通同学？

可是这小子居然能让不吃不喝、一动不动的絮儿“活”起来，他凭什么？

柳浩想不通，因为他并不知道陶淘的秘密。

第二十二章　絮儿的反抗（上）

这一夜，很多人难眠。

然而，当天亮的时候，在病床上躺了四天的絮儿居然摇摇晃晃地起床了，并且走到李心兰面前。这轻微的脚步声，惊醒了刚刚才迷迷糊糊入睡的李心兰，她忙站起来，小心翼翼、不知所措地看着絮儿，像等待接受惩罚的囚徒。

在女儿面前，李心兰真的觉得自己罪不可恕！

絮儿简短地说："我要出院。"

"絮儿？"

李心兰惊讶地看着她，女儿居然……肯跟她说话了？

絮儿用力地再重复一遍："我——要——出——院！"

但是并不多说一个字。

"可是……"

李心兰心疼地看着脸色苍白如纸的絮儿，有些犹豫："絮儿，你才刚刚好一点儿，休息两天再出院好不好？"

絮儿不再看她，径自去开门，她忙清醒过来，阻止地说："好好，我们出院，我们出院。絮儿你去躺着，你再休息会儿，妈妈这就去办手续好不好？"

她几乎是哀求地说："好不好？"

絮儿便不再说什么，甩开她想帮扶的手，自己又摇摇晃晃走回床边。毕竟是躺了四天，而且曾经高烧的病人，除了昨晚吃了点粥之外，几乎粒米未进，她现在的确非常虚弱，而且感觉双腿发软，站着都很吃力。

但是，她要出院！

她不要再躺在这里，什么也不做，那样她会疯掉，会真正地疯掉！

虽然不知道命运为什么要如此残酷地对待她，但是，她也已经明白这是无法逃避的了，这件事也许从此给她的人生打上烙印，而且再也无法抹去。

柳絮儿不止一次地在心里质问：这一切到底是为什么，为什么要让她突然变得如此不堪？

当然没有答案。

命运并不总是公平的，会有幸运的人，也有不幸的人。

当不幸降临的时候，人们通常都是措手不及，然后完全失去了方向。多少坚强的成年人都能被打击得一蹶不振，从此颓废下去，何况，她还只是一个十几岁的小姑娘，她的人生刚刚起步，还没经过任何风雨……这打击既是如此突然，又是如此沉重！

她不明白为什么会这样，更不知道以后自己该怎么做。

如果可以，她真的宁愿当作什么都不知道，什么都没发生过，还像以前一样生活，但是，这显然是不可能的了！

所以，她必须做点什么。

她又能做什么呢？

这一夜，絮儿似乎什么也没想，可是也似乎想了很多……当一个人感觉要被命运逼得透不过气来的时候，她会想到什么？

是一种本能的反抗。

没有人生来就心甘情愿接受不幸，絮儿自然也不甘心，所以，她要反抗。

因为医院还没到正常上班时间，还无法办出院手续，但絮儿又坚持要回家。李心兰只得给值班医生打过招呼，先将絮儿送回去，之后再回来办手续。她心里很不安，不知道絮儿为什么忽然要出院，但有种不好的预感。

絮儿一路上都保持沉默，进了家门以后，李心兰忙讨好地问：“絮儿，要不要吃点东西？妈妈给你做……”

絮儿没有理会，而是径自坐到客厅的沙发上，说：“你过来，我们谈谈。”

李心兰看了看她，强笑着说：“好。”

然后小心翼翼地在她对面坐下，等待着絮儿“说话”。

絮儿并不看她，将脸扭向一边，冷冷地说：“你说吧，我想我有权知道全部。”

事到如今再隐瞒就没有任何意义了，絮儿也不是三岁的孩子，那张柳越生和柳浩父子俩的合影，已经说明了一切。何况，柳浩也说了柳晨生和柳越生其实都是他爸爸的名字。

现在，是到了说出全部真相的时候了。

“絮儿。”

李心兰尽量调整好自己的情绪，非常真诚地说：“妈妈知道不该对你隐瞒，不过，请你相信，之所以这么做，完全是希望你能免受伤害……”

絮儿冷着脸，一动不动地把脸撇向一边。

李心兰轻叹口气，轻声说：“妈妈知道所有的事都是妈妈的错，不应该让你来承受……但是请你相信，妈妈……并不是一个坏女人……我让你知道事情的全部。”

她说完站起来走回自己的房间，片刻后手里抱着那个紫檀木的小盒子走了出来，轻轻将盒子放在絮儿面前的茶几上，她缓缓坐下：“这里面，是我和你爸爸之间所有的感情……也许我没有权利用‘爱’这个字眼，但是，这么多年来，我以为我们是相爱的。”

絮儿冷冷地问：“既然相爱，他为什么不娶你，而娶了别人？”

她只是瞄了盒子一眼，那个她曾经很想偷看的装着妈妈秘密的小盒子，但是现在，她却并不想打开。

李心兰尽可能地解释道：“絮儿，你还小，很多事情并不像你想象的那么简单。当初你爸爸和那个女人是商业联姻，你能听懂吗？两个原本没有瓜葛的家族为了更好的发展，用婚姻将彼此变成最亲密无间的伙伴关系，甚至最后合二为一。你爸爸的事业，就是柳家和那个家族的合体。”

絮儿冷冷一笑：“是吗？那就是说爸爸并不爱那个女人？”

李心兰怔了一下，她忽然觉得自己无法回答这个问题，柳越生不爱那个女人吗？真的一点儿都不爱吗？

她感觉自己的心再次被凌迟。

这是她一直都不愿意去想的问题，因为她知道，她知道的，随着时间的流逝，柳越生和苏玉在一起的时间比和她在一起的时间要多得多，他们两人的共同点也比他和她的多得多，能说柳越生一点儿都不爱苏玉吗？

能吗？

她的迟疑也刺痛了絮儿。

终于，絮儿痛心地说：“原来这就是你说的相爱？你都不确定他心里是不是爱着别人……却心甘情愿地没名没分地跟着他这么多年，还给他生孩子？你傻你蠢就够了，为什么还要将我拖下水？你真的爱我吗？生我的时候就完全没有为我考虑过吗？你不知道这样出生的孩子叫什么吗？叫私生子你不懂吗？你没名没分过一辈子，也要我这样没脸没皮地过一辈子吗？”

她越说情绪越激动，拿起那个木盒子“啪”的一声狠狠砸到地上。盒子上的锁原本已经打开，被这狠狠一砸，盖子开了，里面的纸张撒了出来。

李心兰惊愕地看着她，从小乖巧听话的絮儿，何曾有过如此粗暴的行为！

可是，絮儿还不解气，呼地站起来狠狠地用脚踩了上去……

看着絮儿狠狠地踩着那些飘落出来的纸张，那些精美的飘着淡淡香味的信纸曾经被李心兰像宝贝一样珍藏了多年，现在却被絮儿无情地践踏……一脚一脚踩在李心兰的心上！

盒子里面并没有什么特别的宝贝，除了以前相恋时柳越生送的几样小礼物，就是他那些日子送给她的情书。可能现在的人不太能理解情书的意义，也很少有人有那份闲心去用笔写信了吧，一封电子邮件又方便又快捷，还可以有很多种样式，稍微花点心思就能制作得很漂亮……可是，这些情书对李心兰来说却是这世上除了絮儿之外，最珍贵的东西，其贵重程度甚至超过写信的人本身。

这么多年，如果不是这些情书，不是这些情书里真真切切的字句，她要怎么熬过来？它们就是苦苦支撑着她的精神支柱，不仅诉说了柳越生对她的爱，也诉说着她的青春曾经如何美好。

当年追李心兰的时候，柳越生不可谓不用心。那时候她的追求者太多，他也的确是用了真心，并且费尽了心机。虽然当时柳家在当地也已经是小有名气的富商，但柳越生在她面前，从不敢耍大少爷的派头，谁都知道她不吃这一套。不管谁送的花都被扔在宿舍外面的垃圾桶，礼物不论轻重一概被退回，陌生的骚扰电话更不会理会……所以，他只好选择了一种她不太容易拒绝的方式：情书，而且是通过邮局正正规规寄过来的，为免被无情地退回去，他甚至没敢留寄信地址。

折成心形的粉色的信纸上，洒上了淡淡的香水；真的是每天一封，绝不间断；而且，每封也绝不一样，有时候是写对她的赞美，有时候是写他自己的相思……当他寄出第一百封的时候，小心翼翼地留下了他的地址，然后怀着一颗不安的心，等待着……三天后，他终于收到李心兰的回信，那一晚他激动得有生以来第一次失眠！

也许这些，当事人柳越生已经渐渐忘记了，毕竟那对他来说是很遥远的事，可是，李心兰却一一记在心里，时时回味。

一百封情书，并不是每个人都能坚持的，而打动李心兰的，除了他的这份坚持之外，更重要的是真诚。

柳越生并没有为了让情书更优美，而去东抄西摘地找一些情诗来充数，也没有堆砌一些华丽但空洞的词句。这些信里，有的时候一写两三张纸，满满的情意；而有时候，只是最简单的一句：想你。正是他这份并不做作的真诚，让李心兰的心一点点为他打开。

当时这件事在心兰的校园，其实早已经被传开了，闹得几乎尽人皆知，也有一些人在她面前说柳越生的不是。大部分都说他是个花花公子，仗着家里有钱交往过的女生不计其数……但是，也许正因为听尽了坏话，李心兰已经在心里做了最坏的打算，真正见到柳越生之后，反而生出了好感。

因为他并不像别人说的那样轻浮，至少出现在她面前的是个很真诚甚至有点腼腆的男孩子，即不炫富，也不夸夸其谈，倒是温文尔雅，很体贴、很绅士。

那时候的李心兰其实和现在的絮儿一样，非常乖巧也非常听话。爸爸妈妈都是中学教师，她是他们捧在手心的宝贝，而她也从不曾让他们失望，甚至比他们期望的更好！之前李心兰对追求者们冰冷的拒绝，最大的原因就是李妈妈再三叮嘱她现在要专心学习，不要恋爱。

就是妈妈这一句话，将多少男孩子挡在她心门之外。

但是，最终她还是恋爱了，而这唯一的一次恋爱就让她此生万劫不复！

眼睁睁看着她视为珍宝的那些情书，在絮儿脚底下无声地挣扎，李心兰的心在最初的剧痛之后，很奇怪地居然有种如释重负的感觉。也许因为这份感情，这些年她也过得太辛苦、太压抑了！

很多被她回忆了无数遍的画面瞬间一一在脑海浮现……最后定格在柳越生的婚礼上。

那场婚礼没有人知道她也去过，她并没敢进去，只是在外面某个角落，不动声色地看着新郎新娘，就像外面那些好奇的围观者一样。看着新郎牵着新娘的手，看着新郎为新娘戴上戒指，看着新郎在新娘娇羞的脸蛋上轻轻一吻。

她最终没有看下去，而是在泪水掉落以前悄悄离去。

就在她仔仔细细回想这个画面的时候，依然愤怒的絮儿冲她说：“把他电话给我。”

李心兰愣愣地看着她，一时没反应过来。

絮儿皱着眉，重复一遍：“把他电话给我！”

李心兰机械地将自己的手机拿出来，翻到柳越生的电话，递过去。

絮儿拿了电话走回自己房间，关了门。

以前她觉得妈妈很温柔，可是现在，她觉得妈妈很懦弱！

在她眼里，正是这份懦弱让她们得到了今天的待遇！

所以，她不打算再像以前一样听妈妈的话，她要做自己想做的事！

电话响了几声以后被接起来，柳越生压低了声音说：“心兰，稍等下，我现在在开会不太方便，一会儿给你打过……”

他话还没说完，絮儿就气愤地说：“我不管你有没有空，如果你还认我这个女儿的话，你现在过来。我想我们要好好谈谈！”

“絮儿？”

柳越生很惊讶，他本来以为是李心兰的电话，没想到会是絮儿。但是在惊讶之后也马上反应过来，讨好地说：“絮儿，爸爸现在真的在开会，要不，晚上好不好？爸爸晚上过去……”

絮儿咬牙切齿地说：“现在，立刻！”

柳越生每迟疑一分，她心里便更恨一分。

柳越生当然知道现在是非常时期，虽然絮儿知道真相以后，他们还没有说过话，但絮儿的情况他都有听李心兰说，知道这孩子现在很伤心、很愤怒也很敏感……只犹豫了两秒，便说：“好，爸爸过来，马上就来。”

“到家里来，我会在家里等你。”

“你出院了？这怎么可以，你的身体还不好……”

“嘟嘟嘟……”

他的话还没说完，电话里就传来忙音，絮儿已经果断地把电话挂了。

去，他当然得去，除非真的不想再认这个女儿，但事实上他从来没有过不要絮儿的想法……柳越生是一个成功的商人，可他也只是一个男人。

他这一生，事业上几乎是一帆风顺，柳家和苏家都给了他很好的平台，很厚的家底。虽然都说“创业容易守业难”，但他不仅把两家的事业守住了，而且还将其发展得很好，不管是规模还是资金都比以前翻了几番。所以，他当之无愧是一个成功的商人。

可是，感情和家庭呢？

今天这样的局面，绝对是他自己一手造成的，他能怨谁？怨爸爸妈妈当年的反对？怨心兰最后的退却与成全？还是怨苏玉不计前嫌地接受了他？

他谁都怨不起！

第二十三章　絮儿的反抗（下）

和爸爸通过电话的絮儿，再回到客厅的时候并没有看到妈妈，再隐约看到妈妈房里有着火光，这一惊魂都快没了，她不顾一切扑过去推门。可能原本以为门会锁上，所以过于用力，差点摔倒。

李心兰房内的确是有火光，只不过和絮儿想的有点不同，她并不是自焚，而是在一个空着的小花盆里焚烧着刚才那个木盒子里的东西，包括那些曾经被她视若珍宝的情书。如果没有絮儿，她可能早就选择了那条路，可是有絮儿的存在，她怎么都不可能轻生！

这一点是絮儿现在还不太理解的，所以，刚才这一吓的确将絮儿吓得不轻。

等她看清了房内的情形，才惊魂未定地质问：“你在干吗？”

李心兰正脸色肃穆地，一张一张将那些情书小心翼翼地扔进火里，就是絮儿推门闯进来，也没有回头。

絮儿见她不说话，径自扑过去夺过她手里剩下的情书，有些神经质地说："不许烧，不许烧！这是证据，烧了这些，你还拿什么说他爱你?"

"絮儿。"

李心兰悲哀地看着她，没有继续说下去。

爱都已经没了，要证据何用?

要证据何用!

"既然相爱为何不娶你?"

"那就是说他并不爱那个女人吗?"

絮儿刚才的问话彻底让李心兰无言以对，也似乎终于清醒了。

也许不娶她，可以说是因为她自己主动退却，何况当时柳老太太——也就是柳越生的妈妈，的确病得很重。在柳越生按家里的意愿和苏玉完婚后不久，柳老太太就去世了，但至少她去得安心。这也是李心兰一直安慰自己的事情，至少自己的退让，成全柳越生做了一回孝子。

好吧，就算他的确是有足够的理由不娶她，可是，经过这十几年的朝夕相处，他真的一点儿都不爱苏玉吗?

李心兰无法回答。

苏玉是陪着他走过这十几年风风雨雨的人，而她，永远困在了十几年前，成了他们那段爱情的祭品。

她让絮儿一直生活在童话里，其实她自己何尝不是?！

清醒的时候，她心里也想过，柳越生还爱她吗?

就算还爱，最多和苏玉一半一半，绝对不会再像以前一样，只爱她一个人。甚至是随着时间的流逝，他对苏玉的爱在渐渐增加，而对她的爱却在逐渐减少……到现在到底还剩下几分？她从来没有问出口，也是不敢问吧?

也许她的确是懦弱。

当年在柳越生的苦苦哀求下，没能狠起心肠坚持离去，就注定了，以后的日子，她也无法去争取更多属于自己的东西。她的退让是一种妥协，而留下是再一次妥协，妥协到了没有尊严，她还能要求什么？

十几年了，岁月改变的恐怕不只是人，还有心，还有那份曾经认为至死不移的爱。

让我烧吧，絮儿！

烧了这些东西，也许才能彻底忘记。

既然爱都已经不在了，还要这些证据做什么？还要让它们继续迷惑自己吗？

她悲哀地看着絮儿，没有说出口，但那绝望的眼神絮儿懂。

絮儿紧紧将那些剩下的纸张握在手里，倔强地说："不许烧！不许烧！不许烧！"

李心兰平静地看着絮儿，说："絮儿，你听妈妈说。我们离开这好吗？我们到一个没有人认识我们的地方，妈妈能养活你，能靠自己的本事养活你，不会让你吃苦，好吗？"

这是她在很久前就有的念头，只是因为不敢拿真相面对絮儿，所以说不出口，可是现在，她再没有顾虑了，她不再想纠缠，只想要逃离。

"不要！不要！不要！"

絮儿低声吼着，眼泪在眼眶里打转就要滚出来，她猛地转头冲出房间。

她不要就这么逃走，不要！那样她会一辈子背着私生子的名义，哪怕别人都不知道，可是她自己知道！她不要，不要！

也许之前她对于自己的处境还没有十分明确的认识，可是昨天晚上，当柳浩那样理直气壮地在她病房内，当着她的面，辱骂她的妈妈！

她终于明白了。

这就是小三和她女儿的待遇，连对方的孩子都可以这么嚣张、这么恶毒，而丝毫没有愧疚。如果她们就这么逃走，那么她们这一辈子都是这种地位，这种身份！

她不要！

她要要回属于自己的东西。

絮儿紧紧握着那些被妈妈焚烧剩下的情书，握得手都在微微颤抖。

既然爸爸妈妈是相爱的，为什么她要得到这种待遇？

她不要！

这就是阴错阳差。原本柳浩恨的，并不是“爸爸在外面的女人”，而是“柳絮儿是他妹妹”这一事实。他那天之所以会骂出来，也是为了气絮儿，他的目的的确达到了，的确让絮儿感到羞辱与气愤。

可是，同时他也激怒了絮儿，激怒了她的自尊。

生病高烧时的絮儿，如同被洗成了一张白纸，那时候的她在迷茫中找不到方向，所以宁愿选择什么也不看、什么也不听、什么也不说地逃避现实。如果没有外在力量的作用，她可能从此郁郁寡欢，本来就比较内向、安静的性格，内在的情绪并不容易发泄出来。但是柳浩的出现，特别是他的辱骂，将絮儿心里所有的悲伤、愤怒以及渴望都激发出来，将她推向另一个极端。

这就是现在有些偏激的，甚至有些神经质的絮儿。

当柳越生看到絮儿的时候，心里也狠狠地疼了一下，他曾经乖巧的、可爱的絮儿，现在像一只受伤而惊慌失措的小动物，既敏感又尖锐。

而心兰呢，则比任何时候都更加沉默。

这个以前会因为他的归来而充满愉悦的“家”，现在却找不到半点欢乐的痕迹；以前看到他会扑上来搂着他的脖子撒娇的女儿，现在正用一种充满怨恨的目光注视着他。

“絮儿……”

他小心翼翼地试着和絮儿沟通，这一路上他都在想要怎么面对女儿，想了很多很多，可是真的面对了，还是不知从何说起。

絮儿冷冷地看着他，面无表情地问：“你刚才在开会吗？我打扰你了吗？”

柳越生忙赔笑说："没有，没有。今天是周五，只是平常的例会，没关系的……"

"没关系的？"

絮儿的音量陡然提高了，厉声质问道："既然是没关系的会，你怎么可以要求我妈妈挂电话？你当她是什么？"

她这一声质问，让柳越生措手不及。

平常他有事的时候都是这么跟心兰说的，已经成了习惯，李心兰从不因此抱怨什么，所以他也并不觉得有什么，可是，没想到今天听电话的会是絮儿……显然絮儿很在意，很在意他这种态度！

柳越生悄悄看一眼李心兰，他忽然觉得也许自己欠她的，比自己想象的要多得多！

絮儿将手里紧紧握着的那些残留下来的情书，一把扔到他脸上，再次质问："她说你是爱她的，你爱吗？！"

面对絮儿的质问，柳越生摆出十二分诚恳的态度，点头说："是的，爸爸和妈妈是相爱的，絮儿……是爸爸对不起你！"

絮儿不依不饶地继续质问："你对不起的何止是我？既然你爱她，为什么要娶别的女人？"

可是这个问题，柳越生就和之前的李心兰一样，无法回答。

人生很复杂，爱情并不是全部。

这些，絮儿能懂吗？在十几岁的孩子眼里，爱情是那么美好而神圣，她能理解吗？

而他的沉默只能让絮儿更伤心，也更愤怒，她冷笑着说："无话可说了吗？你们一个个口口声声说相爱，可是，一个自以为伟大的让出自己所爱的人；一个呢，左拥右抱、妻妾满堂！很好！很好！这就是你们的爱？"

柳越生第一次感觉很无力，他想解释，可同时也知道自己的任何辩解都会显得那么苍白无力。

他缓慢地将絮儿扔过来的那些纸张一一拾起来，当他再次看到那熟悉的粉色，闻到那熟悉的香味，看着自己曾经真切的字句……仿佛一下子又回到十几年前。

那时候他的爱是那么真切而坚定，可是现在呢？

不知道从什么时候起，他已经习惯了心兰这样默默无闻地存在，这是多可怕的习惯。他不只是对不起絮儿，对不起心兰，对不起苏玉和柳浩，甚至都对不起当年那么爱着心兰的自己！

但是絮儿可不是让他来感伤的，见他无话可说，便再次问道："你确定，你是爱她的吗？"

柳越生这次是不假思索地说："是！我的确是爱你妈妈的，从前是，现在还是。当然也爱你，絮儿！爸爸知道这些年委屈你了！"

他拿着自己当年的情书，仿佛又看到当年那个苦苦追求心兰，为她茶饭不思、日夜难眠的自己，也仿佛又回到那种状态。

听到他的回答，李心兰低垂的眼睑微微抖动了一下，心里百感交集。

但是这次谈话完全是由絮儿主导的，她并没有给他们过多伤感的时间，听到柳越生的回答，她稍稍缓了口气，坚定地说："好！既然你还是爱我妈妈的，那么……"

她看看李心兰，又看看柳越生，问道："你可以离了婚娶我妈妈吗？"

"絮儿？"

两个人几乎同时惊呼！

柳越生可能还带着些许尴尬，他怎么也没想到一向乖巧的女儿会提这样的要求！

"怎么？不行？"

絮儿的眼睛眯起来，来回审视着她面前的两个人，良久得不到回答的她，脸色更加苍白了，咬着牙，一字一句地逼问道："不——行——吗？"

柳越生刚想说话，一直沉默的李心兰开口了，她委婉地说："絮儿，有些事情不是这么简单，不要逼你爸爸了。”

“很难吗？”

絮儿忍无可忍地怒视着柳越生：“你，做不到吗？只是要你娶一个和你相爱了十几年，为你放弃了一切，为你生儿育女的女人，你做不到吗？不要钱财不要家产，哪怕你从那个家里一无所有地走出来，我们都同样欢迎你！很难吗？”

柳越生的脸色变得非常难看，在女儿的逼视下，他忽然觉得原以为很成功的自己，居然是如此猥琐！

李心兰当然知道这是不可能的，心里刚刚掀起的那点波澜也瞬间平静了，见柳越生无法回答，便劝道：“絮儿，不要这样。你爸爸也有他的难处……”

她想尽可能地劝絮儿，但他们两个人的态度却更加激怒了絮儿。

絮儿双手紧紧握成拳，身体都气得微微发抖，回头恶狠狠地对她说：“你住嘴！你可以什么都不要，但是我要！你凭什么替我做这样的人情？你凭什么替我决定？我要他娶你，不是为了你，不是！你是我妈，如果他认我这个女儿，他就得娶你！不然我算什么？你们俩告诉我，我算什么？”

李心兰难过地扭过头去。

她何尝不想……可是，她同时也知道这对柳越生来说有多难。

絮儿再次将目光转向柳越生，眼睛睁得大大的，努力抑制着将要滚出来的泪水，哽咽着再次问道：“你！我只问你，愿不愿意！”

“絮儿！”

柳越生此时心里也是乱成一团，嗫嚅着，什么话也说不出来。

絮儿眼中的期待一点点逝去，然后泪珠终于滚落下来，她扭过头去，冷冷地说：“好，我终于知道你是如何爱她了。做不到是不是？那我，永远也不要见你！”

她说完就转身向门外奔去。

“絮儿!”

柳越生慌忙站起来，情急之下脱口而出：“絮儿！爸爸答应你！爸爸答应你!”

已经走到门口的絮儿听到他的话才停止了一切动作，缓缓转过身，看着他的眼睛问：“真的?”

柳越生红着眼眶，说：“真的，爸爸答应你。不过，请给我一点儿时间。”

他心里无比苦涩，但是他觉得他必须这么说，他并不想失去这个女儿。

他无法面对女儿的指责，无法面对自己心底对心兰的愧疚，可是，他就能面对另一个做了他十多年妻子的女人，以及唯一的儿子柳浩吗?

而此时，他也根本没有时间去考虑。

絮儿依然用不信任的表情看着他，一字一句地问：“我可以相信你吗?”

“絮儿。”

柳越生缓缓走到她身边，伸手轻轻抚摸着她的脑袋，又替她拭去脸颊上的泪珠，然后轻轻将她搂在怀里，喃喃地说：“再相信爸爸一次，爸爸知道絮儿受委屈了，爸爸一定会补偿我的宝贝女儿。”

絮儿原本紧紧绷着的神经，在这一瞬间完全松懈了，眼泪也哗哗地流下来。

委屈！她何止是委屈!

但是只要爸爸还要她，爸爸还爱她，她心里的怨恨啊、委屈啊就全都化解了。十六岁的孩子，还是很单纯的，在她心里认为，只要爸爸肯光明正大地承认她和妈妈，那么一切都可以原谅，之前多少委屈她也认了!

她并不在乎爸爸是不名一文的柳晨生，还是大富豪柳越生，只要是她的爸爸，这比什么都重要!

看着在柳越生怀里痛哭的女儿，李心兰心里难过得无以复加。

她知道，这又是一个无法兑现的承诺。

虽然他在说这话的时候，也许是真心的，可是一出了这个门，一回到现实的环境，他根本就无法做到自己的承诺。

但是，不管如何，柳越生的确能给絮儿最大的安慰，因为絮儿最在乎的就是他的认可。

现在既然他已经答应下来，絮儿的心结就算是解开了，她心里的怨恨也都统统消失了，又恢复到原来乖巧的模样。她一整天都乖乖地休息，看书、吃饭、睡觉，又恢复了她作为一个高中生的生活，第二天是周六，她甚至还去上了补习班。

她决定再次相信爸爸，她也答应了给他一些时间，就算是小姑娘，她也知道离婚这种事并不是那么简单，所以，她并没有再相逼。而是打算努力恢复正常的生活，等待爸爸的“归来”。

第二十四章　最好的朋友

虽然陶淘说同学们都不知道，柳浩什么也没说，但周六下午去补习班的时候，絮儿心里还是非常不安。按理说柳浩应该不会为她保密啊，上次他的态度那么恶劣，明明就很恨她和妈妈！

所以，絮儿一路低着脑袋安静地走着，谁也不敢看。

她到的时候乐乐已经在教室里了，看到她进来，很意外也很惊喜，忙招呼道：“嗨！絮儿，絮儿来这边。”

絮儿听到叫声才勉强抬头看到乐乐和王琪在一起，两人都很热情地冲她招手，她才稍微安心一点儿，对她们微微一笑，努力让自己看起来正常些，只是脸色还是比较苍白，显得人比较虚弱。

乐乐惊喜过后想到什么也稍微收敛一些，只是由衷地说：“你能来上课太好了！”

两个人是从幼儿园开始的好朋友，但这几天里乐乐实实在在地感觉到了和絮儿之间的某种隔阂。她并不知道絮儿到底发生了什么事，可正是絮儿什么都不肯告诉她才让她感觉有点伤心，这在以前是绝对不会有的事！

絮儿也知道自己这几天对乐乐的态度很差，所以很抱歉地说：“对不起！这几天是我不好！”

乐乐听到她这一句道歉心里那点伤感早就抛到九霄云外去，马上笑嘻嘻地说：“你生病嘛，病人为大！怎么样，身体好点了吗？”

王琪也回过头来，看着絮儿打趣地说：“柳絮儿你看起来真的可以满天飘了！”

絮儿忽然想起来陶淘也说过这句话，不由得笑了，乐乐拍了王琪的后脑勺一下，说：“你才满天飘呢，絮儿我们一会儿多吃点，好好养养。”

絮儿微笑着说：“没事啦，我身体好着呢，只是模样惨了点！”

乐乐有些心疼地看着她，欲言又止，她很想问问絮儿到底发生了什么事，以她前几天在医院的那种状态，绝对不只是生病而已，应该是受了很大的打击才对吧？

可是，看絮儿的样子并不想提，而且现在教室里人很多也不是说话的地方，她只好强忍住了，只是笑笑一时倒找不到话题了。

好在补课老师来了，大家开始认真听课。

絮儿因为好几天没上课，那天晚上陶淘想给她补课也被柳浩打断了，现在听老师讲的有点似懂非懂。

乐乐似乎看出来了，小声对她说：“别急，一会儿我给你补课。”

絮儿忙微笑着点头，还是尽量努力去听。

下课之后，她的手机响了，忙打开来看，是陶淘发来的短信：身体好了吗？看到你了。

看到你了？

看到这句话的时候，她本能地抬起头四下张望了一下，并没有看到陶淘，忙回说：是，差不多都好了。你也在上补习班？

不一会儿，陶淘回了过来：是啊，嘿嘿。没想到吧？我是插班生，在你们旁边的英语班。怎么样，一会儿想不想出去走走？

絮儿不由得微微笑了一下，想了想，迅速回道：好啊，想去哪里？

上课铃响了，陶淘回了最后一条：下课我在门口等你，到时候再说。

絮儿放好手机，回头就看到乐乐一脸好奇的表情在看着她，她有点心虚地笑笑，但还是很坦白地说："是陶淘。"

乐乐一本正经地点点头，说："我知道。"

絮儿有点意外地看着她，乐乐噘着小嘴酸酸地说："反正几天不见，陶淘这家伙不知道什么时候就排到我前面去了！哼！"

这醋味连前面的王琪都闻到了，回头瞄了她们俩一眼，对乐乐说："这你就不懂了吧！这叫重色轻友……"

絮儿给她这么一说，小脸一下子红了，急忙解释说："不是这样的，真不是的，我们也只是朋友！王琪，你不要乱想！"

王琪摇晃着脑袋回过头去，显然并没有相信她的话，她急了，求助地看向乐乐。乐乐以一种探究的眼神看着她，问道："你们……"

絮儿双手乱摇，很认真很认真地说："真不是！乐乐，你相信我！只是同学，只是朋友！"

乐乐见她真的急了，笑着说："好啦，相信你！那，你们以后干什么都得带上我，不许单溜！"

絮儿忙点头，但是突然想到什么，又迟疑了。

如果什么都带上乐乐，那就表示她和陶淘之间没有机会说心事了……到现在为止，她都并不想把那件事告诉乐乐，毕竟这样的身世，谁能接受？乐乐还那么喜欢她妈妈，如果让她知道真相……

不！

絮儿甩了下脑袋，她不敢想！

她不敢想乐乐知道了会怎么看她？又怎么看她妈妈？

乐乐奇怪地看着脸色一直在变的絮儿，问道："絮儿，怎么了?"

絮儿期期艾艾地看着她，说："没什么……"

她犹豫片刻，又十分诚恳地说："乐乐，你是我最好的朋友，永远不会变!"

乐乐也知道絮儿有很重的心事，很想知道是什么在困扰着絮儿，但是见她都这样说了，也不再相逼，也许到了可以说的时候絮儿自然就会说了吧。只是要让直性子的乐乐这样等待是很难熬的，她很无奈地伸手摸了摸絮儿的脑袋，笑着说了一句："小傻瓜!"

絮儿知道乐乐虽然不情愿但是谅解了她，也报以微笑。

她不敢告诉乐乐，正是因为很怕会失去乐乐这个朋友!

她在心里对自己说：至少不是现在，也许等爸爸那边处理好了，家里变正常，那时候这件事就可以翻篇了，就不用再骗乐乐了!

她的想法还是很天真，她以为爸爸答应她了，就一定会去做，她和妈妈只要耐心地等着就好！因为她也相信爸爸还是爱妈妈的，这也是爸爸亲口说过的。那么既然爸爸和妈妈相爱，就肯定不爱那个他现在的妻子，那么离婚对他们来说就并不难，只要爸爸放弃那些财产，不是很容易吗?

她不知道成年人的爱情，可并不是这么简单的判断题。

但是李心兰知道，她知道柳越生的这个承诺根本就是没法兑现的，絮儿希望越大，到时候失望越大。所以，她一直想找机会劝絮儿放弃，这也是为什么絮儿急着来上课的原因。她不想在这种时候去跟妈妈做无谓的争执，心里对妈妈的怨气也还没有散也不想和解，所以，她索性出来上课，躲开妈妈。

反正，只要爸爸实现了他的承诺，到时候妈妈就会知道她是对的了!

这天，乐乐到底还是把絮儿让给陶淘了。

虽然絮儿那么郑重其事地跟她说：乐乐，你是我最好的朋友，永远不会变。

但是，看到絮儿选择让陶淘给她补课，而不是自己，乐乐心里还是很不是滋味。

其实絮儿之所以这样做，是因为她非常想把自己和爸爸谈判的事告诉陶淘，她想听听陶淘是怎么看的。而这些，又不得不避开乐乐。

所以，她只能很抱歉地看着乐乐一个人悻悻地回家。

好在，乐乐还是很相信她的，并没有像王琪那样八卦她和陶淘，这让絮儿轻松不少。

乐乐离开之后，陶淘便问絮儿："想去哪儿补课呢？"

他猜絮儿肯定不会想回家，所以，在想着找个安静的地方给她补课。可是想来想去也没什么合适的地方，絮儿丢下乐乐跟他一起，他也想到了肯定是有什么比较重要的话要说，那就不适合去人多的地方。

絮儿想了半天也一时想不出好地方，只好看着陶淘说："不知道，但是我不想回家，我有很重要的事跟你说！"

陶淘笑笑，深吸口气，打量着街上的人来人往，忽然下定决心似的说："那，不如去我家吧，既然有重要的话说，在外面也不方便。"

絮儿忙不迭地点头，又不好意思地问："你家方便吗？"

陶淘笑着说："方便，就我和外婆，有什么不方便的？"

他在心里想，方便倒是方便，只是外婆恐怕会吓一跳。这可是他有生以来第一次带同学回家呢，还是一个女生！

果然，当外婆看到陶淘身后还有个怯生生的小姑娘时，她惊讶地倒退一步，不知所措地看着陶淘。

陶淘故意忽略掉外婆的表情，一本正经地介绍说："外婆，这是我同学柳絮儿。"

絮儿笑容可掬地微微鞠躬，说："外婆好。"

"好——"

外婆好半天才反应过来，一边紧张地看陶淘，一边招呼说：“好……同学好，请进吧。”

陶淘进门就说：“外婆，您不用管我们，我们就在楼上聊会儿天。”

他一边说一边带絮儿上楼去自己房间，絮儿看着外婆一副很受惊的表情，歉意地笑笑。

走上二楼，陶淘又探出半个身子，冲依然愣在那里的外婆说：“对了，别打小报告。”

他的意思是叫外婆不要给王维打电话，他太知道自己这个外婆了，丁点大的事都会去问王维，何况现在，他居然破天荒地带了女同学回家，这在他们家是从未有过的大事了！

外婆听他这么说，尴尬地笑笑，她的确是有这个打算，但既然陶淘这么说了，她倒不好真的再打电话问王维了。

第二十五章　无法兑现的承诺

进了陶淘的房间，絮儿才吐了吐舌头，说：“看来我把外婆吓着了。”

陶淘笑着说：“没事。随便找地方坐吧，高兴的话躺着也行。”

他将自己的书包和絮儿的书包一块儿扔到旁边。

絮儿环顾一下，好奇地说：“你房间还真整齐。”

整整齐齐的书架，整整齐齐的衣橱，干干净净的书桌，干干净净的地板，连电脑和游戏机都摆放得一丝不苟，完全不像男生的房间。

陶淘往自己的大床上一躺，舒展一下筋骨，说：“我一回来就自然会乱了。”

这么整齐的原因是外婆不厌其烦地帮他收拾。他在的时候外婆是不敢来乱动的，但是他上学的时候，外婆自然会把房间收拾得她看来一丝不苟。而陶淘却很不习惯，他为此没少抱怨，但外婆依然如故，他也只好认了。

絮儿笑笑，在书桌前的椅子上坐下，转身趴在椅背上看着陶淘，犹豫半晌，她终于说："我跟你说件事。"

陶淘依然舒服地躺着，侧过头问："什么事?"

絮儿下意识地咬了下唇，说："昨天，我在家里和他们谈判了。"

"谈判?"

陶淘坐起来，问："和你爸爸妈妈吗?"

絮儿点头缓缓地说："他们两个其实是在爸爸和柳浩妈妈结婚之前就认识的，而且那时候就在交往，他说他很爱妈妈，但是因为家里人反对，不得已才娶了柳浩的妈妈……"

陶淘只是默默地听着，听起来像是个很老套的故事，可是最关键的是，柳先生娶了现在的太太，还是没有放过原来的恋人。

这些不用说自然也能猜到，絮儿也就略过了，只是说："我昨天把他叫过去，跟他说要么离了婚娶我妈妈，要么我再也不认他。"

陶淘扬了扬眉，这倒有点意外，完全没想到看起来柔柔弱弱的絮儿会有这种魄力和霸气。

絮儿歪着脑袋，笑眯眯地问："你猜结果怎么样?"

陶淘看她一眼，又躺下去，说："看你还笑得出来，结果自然是如你意了?"

"嗯。"

絮儿用力点头，说："我也没想到，他居然答应了。"

短暂的沉默。

絮儿还沉浸在自己成功的喜悦里，而陶淘则是另一种想法，在他看来絮儿未免高兴得太早了，她爸爸虽然是答应了，但是这件事并没那么简单。

知道了絮儿和柳家的事之后，他也曾查过一些有关柳越生的资料。现在的正大集团，其实是柳家和柳太太苏家的合体，到现在为止，夫妻两个人都是各占各的股份，只是管理上是柳越生做主，柳太太一般不过问。

在这种情况下，柳越生要离婚……就等于是把他这么多年的心血完全放弃，正大集团就算不解散，但两个最大股东之间的恩怨，必然会影响到公司的经营，因为柳太太不可能善罢甘休。

真的弄成那样，这个男人，能舍得？

陶淘虽然并不完全了解他们的故事，但认为答案是否定的，如果柳先生现在真的可以放下一切离婚，当初就应该不会做那样的选择。

回过神来的絮儿见陶淘并不说话，心里微微有些不安，小心地问道：“你认为我做得不对吗？”

陶淘摇摇头，说：“对不对是另一回事，不过，我想提醒你，也许事情并没这么顺利……絮儿，你最好不要抱太大期望。”

絮儿微微嘟着嘴巴，黯然地说：“你怎么和我妈妈一样！她也觉得不可能，所以，在想尽办法让我打消这念头，我不愿意回去，就是不想看到她那个样子，更不想听她说爸爸有多难。我实在不懂，为什么他们两个人明明说彼此相爱，可是却弄成现在这样？我妈没名没分地跟了他半辈子……不管怎么样，我要赌一把，不要像妈妈一样只会委曲求全，到头来还要给人骂！”

陶淘叹口气，眼睛看着天花板，说：“我也不懂……”

他想起王维，在他心里，一直认为王维到现在还单身，都是珊妮害的，他也因此，对珊妮更多一分厌恶。他也实在不明白这个女人有什么好的，偏偏害王维这么痴情，明明知道和珊妮之间已经不可能，可是，还在傻等什么呢？

爱啊爱啊，到底是什么东西？

怎么好像但凡爱上一个人，不是变成傻子就是变成白痴？

两个人都各自沉浸在自己的思绪里，一时都没说话，这时，门被轻轻敲了几下，门外传来外婆的声音："陶淘，陶淘！"

陶淘有些不耐烦地说："进来啊。"

他知道自己带着女生回家，两个人又待在他房间没出去，外婆估计不放心，忍不住上来打探了，只是他也懒得解释。

外婆端着切好的西瓜和洗好的葡萄进来，说："吃点水果吧，小姑娘。"

絮儿忙站起来，接过外婆手里的水果盘，乖巧地说："谢谢外婆，我叫柳絮儿。就是柳絮儿满天飞的柳絮儿，您叫我絮儿好了。"

她是觉得外婆可能没记住她的名字，才特意又介绍一下。

外婆慈爱地看着她，说："好的，絮儿。你们是同学吗？"

絮儿点点头，也笑着说："是，我们是一个班的呢。"

她觉得外婆很亲切，也许因为她从小身边只有妈妈，什么外公外婆、爷爷奶奶一个都没见过。

可是陶淘却不太喜欢外婆这样问东问西，催促地说："您休息去吧，不用管我们。"

外婆赔着笑说："好好，你们聊吧，有事叫我，啊。"

她边说边转身退了出去。

絮儿看着外婆已经有些佝偻的背影，心里很是不忍，想想陶淘上学的时候，家里就她一个人，她肯定希望陶淘回家以后可以陪她多说几句话，可是陶淘却……

絮儿不满地看着陶淘，一本正经地说："你别对外婆这么不耐烦嘛。"

陶淘只拿眼睛盯着天花板，不说话。

絮儿忽然想到什么，开心地说："这样吧，今晚我不回去了。"

"啊？"

陶淘吓了一跳。

絮儿越想越开心，说："我跟外婆睡啊，也可以陪她说说话。"

看她笑容可掬的样子，陶淘也不忍拒绝，只得说："随你吧，不过你妈妈会担心的。”

絮儿不在意地说：“没事，我可以跟她说我去乐乐那里了，不回去也没关系。”

陶淘再看看她，什么也没说。

其实絮儿妈妈不是一样需要她陪吗？这丫头能看出他外婆的寂寞，却看不到自己妈妈的寂寞。

或许，她只是不愿意去面对。

如果柳越生做不到自己的承诺，絮儿该怎么办？

她会更伤心吧？

陶淘不由得也为她担心起来。

柳越生答应了絮儿的要求，但是也正如李心兰所想的一样，当他在她们那里的时候，的确是真心觉得对不起她们母女，真心想补偿她们；但是，一旦离开她们，回到另一个家，回到他原来的生活中，一切又让他觉得是那么的难。

这难以放弃的不仅仅是他辛苦经营了近十年的事业，就算正大集团因为他和苏玉的离婚而被解体，他也相信自己有能力再次将它做大做好。但是，俗话说手心手背都是肉，一边是絮儿和心兰，一边是柳浩和苏玉，他不管选择哪一方，对另一方来说都会是种沉重的打击！如果对絮儿和心兰的补偿，是以对柳浩和苏玉的伤害为代价，这一步，他无论如何不可能轻松地迈出去。

所以，在考虑再三之后，他还是回到了原点，就是说回到了原来的计划，努力争取到絮儿，放心兰一条“生路”。

絮儿只给了他一个月的时间，所以这一个月之内，他必须让这件事有个了结。柳越生感觉到前所未有的压力，这比任何一次生意上的谈判和执行都更艰难，因为他要面对的都是他最亲最爱的人。

柳浩说他太贪心，的确，如果他不够贪心，当初就不会挽留心兰；如果他不够贪心，这时候应该狠心地给一笔钱打发掉心兰和絮儿，保住自己现在的家庭、事业和名声。然而，他贪，他想要最好的结局，想要尽可能地将所有人都留在身边……所以，他在一次次伤害所爱的人，也在一次次给自己出难题。

要对苏玉说出絮儿的事情，是多么困难！

而说出来以后，还要苏玉能接受絮儿，那更是难上加难！

他此时还没考虑到，就算他做到了，苏玉原谅了他也接受了絮儿，但这结果和他自己答应絮儿的事情，完全不一样，对絮儿来说意义也完全不一样，她会接受吗？心兰又会接受吗？

絮儿并不只是要一个爸爸这么简单，她是要爸爸妈妈正常的生活在一起，要一个和别人一样普通而正常的家。虽然当时絮儿对李心兰说这个要求不是为了李心兰，而是为了自己。但其实心底深处，絮儿是心疼妈妈的，她虽然恨李心兰，但同样也爱，她对柳越生提出来的要求，并不仅仅是为了她自己，这和柳越生的理解显然有很大的偏差。

李心兰太了解柳越生，她知道他做不到。而因为他的承诺，絮儿又再次充满期待，当这承诺落空的时候，絮儿该怎么办？

她现在忧心的就是这件事，所以，极力想说服絮儿主动放弃对爸爸的要求，絮儿主动放弃的，当然要比爸爸答应了她最后却做不到，对她的伤害要小太多。

但是絮儿并不想放弃，她甚至不愿意和妈妈谈这件事，因为她也知道妈妈要说什么，知道妈妈的态度，所以，她拒绝。她要等爸爸实现他自己的承诺，因为那对她来说很重要，也是唯一的一次可以说服自己原谅爸爸，和爸爸和解的机会。

虽然连陶淘也说那对她爸爸来说很难，但她固执地要等下去。

也许，在她心里面，潜意识里，也想看一看，自己在爸爸心里到底有多少分量，爸爸到底能为自己做到什么程度？

如果爸爸做不到，她该怎么办？

她不愿意去想，拒绝去想。

为了逃避妈妈那种时时刻刻、有声无声的劝说态度，絮儿几乎是恋上了陶淘家，周日回家换了校服，周一又去了陶淘那。

李心兰也知道女儿在回避自己，但她一直以为絮儿在乐乐家，所以并未多说什么。

絮儿从小到大除了爸爸、妈妈之外，任何长辈都没见过。妈妈曾经的解释是，奶奶很早就去世了，而双方对于妈妈和爸爸的“婚姻”都很反对，都不原谅，所以……在很早以前就和他们断了来往。之前她还觉得妈妈的父母是不是太绝情了，直到知道了事情真相，絮儿才知道，为何他们会这么狠心和女儿断绝关系。

但是现在，陶淘的外婆让絮儿感受到另一种温暖，异常亲切，所以她乐意去他们家，乐意在和陶淘一起看完书之后，临睡前还能陪外婆说会儿话。

外婆也的确是寂寞的，这么多年，除了照顾陶淘的日常生活、打扫房子以外，她没有别的任何事情可做，也没有别的任何牵挂。对于女儿珊妮，她更多的是无奈。而因为守着陶淘，她也不能随意去和其他的人交流。陶淘一天天、一年年长大，和她的话也越来越少，基本上长年累月没有人能陪她好好说几句话。

絮儿的到来，不仅令这个原本冷清的家忽然之间充满生气，也给外婆寂寞的生活带来了一些欢乐。她会给外婆讲陶淘在学校的事情，讲他如何淘气，学习又如何好；讲他长得很帅气，很多女生喜欢和他交朋友；也讲陶淘以前怎么欺负她，现在两个人又如何成了朋友；讲他有时候看起来很任性，可是有时候好像又很值得信赖；讲他的好，也讲他的坏……总之，她讲的一切，对外婆来说都是陌生的、新奇的，在和絮儿这样有一搭没一搭的闲聊中，外婆也对自己这个孙子有了更多的了解。

原来孩子早已经在不知不觉中长大了，而她，在心里还是常常把他当作那个小时候经常缠着自己的小不点，难怪陶淘会觉得她烦，会越来越不爱跟她说话！

日子就这样平淡而有些小心翼翼地过去。

柳浩在学校倒并未做什么让絮儿难堪的事，他依然是那个很友好、很绅士的班长，而絮儿也渐渐确定了，他真的并未将他们的事说出去，所以，心里稍稍有些安心。

周四的数学课有一次小小的测验考试，虽然是很普通的一次小考，但却是高中以来第一次考试，大家也都相当重视。

数学是絮儿最怕的课程，她是比较偏文科，加上之前又请假落了好几天的课。所以周三晚上，她又去了陶淘家，陶淘尽可能给她恶补。

晚上十一点左右的时候，陶淘意外地接到珊妮的电话，他暗自皱了皱眉，让絮儿看会儿习题，自己则到外面走廊上接听。

电话一接通，珊妮就在那边兴奋地说："宝贝，听说你交女朋友了？"

她自然是打电话给外婆的时候，听外婆说的，而且还听说这个小女生已经知道陶淘的身世。虽然外婆只说是女同学，但是她就自然理解为女朋友了……想想看，陶淘什么时候带过同学回家？只是一般的同学他怎么可能这么做呢？她这儿子对于身世的秘密比她还紧张，又怎么可能轻易告诉一个人？既然连这都肯说出来，就表示这个人在他心里的地位绝对非同一般。

所以，珊妮是认为这个女生肯定是陶淘的"女朋友"。

作为妈妈，自己的儿子第一次交"女朋友"，她并没有一般妈妈那种紧张和担心，反而是很开心、很好奇、很兴奋。

虽然最开始听说女生知道陶淘的身世，珊妮有些紧张，但是后来连外婆也说应该没事，说那个女生很乖，不会乱讲话，于是，珊妮的好奇心就彻底给勾引起来了。

到底什么样的女生，让她那个从小连她都不放在眼里的儿子，居然变温驯了？而且才只是见过几面，就连外婆好像也被"收买"了？

她实在很好奇。

第二十六章　误会（上）

珊妮在电话那边莫名的兴奋让陶淘很无语，他回头看了一眼房间里的絮儿，压低声音对着电话那边的珊妮说："别乱讲话好不好？我们只是同学。"

珊妮可不在乎他的态度，自顾自地说："是吗？什么时候带出来让妈妈看看呀？什么样的女生？听姥姥说很可爱的……"

陶淘不耐烦地打断珊妮的话，说："有完没完啊，都跟你说不是了。"

珊妮在那边噘了下嘴，不甘心地说："好吧，不是不是！不过，妈妈想你了嘛，刚好今晚有空，怎么样？要不要出来吃吃消夜什么的……王维又不准我过去找你们。"

陶淘果断地说："明天要考试呢，今天不行。"

但是珊妮今天似乎很有兴致，撒着娇游说着："这种小考试没关系的啦，再说正好你们学习饿了，吃饱了再回去嘛。"

"你还真是……"

陶淘给她气得没话说，人家父母都是生怕孩子不学习，她倒好，居然说什么小考试没关系的？

珊妮有点失望甚至还有点委屈地说："真的不行吗？"

陶淘才不吃她那套，坚持地说："不行。"

其实他也不太想见珊妮，像这样偷偷摸摸地见面有什么意义？

从他懂事起，这种见面对他来说，就是非常不愉快的，每次都在提醒着他，连亲生母亲都不敢认他——而且每次他刚要忘记，她又冒出来提醒。

之前也说过，珊妮是个比较任性的女人，所以，陶淘的拒绝并未打消她想和他见面的念头……难得今天经纪人有应酬不在，而且整晚不会回来，她可以溜出去，只要早晨以前回来，就不会有人发现。

而她此时又忽然非常想念陶淘，当然还有他的“小女朋友”……

所以，珊妮居然不顾之前和王维的约定，很快就出现在陶淘面前。

当陶淘看到她顶着一头烫得特蓬松的假发，戴着宽边眼镜，一脸讨好的笑容站在他房间门口时，默默地双手环抱着，满含怒意地盯着她。

珊妮当然知道他生气的原因，忙解释说：“宝贝，妈妈太想你了……所以……”

她说着还想上来抱一下自己的儿子，陶淘一手推开她，冷着脸问：“不是说好了你不要过来吗？”

珊妮晃动着自己因为头发而变得“硕大”的脑袋，说：“没事的啦，我自己开车来的，而且还特意装扮了一下，你看……没人认出来的。”

说着她便越过陶淘的身子探头往里看，刚才外婆已经告诉她陶淘和絮儿在上面学习，所以她寻找的目标自然是絮儿。

絮儿也的确给她吓了一跳，尴尬地站在那里，不知如何是好。

珊妮倒是完全不在意，一脸兴奋地看着絮儿，热情地说：“你就是絮儿吗？果然很可爱。”

她直接从陶淘身边绕过，拉着絮儿上下左右看了个遍，笑眯眯地说：“你可是我这个宝贝儿子交的第一个女朋友呢。”

陶淘靠在门边，无奈地看着她，知道这个女人既然来了，肯定要闹腾一会儿才会罢休。

絮儿看看他，又看看珊妮，怯怯地说：“阿……阿姨好，我们只是好朋友！”

珊妮看起来比实际年龄要年轻太多，她这声“阿姨”叫得很是不自在。

絮儿妈妈李心兰看起来也已经很年轻了，但是她的装扮至少还是少妇型的；可是珊妮呢，从头发梢到脚趾都是“张扬青春”的感觉。平时在各种海报上出现的珊妮是一副很清纯甜美的样子，今天她也是真的特意改变了一下，浓浓的烟熏妆，夸张的爆炸头，一件剪裁得很贴身，又短得不能再短的连衣裙，将她整个身体的轮廓很好地勾勒出来，深V的领口，既潮又性感，这实在不像是一个十六岁孩子的母亲！

珊妮似乎很满意儿子这个小女朋友，自来熟地伸手拍拍絮儿的脑袋，说：“好好！来，阿姨带了夜宵过来，先下去吃一点儿再学习吧。”

她是那种旁若无人的性子，至少在这个家里是，也许因为在外面有太多顾虑的缘故吧，反正在这个家里，她是没大没小、无法无天、想怎么样就怎么样的人。

絮儿被动地被她拉下楼吃东西，陶淘只好也跟着。

他很闷，因为觉得很丢脸。一是珊妮那副形象，二是珊妮完全不顾他的解释，就自以为是地认定了絮儿是他女朋友还拿一副讨好未来儿媳妇的态度来对絮儿。

珊妮买回来的是燕窝粥，每人一份，另外还给絮儿和陶淘买了炸鸡翅和薯条，在她看来孩子们爱吃这些东西。

絮儿忽然觉得，也许珊妮不像陶淘说的那样无情，她或许也是爱他这个儿子的，只是环境不允许？

当然这种借口，陶淘无法接受，絮儿也能理解，就像她不能接受那个男人不娶妈妈的借口一样。

陶淘并不吃东西，只是闷闷地坐在那里；外婆也很安静，低头吃着粥，极少开口；絮儿更不知该如何和陶淘这个“大明星妈妈”交流，只是被动地有问必答，间或报以微笑。所以，基本上整个屋子的活跃都是珊妮一个人在撑着，但是这一点儿也不影响她的热情。

她瞄一眼坐在一边不打算搭理她的儿子，对絮儿说：“别看这小子一副很酷的样子，其实他很害羞，小时候我要帮他洗澡都不要！”

当她这样跟絮儿说的时候，自然惹来陶淘的怒视，忙笑嘻嘻地说：“好啦好啦，我不说了。对了，絮儿，你们交往多久了？”

絮儿愣在那里，虽然她有解释过，但是显然人家并不当回事，她有点求助地看向陶淘，陶淘干脆没好气地说："这个女人认定了你是我女朋友，你就将就认下算了，反正怎么解释也是多余。"

絮儿想笑，又觉得不好意思，忙低了头。

珊妮笑着伸手去捏陶淘的脸，他自然躲开去，从他小时候起她就喜欢干这种事，不过他十岁以后她就再没得逞过。

她又转头对絮儿说："好吧好吧，那我换个问法，你们认识多久了？不会是高中才认识的吧？好像……你们才开学还不久吧？"

以她对儿子的了解，怎么可能在这么短的时间内和一个同学这么熟？还是一个看着也不太外向的女生。

絮儿解释说："阿姨，其实我们小学也是同学，不过很短。"

"小学？"

珊妮一双大眼睛滴溜溜转了一圈，随即"扑哧"一声笑了，说："哇，那还真是有缘呀！转来转去，居然又转到了一起。这叫什么……我记得有一句诗是这样的：转山转水转佛塔，不为修来世，只为途中与你相见！"

她说着说着，自顾自合了双掌叹息，一脸憧憬的模样。

絮儿微笑地说："阿姨也喜欢仓央嘉措吗？"

珊妮瞪大眼睛，看着她问："仓什么？那是谁？歌手吗？"

陶淘很丢脸地扭头看别处，絮儿轻轻咳嗽一下，忍住笑，好心地说："您刚才念的诗句，就是出自他的诗集。"

"是吗？"

珊妮一点儿也不在意自己的"无知"，反而很没形象地大笑起来，说："其实我也不知道是哪看来的，你知道吗？我可是好多好多年不看书了呢！每次背剧本都是最头疼的事……倒是现在的剧本越来越乱七八糟的，连我都看着漏洞百出，哎！对了。"

她扭头盯着絮儿看了半天，忽然说："絮儿，你妈妈肯定也是个美人吧？看你就知道了，对了，家里还有兄弟姐妹吗？"

陶淘皱眉，不快地说："您这查户口呢，快点吃完了回去，我们还要复习。”

珊妮没想到他反应这么大，疑惑地看看絮儿，委屈地说：“你看，这小子可真够维护你的……我不过随便问问，至于那么凶嘛！”

絮儿笑笑，也不好说什么，她知道陶淘是怕她尴尬。

稍倾，珊妮又凑近絮儿，神秘地问：“这小子是不是经常说我坏话啊？”

絮儿忍不住又笑了，小声说：“没有啦，阿姨。”

这个珊妮阿姨，不仅仅是表面上看起来年轻，言行也像个小女孩似的，絮儿倒没觉得这样有什么特别不好的地方，而陶淘却完全是一脸受不了的表情。

但是他没想到还有更让他受不了的事在后面。

大家吃完夜宵，趁絮儿帮外婆收拾的时候，珊妮将陶淘拉到一边，很神秘地塞给他一盒东西。

当看清那是什么东西的时候，陶淘真的怒了，将那精美的盒子直接扔到她脸上，咬着牙低声咆哮：“回——去！”

他还算客气，省了“滚”字！

絮儿从厨房出来，就看到陶淘怒气冲冲的样子，而珊妮已经不在了，忙问：“怎么了？阿姨呢？”

陶淘看她一眼，也不说话，径自上楼了。

他实在很气，气他居然有个这样的妈！

絮儿看着陶淘怒气冲冲的样子，很是不解，忙悄悄折回厨房，低声跟外婆说：“外婆，阿姨已经走了，但是……陶淘看起来好像好生气的样子！”

外婆微微怔了下，安慰地说：“没事的，他们母子经常吵架，别担心。”

絮儿迟疑地说：“是吗？”

她虽然也知道陶淘对他妈妈不那么友好，可是，她好像还从来没看到陶淘这么生气过！

外婆收拾好厨房，问道："时间也不早了，絮儿，要睡吗？"

絮儿想了想，还是不放心地说："我去看看陶淘，晚一点点来，外婆困了就先睡吧，不用等我。"

外婆微笑着说："也好。"

她也很喜欢絮儿，可是，心里也不免会有些奇怪，像这么大的小姑娘怎么会经常在男生家留宿？父母就不担心吗？她并不知道絮儿家的事，也没有问过。其实不管谁看到絮儿，都不会想到她有那样的身世，何况，现在还有更重要的事压在外婆心上，也无心顾及其他。

微笑着目送絮儿上楼，外婆已经略为混浊的眼里，隐隐泛起泪光。

外婆并不知道珊妮和陶淘刚才发生的小插曲，还以为是珊妮对陶淘说了另一件事，所以她心里异常难过。

絮儿能安慰他吗？多少能吧……

外婆在心里默默地希望。

她能做到的都尽量去做，因为女儿珊妮，她一直觉得亏欠陶淘太多太多，可是，她毕竟不是珊妮，有些事情她无法做到，有些情感她代替不了！

絮儿的出现也让外婆感到一点儿欣慰，因为她知道这两个孩子之间是彼此真诚而纯洁的感情，虽然她也不确定那只是友情，还是一种朦胧的爱情。但不管是什么，都是美好的，她希望这份感情能多少给予陶淘一点儿慰藉。

当然外婆还并不知道，这种慰藉，对于絮儿和陶淘来说，是互相的。

第二十七章　误会（下）

以絮儿以前那种非常安静的、被动的性格，能在陶淘面前变得主动起来，在她这样青涩的年纪能很主动地去关心一个男生，并且无所顾虑地亲近，最重要的一点就是陶淘在她最痛苦的时候，是唯一陪在她身边的人。

不管是发现自己身世的秘密从柳家庄园冲出来的那一晚，还是躺在医院里有意识地封闭自己的时候……在她痛苦的时候，无助的时候，都是陶淘安慰了她，那么她也希望自己能给予他同样的安慰。

这本是一份不带有任何杂质的感情，清澈透亮，无须回避众人的目光。

但是珊妮这突如其来的行为，不仅让陶淘异常愤怒，在愤怒之后，同时也让他意识到一种危险。

当絮儿小心翼翼地推开房门时，才发现陶淘一个人抱着双膝坐在他房间的窗台上，脑袋埋在臂弯里，弓起的身影显得那么孤独。

她轻轻走过去，在他身边坐下，小声问："怎么了？和妈妈吵架了？"

陶淘没有抬头，只是默默地摇头。

这种事情他自然无法跟絮儿说出口，刚才他的确很气，气过之后又觉得悲哀。

他也觉得无法面对絮儿，原本纯真的、坦然的友谊，忽然之间好像变得见不得人似的……既然连他自己的妈妈都会这么想，那么别人呢？

人言可畏啊！

絮儿温柔地将手放在他胳膊上，静静地陪着他，就像那一晚，他也默默地陪着她，让她能够在他怀里尽情地流泪一样。

可是陶淘忽然抬头轻轻推开了絮儿的手，在絮儿惊愕的目光中，他低沉地说："去睡吧，我没事。还有……以后别再来了。"

絮儿不解地看着他，实在不明白到底发生了什么事，他为什么要说这样的话？

以后别再来了？

她心里像被某种东西重重地撞了一下，心便不由自主地往下沉。

“好，我知道了。”

絮儿低下头，站起来静静地往外走。

她没有问为什么，那原本就已经可怜的摇摇欲坠的自尊心，让她咬紧嘴唇什么也没问。

总是最亲近的人，才能将你伤得最重。而陶淘现在无疑是她最最亲近的人……唯一能走进她心里的人，唯一让她没有戒心无须防备的人。所以，他只轻轻一句话，一个细微的动作，就已经将她伤了。

陶淘也低下头，看着絮儿那样迷惑不解又伤心的表情，他也不忍心。

就在絮儿将要打开房门的时候，他终于叫住她：“絮儿。”

絮儿停下，但依然背对着他。

陶淘深深吸口气，缓缓说：“我忘了告诉你，柳浩他们家在这小区也有房子，他虽然不是天天回这里，但说不定哪天就会回来，万一让他看到了不好。”

他这算是对自己刚才那句话的注解吧。

絮儿转过身来，看着他轻声问：“只是，因为这样吗？”

“当然。”

陶淘努力挤出一个笑容，说：“我们还是好朋友，只是男女有别，我们还是……”

他一时找不到什么更好的说辞，但絮儿已经懂了，微微点头。

陶淘叹了口气，真心地说：“我是怕你会受到伤害！”

他看着絮儿，也看到了她眼里隐忍的泪光，但克制住了自己又想去安慰她的冲动。也许，他该让她更加坚强些。

絮儿再次无声地点点头，转身离去。

虽然他刚才的解释很有道理，可是，为什么忽然会想到这个问题？为什么他忽然变得冷漠起来？

真的只是怕柳浩看到？

陶淘此时是真的担起了心，只希望柳浩这几天都没有回到这边，而以后，絮儿也不再来了……他无论如何不能再让她来了，之前是他太大意了，根本没有往这方面想。

他并不怕柳浩，可是，他很怕柳浩会因此做出什么不理智的事，他不由得想起那晚在医院外面柳浩对他的警告！

人们总说怕什么就来什么。

就在陶淘已经觉悟到不应该带絮儿来家里，并且决定她这次“安全”离开之后，再不会轻易允许她过来这边的时候，他最怕的事情还是发生了。

因为昨晚陶淘的话，絮儿心情一直很低落，夜里没有睡好，又担心第二天的考试，很早就醒了。陶淘也是因为担心所以醒得特别早，见絮儿已经起床，便索性比平时上学的时候提前了半个小时出门，以防万一撞上柳浩。

但是，就是这么巧，他们两人刚刚走到小区大门口，就迎面撞上晨跑回来的柳浩。

柳浩的确不是天天回来这边，这边的别墅他爸爸妈妈也不怎么过来住，他是想一个人清静，或者和朋友在这边小聚的时候才会过来。本来他也并没有晨跑的习惯，其实也是心里烦躁睡不好，才会想跑跑步，让自己身体累一点儿，也许心情会轻松点。

人家晨跑一般都是慢跑，让身体舒展开又不过分疲累，可是他却是拼了命地跑了一身的汗水，小背心和头发都汗湿了，额上还有豆大的汗珠滴下来。

但是汗水的确能稍稍洗去他心里的烦躁，所以，当他跑过这一圈回来，本来心情已经稍稍好了一点，可是这一撞面……所有的努力都化为乌有！

“你怎么会在这里？”

柳浩看到絮儿和陶淘，有一刹那的疑惑，然后，整个清秀的脸庞变得异常愤怒，目露凶光，对着絮儿吼道："你怎么会在这里？跟这家伙在一起？"

絮儿最初看到他有点尴尬，因为昨晚陶淘才说过怕他看到了不好，这就真的碰到了。可是被他这一吼，又有点莫名其妙……就算撞到她和陶淘在一起，他为什么要发脾气？

陶淘情知糟糕，忙解释说："因为今天考试，昨天我给絮儿补习了。"

"补习？补了一晚上？"

柳浩的眼睛始终没离开絮儿，那熊熊燃烧的怒火让絮儿有几分胆怯，她实在不明白他为什么这么生气？又为什么可以这么理直气壮地发脾气？

现在她唯一的想法就是，离这个人越远越好，所以，她什么也没说，准备从他身旁绕过，逃开。

柳浩一把抓住她的胳膊把她拖回来，恶狠狠地说："不要脸也遗传吗？你这个臭丫头！"

随即"啪"的一声，一掌狠狠地掴在絮儿脸上！

看到成双成对去上学的絮儿和陶淘，这对他来说实在是种打击，打击到他失去了理智……就在他第二掌又准备掴上去的时候，陶淘迅速冲上来抓住了他的手腕。

刚才谁都没想到他真会打絮儿，陶淘也没想到，所以没来得及制止，而絮儿更是给打蒙了，一时间都忘了躲闪。

陶淘紧紧抓着柳浩的手腕，说："柳浩，你疯了吗！"

"滚！"

此时已经疯狂的柳浩一把推开陶淘，凶狠地说："你给我记住，我不会饶了你！"

然后另一只手拖着絮儿就走，絮儿的胳膊被他捏得生疼，却怎么也挣不脱，她不明白柳浩为什么会为这种事生气，甚至掌掴她？但是此时她也愤怒了，冲他大声说："放开我！你凭什么管我！放开！"

陶淘也迅速挡在他面前，冷冷地说：“放开她!”

两个男生互相充满敌意地对峙着。

柳浩对陶淘的恨，到了无以复加的地步!

嫉妒和愤怒互相滋养，火焰在他心里越烧越旺……

陶淘虽然之前有点了解柳浩撞到了会比较麻烦，但是显然柳浩的反应也超过了他的预判。而现在的柳浩根本听不进解释，所以，看来只能武力解决了。

他知道此时绝对不能让这家伙把絮儿带走，以柳浩现在的状态谁知道会做出什么可怕的事来?

柳浩这突如其来的疯狂让絮儿既生气，又害怕。她不太能理解柳浩为什么愤怒，凭什么愤怒?在她看来，她和陶淘并没做什么见不得人的事，柳浩也没什么理由这么管她啊!

现在柳浩不仅要管，而且还是以如此粗野的方式。

陶淘镇定地看着柳浩，一字一句地说：“我再说一遍，事情不是你想的那样，我，只是帮絮儿补习。”

柳浩的鼻孔都喷着怒火：“我信你才怪!”

他毫无预兆地推开原本紧紧抓住的絮儿，扑上去一拳狠狠揍向陶淘的下巴，然后两个人就你一拳、我一拳地扭打起来。

絮儿在旁边大叫：“别打了。柳浩，你疯啦!别打了……”

然而，没有人停下来，柳浩的拳头是充满愤怒的、仇恨的，他将自己心里所有的不满，所有的怨恨都发泄在陶淘身上。而这，也激起了陶淘的斗志，他的还击也同样有力!

这个别墅区本来平时来往的人就不太多，大清早就更是安静，他们这一闹，保安也闻讯赶来。陶淘和柳浩两个人他们都认识，知道都是这里的住户，保安自然也不能太粗鲁，但又不能让他们继续打下去，只得先将他们拉开，好言相劝。

“两位同学，有话好好说啊。”

“是啊，有话好好说，别打了……哎哟！”

其中一个保安因为挡在中间，马上吃了柳浩一拳，痛得龇牙咧嘴，但是好歹另外两个同伴是将他们拉开了。

絮儿忙去看陶洵，虽然只是一会儿工夫，但两个人下手都狠，而且都是冲着脸部去的，所以两个人都是鼻青脸肿，嘴角和鼻子还流出血来。

“疼吗？”

絮儿心疼地看着陶洵，陶洵摇摇头，用手擦掉嘴角的血丝，将絮儿拉到自己身后，戒备地盯着依然怒火中烧的柳浩。

为免他们再出手，保安也是一边一个挡着，出于职责所在，不得不问：“两位同学出了什么事？”

没有人回答，絮儿也奇怪地看向柳浩，这也是她想问的，出了什么事？为什么柳浩像疯了一样？

柳浩冷哼一声别过头去，他甩开保安的控制，径自往他们家走去。

“同学！”

保安在后面叫他，他也不理。

陶洵低声对几位保安说：“没事了，谢谢几位叔叔，我们还要赶去上学。”

他说完也拉起絮儿往大门外走去。

两个人谁也没有为刚才的行为解释半句，不过只要他们不再打架了，至少不在小区内打架，保安也不想为难他们。这里的住户都是非富即贵，平时不出事还好，真要出点什么事，特别是像这种住户之间的矛盾，其实他们也难做，所以多一事不如少一事。何况两个半大的孩子打架，也没人放在心上。

陶洵的脸色一直很难看，絮儿也没有多说话。

刚才柳浩那一巴掌，也让她备感羞辱。长这么大她还是第一次被打，而且还是以这种方式，这么莫名其妙！

直到两人上了出租车（主要是不想鼻青脸肿地去挤公车，遇到同学会很尴尬），她才小心翼翼地问："陶淘，他到底怎么了，为什么这样？"

陶淘闷闷地说："没什么。"

本来之前他就很怀疑柳浩到底在恨什么，今天看到柳浩这种失控的反应，他心里似乎明白了什么。可是，他没打算告诉絮儿。毕竟这只是猜测，而且，告诉絮儿也只是徒增她的烦恼。现在，他知道柳浩不会善罢甘休，如果只是针对他，他倒无所谓，大不了再转校走人。

可是，就怕不只这么简单，他心里非常不安。

而这不安在不断地扩大——因为直到上课铃响，柳浩一直没出现。

第二十八章　秘密败露

"浩浩，你怎么来了？"

柳越生抬起头来，看着闯进他办公室的柳浩，非常惊讶，然而让他更惊讶的是，虽然已经清洗干净，但柳浩的脸……他仔细看了一下，非常确定，那是刚刚被人打过的脸，忙问道："怎么了这是？"

柳浩的气一直没消，也没法消，嫉妒时时啃着他的心，越想越火，越想越怒！

于是，他终于放弃原本准备若无其事去学校的打算，转而来找柳越生。

他咬牙切齿地说："你的女儿干的好事！"

柳越生不敢置信地问："絮儿打你了？"

"她倒是敢！"

柳浩躺到柳越生办公桌旁边的沙发里，眼睛茫然地盯着天花板，冷冷地说："你确定她是你女儿吗？你确定那不是她妈妈和别人生的野种？"

"浩浩！"

柳越生隐忍着微微皱眉，他没想到柳浩会说出如此粗野的话来。

"觉得很难听吗？可是您知道我今天看到了什么吗？"

柳浩转头直直地看着他爸爸，继续说：“您的宝贝女儿，居然在男生家留宿……她才多大啊？居然就做这种事，您确定她妈妈没有问题？”

柳越生也是一怔，站起来走到柳浩身边坐下，问：“你说什么？”

柳浩没好气地再次重复一遍：“柳絮儿！您的宝贝女儿，在我们同班的男生家过夜，今天一早被我撞见了。”

柳越生不敢相信地说：“这……不太可能吧？”

他站起来在办公室内来回踱步，再次折回来，问：“你亲眼所见？”

“爸！”

柳浩坐起来，不耐烦地说：“难道您认为我编瞎话骗您？当时看到我都觉得丢脸，所以说了她几句，然后你看……那男生就和我打起来了。您要不信呀，去问保安，还是他们拉开那家伙的。”

他这是典型的恶人先告状，至少是他先动手打的陶淘，但是，他这一说，成了人家打他，他才自卫反击。

柳越生心里乱了，他没想到絮儿小小年纪会做出这种事。他那么乖巧可爱的女儿，怎么就成了……不良少女？

可是这还不够他乱的，柳浩话刚说完，他办公室的门就被推开了，苏玉脸色铁青地站在门口。

如果是别人，他的秘书自然要通报，而且要得到他的许可才能让进来。可是柳浩和苏玉，却是有不需要通报的特权，而此时柳越生的办公室里又没有什么需要回避的重要事……所以，先是柳浩闯了进来，后是苏玉无巧不巧地出现。

苏玉本来是特意给他买了早餐，想给他一个惊喜。

今天是他们结婚纪念日，整整十七年了。在一起这么多年，以她对柳越生的了解，他喜欢这些看起来平淡的小温馨，胜过其他。所以，本来平时不会这么做的苏玉，今天特意讨好地来了。

但是，没想到，她来得正是时候，恰恰听到柳浩和柳越生谈论絮儿的事。

苏玉一步步走进来，关上门，冷冷地问："谁的女儿?"

柳浩看到自己的妈妈出现，也知道事情不妙，站起来说："你问他，我走了。"

苏玉转头看着他，既气愤又悲哀地说："浩浩，我是你妈妈！你居然和你爸爸一起合起伙来骗我？哪里来的女儿？谁给他生的女儿?"

柳浩不满地看了一眼到此还没任何反应的爸爸，尽量温柔地对妈妈说："妈妈，我没想骗您，可是这事我也刚知道，我只是不想您难过。您也不用急，我想爸会给您交代的。"

他一边说一边退了出去，抽身离开了这个即将爆发的战场，并且关好门叮嘱外面的秘书，此时天塌下来也最好不要去打扰里面的人。

秘书们还以为柳先生和太太在里面亲热，忙不迭地点头。今天是什么日子，他们也记得很清楚，因为每年的这一天，柳先生都会推掉所有的应酬回家陪太太，今年也不例外。只是柳太太主动到公司来，却是很少有的事，他们自然识趣，除非是关系到正大集团倒闭的大事，否则不会去打扰。

所以，柳越生现在有足够的时间，好好对他的太太苏玉解释。

当苏玉出现在门口的瞬间，柳越生心里除了受惊之外，竟意外地有那么一点点解脱的感觉。这事是迟早要对苏玉说的，可是，又迟迟说不出口，总想找更好的时机，就一拖再拖。

人有时候真的是需要逼迫一下才行，当你退无可退，再无法躲闪时，自然就只能面对了。

柳越生终于开口，真诚地说："小玉，对不起！"

面对相伴他十几年的妻子，他心里的愧疚同样很深。

不管当初他是以何种心情迎娶的，但他心里很清楚，整个事件中苏玉也是很无辜的。

虽然当时也的确是苏玉先看上了他，没有接受他的请求，帮他主动反对这桩婚姻。但是，她也说得很明白，她不退也不进。既不反对父母们的安排，也不勉强他柳越生接受。见过几面之后她就回了英国继续念书，如果他柳越生足够爱那个女人，可以反抗得了家里的意愿，那她苏玉祝福他们；可是，如果柳越生最后还是屈服了，只能说明他对那个女人的爱不够，她会愿意给他一次机会，可以不计前嫌地接受他。

所以，在这个当时他心里非常不情愿的婚姻里，苏玉并没有对他有半点勉强，甚至没有做过任何讨他欢心的事娶和不娶，都是他的决定。在这种情况下，在婚姻之外，他又继续和自己所爱的人维持另一个“家”，这对苏玉来说的确是非常不公平的，也是苏玉完全没有想到的！

到此时苏玉都只是知道柳越生在外面养了个小三，生了孩子，但这个小三到底是谁？她并不清楚，心里也完全没有想到会是当年那个被柳越生抛弃的女人。

苏玉陌生地看着面前的丈夫，痛心地说：“不要说什么对不起！对不起值几两几钱？呵！孩子都生了？多少年了？你欺骗我多少年了？”

她是既伤心又愤怒，但是，她此时的伤心和愤怒还是有底线的，并没到绝望的地步。

她能想象得到，一个像柳越生这么有风度又成功的男人，外面自然有很多女人垂涎。她现在伤心的是，她的婚姻也只不过如此，柳越生也只不过如此，她一直以为柳越生不是那么庸俗的男人，他们的婚姻在他们的圈子里也可以说是楷模，她苏玉曾是多少夫人太太们羡慕的女人！

但，一切不过是假象！原来，他也一样。

此时的苏玉虽然悲，虽然怒，但还在她能承受的范围。

可是，接下来，她所听到的事情，显然超出了她的想象。

柳越生小心翼翼地看着苏玉的表情，小心翼翼地问：“小玉，你还记得……认识你之前，我认识的那个女孩子吗？”

他智商不低，情商却实在不怎么高明。

他也不知道，外面这个女人，是他当年的爱人，还是其他别的女人，对苏玉来说会是多么的不同！

所以，他将所有事情如实地向苏玉交代了。

而听着他的叙述，一种无法描述的挫败感和深深的绝望在苏玉心里迅速地蔓延。

原来那个女人并没有被抛弃，一直都存在，只是自己被蒙在了鼓里！

原来自己以为这些年和自己相亲相爱的老公，心里爱着的、念着的，还是那个女人，那么自己是什么？

她忽然觉得自己当年错得多么离谱，自己当初的大度，是多么的愚蠢！

柳越生拉着苏玉的手，单膝跪在她面前，无比温柔地说："小玉，真的对不起，请你再原谅我一次。我知道是我错了，我错了，这些年负了你！但是，请你相信，我是爱你的，真的。"

苏玉笑了，微微抬起下巴，直直地看着面前的男人，冷冷地说："爱？你居然还敢对我说这个字？"

"小玉！"

"够了，我不想再跟你多说一个字。"

苏玉深吸口气，跌跌撞撞地走向门口，柳越生企图上来扶她，被她凶狠地甩开，她看都没有再看他一眼，努力保持镇定的样子，径自打开门离去。

柳越生在外面养任何女人，她都可以原谅，因为那也许只是他一时的留恋。外面诱惑太多，他也有管不住自己的时候，这种事情在他们圈子里并不稀奇，就算她会伤心，可是不至于将他们的感情全盘否定。

可是唯独那个女人，她无法原谅！

她要怎么原谅？拿什么来原谅？因为这个事实明明白白地告诉她，柳越生从一开始就在欺骗她，他心里自始至终都只有那个女人……娶她苏玉，只是为了苏家的产业。

爱？这个字眼此时对她来说特别刺心！深深地刺痛了她那颗高傲的心。

她忽然觉得，在自己身边十几年的柳越生，原来是一只白眼狼。他吃了她的家产，吃了她的心、她的爱、她的青春，却依然留恋着远方！

一只永远喂不饱的白眼狼！

她无法原谅！

第二十九章 苏玉的报复（1）

这一上午柳浩都没在学校露面，陶淘越来越不安，考试也一塌糊涂，他预感到有很不好的事要发生，但是究竟是什么，却无法猜到。

中午的时候，王维来找陶淘。

本来是外婆以为珊妮的事陶淘已经知道了，她担心陶淘为此会难过甚至想不开，所以拜托王维和陶淘聊聊。但是，王维没看出陶淘有多难过，却意外地看到他脸上的伤。虽然在进学校之前，他也有清洗干净，但是擦破和有淤青的地方他无法掩饰。

王维问道："打架了？"

陶淘点头，但并未解释。

王维也没再追问，只是说："走吧，我请你吃饭。"

陶淘却少见地犹豫起来。

因为柳浩一直没出现，陶淘本来想趁午休的时候去找他，知道柳浩误会了自己和絮儿，而这又可能对絮儿很不利。所以，他还是想尽可能地解释清楚，免得那家伙做出什么无法挽回的事。

王维略微带点调侃地说："怎么？现在交了新朋友，跟你吃顿饭都不愿意了？"

既然是外婆打电话给他，自然也顺带地说了絮儿的事，对这件事，王维也很意外。他没想到陶淘会把自己的秘密主动说出去，而且是对一个相处并不久的女同学。

陶淘听出他的意思，苦笑一下，说：“走吧，你这个‘监护人’还真是称职。”

两人还是到之前去过一次的西餐厅，挑个比较角落的位置坐下。

点过餐之后，王维试探地问：“有心事吗？”

陶淘不由自主地叹口气，但没说话。

这一路上他都在考虑要不要把絮儿和柳浩的事告诉王维，他总觉得事情要变得更糟，心里很没底，所以，就很自然地想听王维的意见。但是，这又是絮儿他们的私事，他觉得自己不好随便说出来，何况和絮儿之间还有互相保密的约定……

王维眯起眼睛看了他一会儿，觉得陶淘不像是外婆所担心的那样。虽然他也看起来心事重重的，但并不是那种悲伤和绝望的感觉，所以，王维也有点拿不准要不要提珊妮的事。

考虑再三，他还是决定先不要提，假装随意地问：“上补习班感觉如何？”

“还好。”

“唔，听说今天有考试？考得如何？”

“还好。”

“听说你交女朋友了？”

“还好……”

陶淘话刚出口，才知道自己上当了，双眼不屑地盯着王维，说：“王维，你也吃饱了撑的吗？别和那女人一样的见识好不好？”

“呃……”

王维很尴尬的样子，随口问：“那女人是什么见识？”

陶淘反问：“不是她告诉你的？”

王维很肯定地说：“当然不是。”

陶淘看他一眼，知道他没说假话，便勉为其难地解释说：“我们只是朋友，这话我只解释一遍，爱信不信！”

“信，当然信。”

王维笑了，说：“不过，陶淘，别怪我多嘴，就算你们是再好的朋友，也要注意点，别老让她在你们家留宿，这样影响不好。”

陶淘现在当然已经知道这个道理了，可是已经发生的事情又无法挽回，只得假装淡定地应着：“唔，我知道。”

王维看了看他，说：“那就好，对了，我很好奇，你们怎么……咳咳，我的意思是，你怎么这么快就如此信任她了？”

陶淘叹气，颇为无奈地说：“这个解释起来很麻烦，就不用解释了。”

他是真的很想告诉王维，可是又不想做个背信之人，想了又想，他又说：“其实，这些天发生了很多事，我很想告诉你……可是，这又关系到别人的秘密……你就别引诱我说了，真要是一不小心说出来我会愧疚的，你就别害我了。”

王维故作吃惊地看着他：“有这么严重？”

陶淘真的愁起来，继续叹气，说：“有，很严重，相当严重……我估计快出事了……”

王维仔细地看了他一会儿，小心翼翼地问：“那你自己呢？你自己没有发生什么……不愉快的事吗？”

陶淘心不在焉地说：“我？没有吧……”

王维继续试探，问：“你妈妈……呃，也没做什么让你，不太高兴的事？”

因为如果陶淘真的知道了珊妮的事，应该不会如此平静，他觉得外婆的情报看来有点问题。

陶淘怔了一下，想了想，问：“真的不是那女人打电话给你的？”

王维再次肯定地说：“不是。”

陶淘奇怪地说：“那你怎么知道这件事？”

他以为王维是指珊妮给他送东西的事情，而这件事只有他和珊妮知道，当时外婆和絮儿都在厨房。听他这么问，再看他的态度，王维也迷糊了……不确定他所指的到底是何事……两个人大眼瞪了一会儿小眼……

然后王维终于忍不住问："你说的是什么事？"

陶淘也意识到两个人说的可能不是同一件事，既然王维不是说那件事，他自然不想提，便掩饰地说："没什么，吃饭吧，吃完还要午睡。对了，今天柳浩没来？"

王维点头，说："嗯，有打电话给我，说有事请假。"

陶淘一边低头吃东西，一边假装不经意地问："那个……他没有说什么事？"

王维奇怪地问："没有，咦，你忽然这么关心柳浩干吗？"

陶淘塞了自己一嘴的食物，嘀咕了一句："没什么。"

王维看了看他额上的伤，忽然脑海里灵光一闪，问道："你……该不会是和柳浩打架了吧？"

他只是觉得今天的陶淘看起来有些可疑，这句话纯属猜测，绝没想到自己还真猜对了，见陶淘不说话，他不由得微微皱眉，说："真的是这样？为了什么？"

陶淘抬头看他一眼，一副很想说的样子，但还是忍住了，低头说："不能说，是误会。"

王维担忧地说："陶淘，我可跟你说，你招惹谁也不要去招惹柳浩。"

陶淘不服气地回了一句："他是皇太子啊？"

王维看着他无奈地说："他还真是。"

陶淘不屑看王维一眼，倔强地说："大不了转校走人，至于怕成这样嘛。"

心想他还真是看走眼了，没想到王维居然是这么个畏惧权贵的势利小人？

可越听他这么说，王维越是担心，追问道："到底发生了什么事？你们俩之间能有什么过节？"

但是任他怎么问，陶淘都不再理他。

王维也有些来气，说："你还真当是我胆小怕事吗？我有什么好怕的？还不是担心你！你这小子，真是不知好歹。"

陶淘也是年轻气盛，不耐烦地说："我就不知好歹了，我偏要招惹他，看他能把我怎么样！"

王维瞪着他，他也瞪着王维，半晌，王维叹口气，说："好，我错了。我不该这么说，我道歉。"

说完他闷闷地低头吃饭，不再说话。

这下陶淘倒是心软了，看了他半天，缓口气说："我也没想招惹他，这是个误会，可是他根本就不听解释。"

越是想到这件事，他越是不安，最后终于站起来说："午睡帮我请个假，我得去找他一趟。"

王维自然能看出他的不安，所以也跟着不安，问道："到底什么事，不能说吗？"

陶淘看了他半天，最后说："这事本来跟我没关系，完全是不知不觉给扯进来了，您也还是别掺和了，不是什么好事，我也不想连累您！"

王维好气又好笑，说："你小子，还跟我说连累？要不我陪你去……喂……"

他还没说完，陶淘已经急匆匆地走了，等他买完单追出来，陶淘早没了踪影。

虽然看起来陶淘并不知道珊妮的事，可是他现在的事同样让王维担心不已，这孩子什么时候和柳浩结上梁子了？而且看起来还不同寻常。

很快，等王维回到学校，他就知道事情有多糟糕了。

教导主任在他的办公室里等着他，看到他回来，忙关了门，转身严肃地对他说："王老师，你们班的陶淘同学和柳絮儿同学被人举报了。"

面对一脸严肃的教导主任，王维愣了一下，还没反应过来，本能地反问一句："举报？"

教导主任脸色相当难看，沉声说：“是，这两个同学不仅早恋，而且小小年纪居然就搞……不正当男女关系。哎，这件事！这件事校方决定严肃处理，从重处理！”

这下王维知道他在说什么了，也意识到了问题的严重性，忙解释说：“主任，这其实是个误会……事情不是这样的，没这么严重。”

教导主任打断他的话，生气地说：“误会？人家亲眼看到柳絮儿在陶淘家过夜，而且还不止一次。你这班主任怎么当的？怎么才开学没几天，就能发生这种事？”

王维也急了，辩解道：“他们只是比较要好，谁也没规定男生和女生之间不可以做朋友吧？就凭这个不能说明他们俩早恋啊，更不能说明他们有不正当关系……这种话怎么可以随便扣在两个未成年的孩子身上？”

“你以为我想啊！”

教导主任瞪着眼睛，喘着大气，气急败坏地说：“你为孩子们着想，也为学校想想吧！这件事对咱们学校的名誉该是多大的影响？人家直接要求开除，连劝退都不接受，一定要开除，而且要在学校公开处理！你以为我愿意吗？”

教导主任姓胡，几乎在育林待了一辈子，也是从小小的教员做起来的，人虽然凶一点儿，但不管什么事都是为学校着想，倒并没什么坏心。

王维知道在这里和胡主任争吵无济于事，很快让自己冷静下来，想着刚才主任的话，缓和了语气问道：“是谁？谁能提这样的要求？”

胡主任长叹一声，一屁股坐到王维的椅子上，说：“还能有谁……哎！这两个同学谁不好惹，偏要去惹柳家那个大少爷。”

“柳浩？”

“是！而且这次麻烦的是，柳太太居然亲自出面了。要是柳浩同学还有的商量，做做工作也许能大事化小，可是……这柳太太可是轻易不说话的人，而且一开口态度就非常坚决。”

“等等。柳太太为什么会出现干涉这种事？”

“为什么为什么！还不是那个陶淘惹的祸，据说柳浩今天一早看到陶淘和柳絮儿两个人从陶淘家出来，可能就上去问了几句，结果这个陶淘就动手打人！自己犯了错误不说，还打了人家的孩子。你说，那个柳太太会罢休吗？”

胡主任说着说着，就气愤起来。

当初陶淘进校的第一天，他就觉得这同学不是什么善类，要不是王维出面维护，他可能会随便找个机会把陶淘打发走。依陶淘刚进校那样子，随便找点碴太容易了，那样也不至于会发生现在这样的事情！

真的公开处理这种事，简直让学校颜面无存！

第三十章　苏玉的报复（2）

王维也听出了事情的严重性，他这才知道刚才陶淘为什么那么担心，思忖片刻说：“这事就没有回转的余地吗？其实我也找陶淘谈过话，他说这是个误会，他现在已经去找柳浩解释了。我跟您担保，这两个孩子并没有做什么出格的事，真的，我保证他们是清白的。您看，这处理的事能不能先暂时搁一下？”

胡主任打量了王维半天，皱着眉头想了想，很沉重地摇头说：“其实现在他们清白不清白已经不重要了，这事没那么容易解决，你要知道柳太太这边得罪不起啊！”

王维恳求地说：“可是，这件事搞不好会影响两个孩子一生的！特别对于一个小女生而言，这是多么可怕的事？这孩子万一有个三长两短，您心里就过得去吗？拜托您帮帮忙，就两天。您就帮忙拖延两天时间，我再想想办法。”

胡主任迟疑地说：“你要真有办法把这事压下来，那是最好。说实话，我跟那俩孩子无冤无仇，也不会想害他们，而且，这事真闹出去，对学校的名誉也不好。咱们育林高中可是出了名的校风严谨，你说出了这种事，以后我们哪里还有脸面说话？多少学校眼红着哪，多少双眼睛盯着哪！出不得纰漏啊！”

王维心里也万分焦急，但还是要先把学校这边稳下来，不然，这事一旦公布出来，就真的无法挽回了。他忙陪着不是说：“是我不好，没有及时发现问题，但是我一定会尽力去想办法，您就给我两天时间好不好？”

胡主任站起来，叹着气说：“这样吧，我跟校长说说看，你们争取去做做柳浩同学的工作，柳太太那恐怕还得他说话才有用，能平息了最好。”

王维忙应道：“好好，我一定尽力。谢谢您！”

送走胡主任，他马上给陶淘打电话，这小子还不知道事情现在已经到了这种地步吧？怎么忽然之间就捅出这么大的娄子？就算是柳浩误会了他和絮儿，也不至于为这个打架吧？这里面到底还有什么事？

王维并不知道柳太太和絮儿之间真正的恩怨所在，所以也是一头雾水。

陶淘离开王维之后，就给柳浩打电话，但是电话响了很多声，就是没人接。最后他只能碰运气杀回他们住的别墅区，直接找上柳家的那幢房子。

他进来的时候就问过保安，在他一再保证并不是找柳浩打架，而是有重要的事情商量之后，保安才告诉他，的确是看到柳浩回来过。

所以，就算是里面没反应，陶淘也拼命按着门口的门铃。按到手软的时候，终于有一个保姆样的中年女人从里面走过来，隔着玻璃门冲他直摆手，但还是不开门。

陶淘在外面一边继续按铃，一边大声冲保姆喊着：“阿姨，开开门！阿姨！我找柳浩有事，我知道他在的，麻烦您开开门……”

然而保姆脸上露出为难的神情，又摆手又摇头，因为柳浩不说话，她也不敢擅自为来人开门。

陶淘没办法，只好冲里面大声喊道：“柳浩！柳浩！你给我出来！我有话说，你给我出来!”

在他持续的吼声中，柳浩终于出现在二楼的落地窗前。

陶淘喘了口气，缓和了些语气，大声说：“你出来！我真的有话说。”

柳浩在窗前的椅子上缓缓坐下，扭头对里面说了句什么，保姆这才开了门，陶淘对她说声“谢谢”，直接冲了上去。

“柳浩!”

陶淘站在楼梯口来不及喘口气，迅速地说：“早晨是我不对，我跟你道歉。还有我和絮儿真的只是朋友，什么也没做过，你就算不相信我，也应该相信絮儿，她不是那样的女孩子……”

然而柳浩一直坐在那里看着窗外，面对他的解释半点反应都没有，早晨那样的怒火也已经完全消失了，但是看起来非常低落或者说颓废?

陶淘继续解释着：“你不相信吗？我可以带你去我家，絮儿来我家都是跟我外婆睡的，外婆平时一个人在家很寂寞，絮儿说想多陪陪她老人家，所以……”

柳浩忽然看着他，问了一句：“你很害怕吗?”

陶淘住嘴。

他的确有点害怕，心里那种莫名的不安，有点类似于能预先感知到危险的动物的直觉。

柳浩扭头看着他，嘴角带着一丝调侃，似笑非笑地说：“你为什么害怕？现在不应该是午睡时间吗，这么急着跑来找我？早晨不是还很厉害的吗？你现在在怕什么?”

陶淘并不受他的挑衅，缓缓走过去，也让自己镇定下来，说：“你该知道，你心里比谁都清楚。絮儿到现在为止都不清楚你为什么发火，为什么那么失控，但是你知道，我也知道!”

柳浩盯着他，眼眸微微收缩。

自己的秘密被别人看穿，并不是件令人愉快的事。而陶淘的意思，很明白地告诉他，他已经看穿了他的心思。

陶淘在窗前站定，并不理会柳浩那种冰冷的眼神，继续说："我不管你是什么心态，也不管你怎么处理自己的事。只是不想你误会，更不想你因为这误会做出什么伤害絮儿的事。"

柳浩又扭头去看窗外，问："你这么担心她？就为了这个，所以这么急着来找我，跟我道歉？"

陶淘诚实地说："是。"

柳浩忽然奇怪地笑了，说："可惜你来晚了。"

他回头看到陶淘果然脸色大变的样子，笑意更浓。

的确是晚了，虽然他本来也并不想闹成这样，他会对着絮儿生气，发脾气，火冒三丈，甚至失控的时候打了她……但是，心里面他并不想真的伤害她。其实早晨一时冲动之下，打了絮儿一巴掌，事后他自己也非常后悔。

可是，现在已经这样了。

让妈妈知道了这件事，那就一切都由不得他做主了！

陶淘看着柳浩的眼睛问："你是什么意思？"

柳浩收住笑，再次扭头去看窗外，淡淡地说："意思就是，你想保护柳絮儿吗？恐怕以你现在的本事，还做不到。"

陶淘咬牙继续问："你做了什么？"

柳浩不紧不慢地说："也没什么，只是……"

他稍稍停顿一下，继续说："不小心让我妈妈知道了整件事，啊！真是很不小心我想她老人家发起脾气，恐怕没人能阻挡的。你知道我为什么待在这吗？"

他看向陶淘，而陶淘看着他的眼睛满含怒意。

柳浩满不在乎地收回目光，长长叹口气："我都不知道她会做出什么事情来，我想这件事，对她来说会是有生以来最大的打击！她会有什么样的反应，我无法想象！别说你害怕，其实连我都有点害怕……"

陶淘低声吼道："那你还要说出去？"

柳浩很无辜地说："说了是不小心。反正事情现在已经这样了……"

他用手将脑袋撑起来，很无奈的样子，忽然想到什么，又抬起头看着陶淘，说："对了，你最好去看看絮儿和她妈妈是不是还活着。"

"你!"

陶淘气急，狠狠地瞪他一眼，转身就走。

的确，如果这件事让柳太太知道了，那么她第一个要对付的就是絮儿和她妈妈。

看到陶淘匆匆离去，柳浩垂下眼睑，将自己深深地窝进摇椅里。

他也很想知道妈妈做了什么，会对絮儿怎么样，可是……他没有勇气去问，去关注。妈妈毕竟是妈妈，而且这件事她本身是受害者，是爸爸做错在先。所以，不管她做什么，做儿子的都没有理由，也没有立场去责备她。可是，另一边最可能受到妈妈愤怒和仇恨牵连的，却是絮儿，他不能不担忧!

他为絮儿担心，又无力为她做点什么……

所以，他选择一个人躲在这里逃避，干脆什么也不想什么也不问，随他们去折腾。

陶淘刚刚走出柳浩家，就接到王维的电话，这时候他得知柳太太要学校开除他和絮儿的消息，一点儿都不意外。

可是，只是这样吗？柳浩妈妈的报复只是这样吗？

恐怕不止!

就算陶淘从开始就并不想掺和进柳家的私事，但也不能见死不救。何况，现在明显是已经连自己一并给牵扯进去了对方要絮儿难看，要让她妈妈伤心痛苦，已经不在乎拖他这个无辜者下水了。

王维在电话里问："陶淘，你找到柳浩没？能不能让他跟他妈妈说说，这件事如果真的这样处理，你和絮儿就……"

陶淘很沮丧地说："没用了。这件事，恐怕很难挽回。"

他咬着牙，尽量淡定地说："絮儿在学校吗？我现在要找到她，我怕还会有更可怕的事……”

王维在电话里急了，问：“还会有什么事？陶淘，你们之间到底发生了什么事？为什么突然之间事情就变成这样？为什么无法挽回？你把柳浩打得多重？”

他不能不担心，就算他和陶淘没有特别的感情，就算只是他的学生，他也不能眼看着自己的学生蒙上这样的不白之冤而无动于衷。

陶淘深吸口气，说：“和我跟他打架无关，这是他们之间的私人恩怨，是柳太太的报复……算了，先不说这个。找到絮儿，看着她，我马上回学校。”

他挂了电话，心里乱极了。

对了，你最好看看絮儿和她妈妈是不是还活着！

柳浩这句话虽然不无夸张的成分，却也不能不让人害怕。

柳家的势力，柳太太的怒气，加在一起真的做出这种事，恐怕也不是不可能！

听到陶淘说还会有更可怕的事王维也吃了一惊，忙假装无事的样子，转到教室，看到正在午睡的柳絮儿，这才悄悄放了心。

他站在教室外面，从窗子里看着还不知情的絮儿，心里非常难受。

一个清清白白的女孩子，要背上这样的名誉被学校开除，这对她来说，该是多么痛苦！她以后的人生会不会受到影响？

陶淘倒还好一点儿，毕竟这种事情本身对男孩子的影响就要小一些，再加上从小经受的种种磨炼，让他能很快地接受各种恶劣的环境。从刚才简短的通话中，王维也能听出来，这孩子知道了这件事，对自己并没有过多的担心，他心里恐怕也一样更多地在担心柳絮儿吧？

深深的悲哀和无力感在王维心底蔓延。

为了柳家能照常甚至更多地资助学校，就必须得牺牲掉这两个孩子吗？而他也无力保护自己的学生吗？

这个世界有太多无奈，很多时候人们并不能了解真相，但是不了解真相的大众，却可以是别有用心者最有利的武器。

人言可畏！口水都能淹死人啊！而更令他不安的是，除此之外，陶淘所说的更可怕的事又会是什么?

第三十一章　苏玉的报复（3）

陶淘赶回学校的时候，王维还站在教室外面，午休时间已经结束了，他并没进教室去找絮儿。因为他还不是很确定到底怎么回事，就算将絮儿找出来也不知道要怎么跟她说，他心里自然还是希望并没有什么更可怕的事发生，最好是虚惊一场！

一直等到陶淘气喘吁吁地跑上楼来，王维才忙迎了上去，问道："怎么了?"

陶淘来不及解释，问道："她在吗?"

王维点头："嗯。"

陶淘一边迅速走向教室门口，一边说："老师，您先忙吧，一会儿有事再找您。"

这时走道上人很多也不方便多说什么，王维只得说："好，记得有事打我电话。"

陶淘人已经走进教室，回头冲他点点头。

絮儿刚才午睡的时候就一直在担心，不知道陶淘又出了什么事，居然一直没有到教室，正在考虑要不要给他打电话，就看到他匆匆忙忙走进来，等到陶淘走到座位上，她忙小声问："刚才去哪了?"

陶淘没有回答，而是低声对她说："打个电话回去。"

絮儿不解地问："什么?"

陶淘重复一遍："打个电话给你妈妈。"

他把声音尽可能压得很低，不引起别人注意，但是他这么诡异的神情，乐乐不可能不被吸引。她知道陶淘最近和絮儿走得很近，而且有事瞒着自己，但是为什么陶淘现在脸上一副大难临头的神情？他们到底出了什么事？

絮儿也很疑惑地看着陶淘，一时没有反应过来，为什么陶淘突然说要她打电话给妈妈？

但只疑惑了一秒，就马上警觉起来，难道又出什么事了？

她忙拿起手机，拨了家里的电话。陶淘也没再说什么，只是静静等着她打电话的结果。

片刻后，絮儿看他一眼，重新拨了另一个号码……

一个是家里座机，一个是妈妈的手机，但是，结果都一样，无人接听。

絮儿惶恐不安地问："出事了吗？"

陶淘简短地说："我们出去。"

看絮儿的样子，他已经知道了结果，心里也很着急，径自站起来往外走去，絮儿也忙跟着，两人一前一后急匆匆走出了学校。

乐乐看他们俩焦急的样子，实在忍不住也跟了出去。

絮儿焦急地问："到底出了什么事？陶淘，我妈妈出事了吗？"

陶淘一边说话，一边拦了出租车："先回去看看，我也不确定。"

上车以后又给王维发了短信，告诉他下午请假，这一趟赶到絮儿家，就算是没有发生任何事情再赶回来，也来不及上第一节课了。

何况，他心里其实并不认为会没事。

柳太太的目标有两个，一是絮儿，另一个更重要的就是絮儿的妈妈。现在已经知道她对付絮儿的办法，可是，她会就这么放过絮儿的妈妈吗？

按常理来说也不太可能，何况现在电话又不通……

所以，他必须陪絮儿回去看看，就像柳浩说的，他得确定人还活着。

一路上陶淘都不怎么说话，但是双眉紧锁，而絮儿也一直不停地拨打着电话，只是无论如何也无人接听。

絮儿越来越不安，问道："怎么会这样？怎么会这样？到底出了什么事，我妈妈又可能会有什么事？"

"絮儿。"

陶淘不忍看她那么担忧的样子，扭头看着车窗外，尽量平静地说："柳浩妈妈知道了你们的事。"

絮儿伸手捂住张大的小嘴，眼里瞬间布满恐惧。

柳浩妈妈知道了？知道了她们的存在？

那么妈妈……

陶淘安慰着她："絮儿，不要太担心，我们先回去看看，也说不定没事。"

但是絮儿捂着嘴巴拼命摇头。

柳浩妈妈知道了吗？也就是说爸爸明媒正娶的妻子知道了她妈妈和她的存在？

她会对妈妈怎么样？妈妈到底在哪里？为什么不接电话？为什么？！

她无法想象，泪水像断了线的珠子，扑簌簌地往下掉。

陶淘的心情也相当沉重，虽说李心兰和他并不熟，但是人命关天哪，那个柳太太到底会做到什么程度？他心里完全没有底，连柳浩都说害怕，那会是什么程度？

出租车刚刚停稳，絮儿就匆匆开门，径自往自己家飞奔。

妈妈！妈妈！妈妈！不可以有事，不可以有事啊！

因为一路上电话都无人接听，此时的絮儿已经心急如焚。

陶淘付了车钱，也忙追上她，两人都没有说话，此时也没有别的话可说，心里都惦记着同一件事，那就是絮儿家、絮儿妈妈到底怎么样了？

当絮儿用钥匙打开自己家门的时候，两个人都怔住了，然后絮儿终于爆发地尖叫起来：“妈妈——妈妈！你在哪？妈妈！”

家里一片狼藉，所有能砸的全砸碎了。满地的玻璃、陶器碎片；桌子、椅子全都残缺，连沙发都被利器或砍或刺或剪，面目全非；所有电器、餐具、厨具以及客厅里的钢琴全部被砸烂，无一幸免！

很显然，报复的人已经来过了，可是妈妈呢？

“妈妈！”

絮儿满屋子乱窜，终于在洗漱间看到躺在地上一动不动的李心兰，跌跌撞撞地扑过去：“妈妈，妈妈，你醒醒！妈妈——”

李心兰满身是血，脸色苍白，双目紧闭，任絮儿怎么叫都没有反应。

陶淘也完全蒙了，虽然之前从柳浩那里已经得到一些暗示，知道他妈妈有可能做什么危险的举动。可是，真的面对这种场面，他也乱了分寸。愣了几秒钟，这才意识到什么，忙俯身仔细查看，李心兰虽然昏迷不醒，但是还有呼吸，他又忙拿出手机拨了急救电话。

这时候因为担心而一路跟着他们的乐乐也到了，其实她在楼梯上就听到了絮儿的惨叫声，进来看到絮儿家的情景也是吓得不轻，然后便顺着絮儿的声音看到了倒在地上的絮儿妈妈……

絮儿已经完全失控了，跪坐在李心兰身边不停地哭着喊着：“妈妈，你醒醒，妈妈！为什么会这样？为什么？妈妈你醒醒！”

可是此时的李心兰既无法听到女儿声嘶力竭的呼喊，也无法看到女儿肝肠寸断的模样。

打电话的陶淘看到了进来的乐乐，虽然意外但是顾着打电话叫急救人员，也来不及对乐乐解释，只是轻轻对她摇摇头。

乐乐会意地点点头，捂着因为惊吓而怦怦乱跳的胸口，慢慢在絮儿身边蹲下来，心疼地抱着絮儿也泪眼婆娑。

她终于有点了解絮儿为什么什么都不告诉她了，虽然她现在还不十分了解，但是以絮儿家的现状来看，这的确是超出他们这种年纪的孩子能解决的事情！

被毁得彻底的家，被打得全身是血、昏迷不醒的妈妈，这些日子絮儿都承受着多大的痛苦和压力！

乐乐总算稍微有些了解了。

为什么会这样？

她没有问，只是紧紧地抱着失控的絮儿，希望能给她一点点安慰。

打完电话，知道马上会有人来抢救，陶海稍微镇定一点儿，也过来这边，安慰地说："救护车马上就来了，絮儿，不会有事的，不会有事的……"

絮儿双手紧紧握着妈妈的手，整个人失控得浑身颤抖。

看到妈妈这样被人毒打后的样子，做女儿的心也像被人一下下鞭打般痛楚。看到自己的家忽然就变成这样只剩下一堆碎片，基本上找不到一件完整的东西，包括自己和妈妈的衣服都被人扯出来扔在地上，还年幼的絮儿，感觉前所未有的恐惧、绝望！

她还是个孩子，在高中以前确切地说在半个月前她都过着平淡而幸福的生活，从来没经历过什么风雨。和别的孩子一样有疼她、爱她的爸爸妈妈，有开朗活泼的小伙伴，有做不完的练习、背不完的单词，那时候是多么快乐，多么无忧无虑！

可是，为什么忽然之间一切都变了？

还变得这么离谱！

爸爸没有了，难道她还要失去妈妈吗？

不要！

她不要这样！

李心兰在急救室里躺了很久很久！

絮儿石雕一样坐在那里直直地盯着急救室的门，不断地流泪，而心里在一遍一遍地说：妈妈，醒来吧！妈妈，不要丢下我……我什么都不要了，我答应跟你走，你醒来吧！醒来吧，我们离开这里，我们走得远远的，再也不回来了！

她以为是因为自己要求爸爸离婚，才导致爸爸的妻子知道了这件事，才触怒了爸爸的妻子，所以，心里内疚得无以复加！

她在心里一遍一遍地说：我什么都不要了，什么都不要了，妈妈，只要你醒来！只要你醒来！

稍微缓过神来的絮儿，避开陶淘和乐乐一个人悄悄拨通了柳越生的电话，她语无伦次地嚷着："妈妈要死了，妈妈要死了！我什么都不要了，什么都不要了，我只要妈妈活着！如果我妈妈死了，我不会放过你们的！我会杀了你陪葬！"

然而，得知李心兰被打得半死躺在医院的柳越生，却只是在电话里试图安抚情绪激动的絮儿，并没有想过来哪怕只看一眼的意思，絮儿迅速挂断了电话。

她不是在乞讨施舍！

之前她会提出要爸爸离婚娶妈妈，是基于爸爸和妈妈相爱的情况下，是以为爸爸真的在乎她们。可是现在一切再明白不过了。妈妈的爱情让妈妈显得如此卑微，而她和爸爸的这点亲情，也同样让她显得狼狈！

如果说之前还有万分之一的希望，那么现在的絮儿是对这个"爸爸"完全地死心了！

第三十二章　苏玉的报复（4）

之前柳越生认为苏玉是个头脑并不复杂的女人，的确，在此之前，在她近四十年的人生中，并没有多少事情需要她去动脑筋。从出生一直到嫁人，爸爸妈妈会为她打点一切；而嫁人以后，丈夫柳越生会为她打点一切。她所要做的只是享受就好，所以，她看起来真的是无忧无虑，也没什么心机的女人。

可是，现在柳越生已经隐约知道自己错了。

从他那里出来，苏玉的行动非常迅速。只要在心里确定了柳越生是不可原谅的，那么她所要做的事情就只剩下报复，尽情地报复！

不管是对絮儿的污蔑，还是对李心兰的毒打，这些都只是一部分而已，对她来说并不费多大事。

然后，她就若无其事地打电话给柳越生，让他别忘了今天是他们的结婚纪念日，并且"体贴"地说晚餐已经订好，他只要准时赴约，对于絮儿和李心兰的事，只字不提。

刚接到苏玉电话的时候，柳越生心里很是忐忑，拿不准她到底是什么意思。

上午苏玉愤怒离去的时候，他本来想上去阻拦。但是，一来怕动静太大，在公司传开影响不好；二来他想先让她冷静冷静也好，便没有追出去。他也一直在考虑晚上要怎么对她好言相劝，动之以情，怎么取得原谅，根本没想到苏玉居然会主动安排好纪念日约他。

难道她准备就这么轻易地原谅？

或是……另有什么安排？

但是很快在他接到絮儿电话之后，他就明白了。

他这才明白为什么苏玉会若无其事，会要求他今晚去赴她的约会，继续庆祝他们的结婚纪念。因为她要他心痛，又要他忍耐；她要他心里流着血，又要他强装笑脸不敢表露半分！

"妈妈要死了！妈妈要死了！如果妈妈死了，我绝不会放过你们，我会杀了你，杀了你陪葬！"

絮儿的话一遍一遍在他脑海里回响，他也为她们母女担心、心痛！

但是……这个时候他绝对不能去啊！

他不敢再去刺激苏玉，他害怕苏玉会做出什么更不理智的举动！

苏玉的反应之迅速果断，完全出乎他的意料，这不得不让他更加小心翼翼地应对。

柳越生缓慢地放下电话，坐在自己的皮椅里，痛苦地将脸埋进双手。

很明显，如果他今天去医院陪了心兰，那么苏玉对他，就只剩下仇恨。苏玉已经疯了，她会不择手段地折磨他，折磨心兰，甚至是絮儿——这时候他还不知道苏玉已经对絮儿开刀了，只不过方式不同，陶淘也还没来得及告诉絮儿。

如果还有一丝回转余地的话，也许就在今晚。

所以，柳越生不能不去赴约。

当李心兰躺在医院的时候，苏玉却若无其事地和柳越生享受着他们的晚餐。

这种日子倒不用特别铺张，最重要的是属于两个人私密的时间，浪漫而富有情调的环境。之前柳越生一般会在这一天推掉所有应酬陪苏玉，这天晚上是只属于他们两人的，包括柳浩都不会来打扰。

但是今天，苏玉唯一一次主动安排这属于他们的节日，她将晚餐设在了正大集团旗下“西蒙大酒店”的西餐厅，并且餐厅照常营业，并未清场。只是他们的餐桌被精心装点，换上精美的桌布，摆上了漂亮的鲜花，成了整个餐厅最为引人注目的风景。

整个过程都在众人羡慕的注视中，柳越生自然也不敢有半点不妥的行为，更没半点机会说有关心兰和絮儿的事。

这一顿饭吃的柳越生是完全食不知味，心里惦记着心兰的伤，也担心絮儿的处境却又不能不对苏玉百般迁就。而苏玉呢，是一脸甜蜜的笑容，偶尔对他软哝细语，频频与他举杯相碰，旁人完全看不出一丝破绽。他脸上自然也得挂着笑，而且对苏玉也体贴入微，至少在旁人看来是如此，但心里却对苏玉有了新的认知。

她此时的心情绝不会是如她表现出来的这样，可是，她不仅做到了，而且做得天衣无缝，像是天生的演技派。

这是柳越生相当陌生的苏玉，在他眼中，苏玉是喜怒于形，心情都自然挂在脸上的，高兴和不高兴，他总是一眼就能看出来。可是，现在他完全捉摸不透她。

好不容易这像受刑一样的晚餐结束了，柳越生暗自松口气。

隔着餐桌，他轻轻握着苏玉放在桌上的手，以十二分的真诚温柔地说：“小玉，我们好好谈谈好吗?”

苏玉依然笑着，不动声色地说：“你想谈什么?”

他想谈什么她当然知道，但是她却要装傻，因为她要柳越生难看，在这种地方，柳越生自然是什么都不敢说出来的。

柳越生看着她，良久，忽然笑了，转了话题说：“好了，晚餐以后，想去哪里?”

苏玉也看着他，反问：“你说呢?”

柳越生提议：“去天屋看星星如何?”

苏玉微微一笑，并未反对，而是款款站起来，于是柳越生也赶紧站起来，苏玉温柔地挽着他的胳膊，两人相携离去。

在所有人眼中，他们都是非常甜蜜、恩爱的一对。

天屋是别称，位于市中心地带，是本市最高建筑的顶楼，整个拱形的屋顶都是透明材质铺成，晚上关了灯躺在屋子里，天上的星星、月亮感觉近在咫尺。

这还是柳浩还小的时候，柳越生为他准备的。屋子很宽敞，因为没有分隔，除了一个小吧台和一些柔软的靠垫坐垫之外，没有什么多余的摆设，连柳浩小时候的玩具也已经收起来了，现在是纯粹的景观房。

柳越生当然并不是真的有兴致去看星星，只是，他觉得那里会是最好的谈心场所。

居高临下那种超然的感觉很好，与星月相伴那种浪漫的感觉也很好。他希望在这里可以和苏玉开诚布公地说说心里话，更希望借助这样的环境调动起苏玉内心感性的一面，让她的恨也不再那么尖锐。

这些年他们已经很少来这里了，一是没有那么多时间，二是也没有太多这样的兴致。应该还是在柳浩很小的时候，一家三口偶尔会来这里小聚，那时候柳浩也非常喜欢这里，高兴起来满屋子转着要抓天上的星星，那娇憨、可爱的模样，经常逗得苏玉大笑，甚至很没形象地在地板上打滚！

站在这里，柳越生自己也有很多感慨。

他们曾经，也有过那样美好的回忆，他对苏玉，对浩浩，对这个家，并没有不努力，他也更希望苏玉能回忆起他们曾经美好的点点滴滴。

苏玉一路上都保持沉默，进了屋子，她有些疲惫地在中间位置的软垫上躺下，双眼茫然地看着屋顶——哦，是看着天空，看着星星。

柳越生打开音乐开关，在轻轻柔柔的乐声中，缓缓走到她身边坐下，看着她低声说："小玉，我知道是我对不起你。但是，也请你不要完全抹杀了我们一起走过的这些日子。"

苏玉依然执着地看着星星，没有任何反应。

柳越生继续温柔而真诚地说："当初的确是我错了，她无意破坏，是真心想成全我们俩的，是我，一时糊涂挽留了她！那时候，我没有想到自己还能爱上别人，可是，自从我们结婚以来，我们相处的这十几年，早已经融入了彼此！小玉，请你相信我，就再相信我一次，好吗？我并没有不爱你，甚至，可以说现在爱你更多，对她，更多的是内疚……"

苏玉一动不动，冷冷地说："我不会再相信你。"

肯定地，不带有丝毫迟疑。

"小玉！"

"还有，请你不要在我面前用'爱'这个字，那会让我恶心。"

苏玉的眼睛就始终没看过他一眼。

此时两个人虽然近在咫尺，心，却隔了一堵无法逾越的墙。

每个人都有可能犯错，但不是每个人犯的错，都会被原谅。

起码，苏玉并没有打算原谅柳越生。一个娶了自己，并且一起生活了十几年的男人，却依然贪恋着他以前的恋人，这对一个原本自信而高傲的女人来说，是多么致命的打击！伤得不仅是对他的感情，还有她的自尊和自信!

当初这个婚姻，本就是建立在相互的利益之上的，你叫她如何能相信，为了利益而娶了她，又暗中养着原来恋人的男人，会真的爱她?

就算柳越生真的把自己的心挖出来，她都不会再信。

柳越生还力图挽救，小心想解释什么地说："小玉……"

苏玉忽然冷笑一声，打断他，说："不过，我也没想到，原来那个女人在你心里，也不过如此。"

柳越生微微一怔。

苏玉依然看着夜空，脸上带着奇怪的笑容，似乎无限感慨："我好像真的不恨她了。不管出于什么目的，当她伤成那样躺在医院的时候，你却能这样镇定地在这里看星星，对另一个女人说'爱'，柳越生你到底爱过谁?"

她的目光终于落在他脸上，那样定定地看着他，不带一丝感情，良久，才扭过头去，冷冷地说："恐怕只有你自己。"

苏玉站起来，走到同样透明的落地窗前，居高临下的感觉的确很好，俯瞰众生的她忽然笑了，以一种冷漠的语调说："我原本以为，你会不顾一切去医院陪她，至少去看她一眼，确定她是否还好……我甚至想好了，如果你那样做，我将如何地惩罚你们!可是，柳越生，你实在让人失望。"

她回头看着柳越生，淡淡地说："连我都很失望，不知道那个女人又会做何感想?"

柳越生无言以对。

他当然知道今晚他的缺席对于心兰和絮儿来说，是多么残忍。但是，他更知道，再次激怒苏玉，只会让她们母女俩受到更大的伤害。

他不是绝情，只是冷静。而这份过分的冷静，是否也佐证了他的无情?

不，至少他不这样认为。

他只是……只是……不再冲动。

柳越生也站起来，缓缓走过去，伤感地说：“小玉，我们都不再年轻了……”

苏玉眉毛轻扬，冷冷一笑，说：“我当然也知道你今天留下来的目的，好吧，你就说说看，你打算怎么处理？”

柳越生沉默良久，才缓缓问道：“你能接受絮儿吗？一切都是我的错，就算她妈妈也有错，可是这孩子是完全无辜的……小玉，可不可……”

苏玉的眼睛微微眯起来，不动声色地说：“你要我接受那个女人的孩子？”

“是。”

柳越生温和又坚定地点头，说：“这么多年来几乎是她一个人把孩子带大的，我只是希望能对这孩子尽一点儿父亲的责任。”

苏玉不动声色地问道：“那么那个女人呢？”

柳越生叹息着说：“请你相信我，我对她更多的是内疚。我希望没有了我的约束，没有了絮儿的拖累，她能找到真正属于她自己的生活，而我们……”

他牵起苏玉的右手，温柔地凝视着她十分诚恳地说：“也重新开始，好吗？”

苏玉有一瞬间的沉默，既没抽回自己的手，也没躲开他的目光。

柳越生似乎看到了一丝希望，继续说：“其实，小玉，说实话，我自始至终，都没有想过要离开你……不是为了你们苏家的产业，不是。我们一起走过了这么多年，浩浩也快长大成人了，真的不希望就这样被你一下子全盘否定。我承认我的确犯了很大的错，但是，请你再给我们一个机会，好吗？”

他的确没想过离婚，就算是在絮儿的要挟下勉强答应过她，可是，私心里他还是不愿意离婚的。

这其实是很多人到中年、事业有成的男人们共有的特性，日渐扩张的事业需要一个相对稳固的家来支撑，要打破这种“稳固”从头再来，是需要勇气的。他们被生活磨砺出来的成熟的心，已很难再像年少时那样冲动。

何况，就柳越生来说，他和妻子苏玉并不是没有感情，苏玉虽然有点小脾气，总的来说还是个不错的女人。而对心兰呢？不能说完全没了爱，但至少是已经淡去，心里更多的是内疚和懊悔。

苏玉依然冷着脸转过身去，说：“好，我可以答应你。”

柳越生又惊讶又欣喜，问道：“真的？”

他简直不敢相信，本以为还需要费一番口舌来说服她，没想到她居然这么轻易地答应了？

苏玉面无表情地说：“真的。”

柳越生从后面感动地说：“太好了，谢谢你！小玉，真的谢谢你！”

苏玉依然背对着他，脸上露出一抹奇怪的笑容。

第三十三章　少年的心思（上）

李心兰的确没有死，专业打手和一般小混混的区别就在于，你要他打到什么程度，就是什么程度，绝不会失误。

而苏玉的指令就是，下手要狠，让她能多痛有多痛，但是既不要她的命也不要致残。这就像猫捉老鼠的游戏，苏玉并不急于要置她于死地，原本的计划是在得到柳越生的反应之后，再根据他的反应施加更重的惩罚。

然而，连苏玉也没想到，柳越生居然就没有一点儿反应，甚至连句责备都没有！

这游戏便就失去了乐趣。

只是，就算她并不要李心兰的命，这些伤也够李心兰承受得了。

手术之所以比较久，就是因为李心兰全身上下，大大小小的伤实在太多，多处骨折、多处瘀伤、多处出血……全身上下几乎无一完好，任谁看到她的模样都会认为性命堪忧。但是当医护人员将她身上那些伤清洗出来之后，医生才悄悄松了口气，这么多的伤，基本上没有一处致命，甚至没有一处会导致永久残疾的。

所有伤都只有一个目的，那就是要让她感觉到痛！

这与其说是殴打，不如说是酷刑。

李心兰昏迷的原因，也多半是因为身体无法承受那种痛，当承受达到极限的时候，身体出于一种本能的自我保护。

“絮儿！絮儿！”

李心兰睁开眼睛后的第一件事，就是用虚弱的声音焦急地寻找女儿，因为她怕还年幼的女儿也会有同样的危险。

原本就守在她身边的絮儿忙俯身凑到她眼前，说：“妈妈，我在这里，在这里。”

“絮儿。”

李心兰一把握着絮儿的手，上上下下打量了一会儿，见她的絮儿的确是完好无损地站在面前，这才轻轻舒了口气。

絮儿心疼得眼泪又掉下来，忍不住问道：“妈妈，您还好吗？您痛吗？”

李心兰虚弱地笑笑，说：“不疼，絮儿，你没事就好！妈妈自作孽……妈妈对不起你，让你跟着担惊受怕！”

絮儿摇着头，说：“妈妈，您别说了，好好休息吧！我来照顾您！”

一旁的乐乐也走过来，扶着絮儿，对李心兰说：“阿姨，您就放心养伤吧，我们也会照顾絮儿的。”

她到此时都还不知道到底发生了什么事，但是她知道她最好的朋友有了难，她当然要和她一起承担。

李心兰这才发现病房里除了絮儿和乐乐，还有王维和陶淘，她努力对大家笑笑，说：“谢谢你们!”

陶淘和乐乐是从出事后就一直陪在絮儿身边，王维是从陶淘那知道这件事之后也赶来了。他帮忙支付了急救费和住院费，见李心兰一直没醒，也留在这里等着，怕有什么意外。现在见她醒过来，也没什么需要帮忙的，便和陶淘一起告辞离开了。

李心兰对他们再三感谢，絮儿让乐乐陪着妈妈，自己则执意将他们送到医院门口。

絮儿低着头，对王维鞠了一躬，说：“谢谢您，王老师。您今天帮忙付的费用，我会尽快还您。”

王维安慰地说：“没事，不着急。你回去吧，好好照顾妈妈，有什么事随时打电话给我。”

自始至终他并没有问发生什么事，絮儿也就没有说，这毕竟不是什么光彩的事。但是，对于在关键时刻毫不犹豫给予她帮助的班主任老师，她觉得是可以信赖的。

所以，她看看陶淘，又低声对王维说：“如果王老师想知道什么，就让陶淘告诉您吧。真的很谢谢你们!”

她说完再鞠一躬，便转身回病房了。

陶淘和王维对望一眼，目送柳絮儿回去，心情都有些沉重。

王维陪着陶淘在街上没目的地走着，从这一天的观察来看，陶淘还并不知道珊妮的事，这小子现在还只是在为絮儿担忧。而且，柳絮儿这件事，他也已经不可避免地成了被殃及的“池鱼”。

两人沉默地走了一段，王维试探地问道：“你准备怎么办？万一真要开除的话。”

陶淘抬头看着来去匆匆的行人，脸上没什么表情，不在意地说：“无所谓，开除就开除呗。”

他对于被开除这件事倒是没有太大反应，从小就是这个学校流浪到那个学校，他并没有把“育林高中”太当回事。只是刚刚有些开窍，刚刚开始对学习产生了兴趣……这次如果真的被开除，还想继续上学不受影响的话，估计就要转到别的城市去了，这样的话就要离开王维。他还真有点舍不得，也有点担心自己没有王维看着，是不是还能“学习”下去？

王维看看他心不在焉的样子，又说：“去我那吧，我给外婆说下，你今天就去我那住？”

陶淘有些意外，问了句：“为什么？”

王维拍拍他的脑袋，自嘲地说：“我想好好跟你聊聊。你小子周末跑去上补习班，我倒觉得寂寞了。”

陶淘看了他一眼，嘀咕道：“寂寞什么呀，老大不小了，也去相个亲呀什么的，做点什么不好？”

王维笑笑，说：“你能不能不提这事？真是比我妈还上心！”

“不能！”

陶淘忽然站住，很严肃地看着他，说：“有时候我真搞不懂你在留恋什么，那个女人有哪一点好？她真的真的是不值得！何况，你们也根本就没可能！”

王维不理会他的话，倒是轻轻推了他一下，说：“行了，走吧，走吧，站这你想阻碍交通啊。”

陶淘看他一眼，叹口气，继续往前走着。

现在陶淘心里最担心的两个人，一个是絮儿，一个就是王维。

他担心王维是怕这个痴情的男人，真的一辈子就这么孤孤零零一个人过下去了，珊妮是个没心没肺的女人，她可能无所谓。可是陶淘却做不到，王维一天不结婚，他就会一直觉得内疚。

絮儿呢，他太知道她现在的处境有多糟糕了，可是她们家的家事他又不能插手，也帮不上忙。而柳浩妈妈下手未免太狠了，这样下去，真的闹出人命怎么办？在陶淘看来，她那个爸爸根本就不可靠，她妈妈可是她现在唯一的亲人，万一真是被整个三长两短，让她一个人怎么生活下去？

到现在为止，他和她要被学校开除的事，他都没有告诉她，是不想在这时候让她更加难过。这种事情对一个小女生来说，是会觉得很耻辱的吧？而且还很冤枉，他们俩至少到目前为止，连任何暧昧的话都没有说过，哪里来的恋？可是却要被说得那么不堪，还因此而被开除，弄得尽人皆知，这让她以后如何做人？

在得知自己妈妈是世人眼中不堪的“小三”，是人人口中的“坏女人”之后，絮儿心里就已经备受打击，而现在，她自己也要背负这种“坏女孩”的骂名吗？

柳浩这小子偏偏在这种时候又做起了缩头乌龟，不然，他也许能帮点忙，至少他妈妈对他的话多少还是会听吧？

陶淘想着想着，也有点烦躁地说：“走吧，去你那。”

王维点点头，说：“饿了吗？要不吃点东西再回去吧？”

从中午去了絮儿家到现在已经快半夜了，他们都没有吃过东西。

陶淘摇头，说：“我倒是还不饿。”

王维笑笑，也没坚持，说：“那好吧，一会儿饿了我亲自下厨。”

他拦了辆出租，两人便直接去了他的住处。

王维现在是一个人住在学校的公寓，要是住在家里的话，他妈妈可是比陶淘能唠叨多了，所以，在多年前就选择“逃”了出来。

以前，一般都是他去陶淘家，陶淘也并不怎么来他这里，进门第一句话就是：“呦，收拾得挺干净嘛，我还以为会是狗窝呢。”

王维笑笑，也打趣地说：“您老请随意吧，要喝点什么？”

事实上他这里是周期性的凌乱，他一直有写作的爱好，在他突然很有灵感很想写东西的期间，屋子里可能十天半个月也不打扫一下；但是脑袋打结不想写的时候，收拾房间又成了他的乐趣。

中年单身宅男……他的生活其实也真的很寂寞。

“可乐，要冰的。”

陶淘一边说，一边不客气地在客厅的沙发上躺下来，舒服地伸展双腿。

王维这里是一套两居室，除了厨卫之外，一间客厅，一间卧室，另一间就是他的书房，空间的大小自然没法和陶淘家的别墅相比，但是倒能令他感觉更加舒适。

王维拿了两罐可乐，扔了一罐给他，在他对面坐下来看着他，没有急着说话，而是在考虑要怎样将珊妮的事告诉他，或者……还是再等一段时间？

陶淘看了他一眼，说：“不是说要和我好好谈谈吗？”

王维点点头，想了想还是没有直接说正题，而是随意地问道：“你和絮儿的事，可以说点来听听吗？”

陶淘冲他撇下嘴，说：“原来是这个……想听吗？好吧，絮儿也说了你想听就告诉你。其实就是柳浩过生日那天晚上，絮儿才发现了她自己的秘密，因为柳浩那家伙的房间有他爸爸的照片，而絮儿很容易认出来那个被柳浩称作爸爸的男人和她的爸爸是同一个人。”

王维也选择一个舒服的姿势窝到沙发里，安静地听着。

陶淘接着说：“絮儿当时很受打击，因为她一直以为她爸爸在国外出差。从小她就在这个谎言里长大，她爸爸偶尔才会回来看看她们，以前一直以为是因为他工作忙的原因，可是现在……一下子真相大白了，根本不是工作，而是因为，她和她妈妈根本就不是光明正大的存在。”

他轻轻叹口气，沉默片刻才继续说：“后面的你都知道了，再后来，就是现在，柳浩妈妈也知道了这件事，所以，才闹成这样。”

王维终于插话问道：“你是说絮儿妈妈是被柳浩妈妈打的？”

陶淘不假思索地说：“肯定啦，虽然应该不是她亲自出手，但肯定是她的意思。我不是去找过柳浩吗？这小子也很害怕，说不知道自己妈妈会做出什么事来，所以他居然躲起来不闻不问了！”

说到柳浩，他就有点恨恨的。

第三十四章　少年的心思（下）

王维有点不解，问道："柳浩……他也是和絮儿同时知道这件事的？那他是什么态度，是什么立场？"

陶淘咬牙，继续表达他的不满："这小子没立场！"

"呃。"

王维奇怪地看他一眼，因为陶淘在他面前一般都不掩饰自己的情绪，所以，他也感觉到这几个孩子之间似乎还有点什么故事，不由得问道："他……有做什么……不好的事吗？"

陶淘再次叹气，说："如果不是他，也不至于闹成现在这样。虽然也许他老妈迟早会知道，但至少不是现在……"

他苦着小脸，扭头对王维说："这事连絮儿也不知道，你听听就好，可别大嘴巴。"

王维哭笑不得，反驳道："喂，要说就说，不说你就烂肚子里得了，我什么时候大嘴巴过？"

陶淘长叹一声，说："好吧好吧——是我自己想说！"

他的确是很想说，一个人肚子里有太多秘密会消化不良的，何况他对王维其实是绝对信任的。所以，他盯着天花板，感慨地说："其实，这事真的不知道该怨谁，柳浩……这家伙有时候觉得他也蛮可怜的。"

王维在一边提醒道："咳咳，可不可以麻烦您老人家说重点？"

陶淘突然沉默了，然后毫无征兆地说："重点？重点就是……柳浩对絮儿有一种懵懂的好感。"

他说到这打住，扭头看王维的反应。

王维最初有那么一两秒时间没有反应过来，但是看到陶淘的眼神马上知道了他这句话的意思……心里也是微微一惊，本能地问："真的?"

陶淘很肯定地说："应该是真的啦。我早就觉得不对劲了。如果不是这样，那小子也不会一看到我和絮儿在一起，就气成那样!"

其实他已经不止一次地发现，只要看到自己和絮儿在一起比较友好，柳浩就会一反常态和平时温文尔雅的样子完全不同，总是特别容易愤怒，情绪也不太能受他自己控制，很明显的是吃醋啊。

王维倒是第一次知道这件事，有些意外，想了想又问："那么他妈妈说他看到早晨的时候絮儿和你从家里出来，是真的?"

陶淘点头，说："嗯，当时这家伙简直疯了一样，还打了絮儿，根本不讲理也不听解释，他要带絮儿走，我怕他会伤害絮儿，就阻止他，然后就跟他打起来了……后来还是保安将我们拉开了。我和絮儿去了学校，而他估计是气没消就跑去找他爸诉苦，结果很巧的是让他妈妈也听到了。然后，这家伙居然也害怕了，知道肯定会出事，他心情也不好吧，自己倒是跑去躲起来了。"

陶淘说完再次叹口气，无奈地说："我想他心底并不想真的伤害絮儿，可是，又不能公然站出来维护她……"

王维沉吟着说："如果柳浩愿意帮忙，也许事情还有转机。他是不是还不知道后来发生的事?"

陶淘想了想，说："应该是吧。这小子知道要出事，连学校也懒得去，自己一个人躲在他们家的别墅里发愣。"

王维又问："他恨絮儿妈妈吗?"

陶淘认真想了想，摇头，说："好像不怎么恨，虽然有听他骂过絮儿妈妈，但是，我看他那样是为了气絮儿。"

王维稍稍松了口气，说："那就好，你们之间的误会解释清楚了吗?"

陶淘撇了下嘴，说："反正我是跟他说了，他看起来也没那么激动了，但是……也并没有要帮絮儿她们的意思。"

王维考虑了一下，说："至少你把絮儿和她妈妈现在的处境告诉他，看看他的反应，说不定他真的可以帮上忙。"

他说完，站起来摸把脸，一边向厨房走去，一边说："你来跟他联系，你小子态度好一点儿别刺激他。我去弄点吃的，总不能一直饿着肚子。"

陶淘又叹气，翻身坐起来，眼睛盯着旁边茶几上的电话发起了呆，告诉那家伙真的有用吗？看他白天的态度，不像是准备插手帮忙的样子。

但是，现在的确也只有他出面最合适，也许比絮儿爸爸说情都来得有效，毕竟他是柳太太唯一的儿子。

其实柳越生在最初想公开絮儿身份的时候，也想过让柳浩帮忙在他妈妈面前说情。只是后来没想到会生出许多枝节，柳浩在得知絮儿是他亲妹妹之后，态度很激烈，似乎很难接受这一事实，所以柳越生才放弃了这个打算。

不过，柳越生始终并不知道儿子的反应为何会如此。

而陶淘知道原因。

他迅速地回忆了一下中午见到柳浩时的情景，这家伙虽然表示不帮忙，但应该还是很担心的，也许正因为过分担心，才会选择逃避。

好吧，那就让他无处逃避。

陶淘也下决心要把他揪出来，不说完全能说服他妈妈，但是至少能抵挡一部分怒火，减少絮儿和她妈妈的伤害。

他拨通了柳浩的电话，原本担心这家伙又不会接，所以他准备了足够的耐心，一直打到柳浩肯接听为止，但是没想到，电话刚刚一响，对方就接起来了。

"怎么了？"

柳浩低沉的声音传来，虽然他想掩饰，但从他接听电话的速度来看，明明就是非常焦虑地在等待着。

陶淘暗自好笑，又忍不住没好气地说："既然那么想知道为什么不自己问问？我想你要知道消息并不难。"

柳浩又摆出一副无所谓的样子，说：“爱说不说。”

陶淘看了厨房里忙碌的王维一眼，想起他叮嘱自己态度好点，想起自己是要让这家伙帮忙的，所以，轻咳一声，忙换了语气说：“絮儿暂时没事……她妈妈住院了，伤得很重，我想你应该知道是谁干的！”

柳浩轻飘飘地应了一声：“哦。”

陶淘继续说：“絮儿虽然没受伤，但是你妈妈给学校施压，要开除絮儿和我，理由就是……你早晨误会的事，这事不会是你跟你妈妈说的吧？”

柳浩有点烦躁地说：“都说了，是跟我爸说话的时候，不小心让她听到了。”

陶淘也不继续纠结他到底是有心还是无心的问题，而是说：“我是无所谓，但是絮儿……你想想一个女孩子要是以这样的名义被开除，她怎么受得了？何况，我也跟你说过了，我和絮儿真的真的只是朋友，这完全是冤枉！”

“哦。”

柳浩再应了一声，淡淡地说：“学校才不管你是不是冤枉呢，我妈硬要开除你们，还不是小菜么。”

“你很得意吗？”

陶淘忍不住有点来气，沉声说：“真要这样，大不了我带着絮儿走，离开这破地方，有什么了不起！”

柳浩也不让步，冷冷地说：“你倒是敢！”

陶淘明知道这样说他会生气，故意激他：“我为什么不敢？反正冤也被冤了，在这也待不下去了，你不觉得这样是最好的吗？”

柳浩沉默半天，嘲讽地说：“你打电话给我就是想告诉我，你要和那丫头私奔吗？”

王维似乎听到陶淘的声音不太友好，从厨房探出脑袋来，想听他们在说什么。

陶淘叹口气，换了语气，诚恳地说：“这事我倒是真的无所谓，大不了换个学校走人，不过，对絮儿的伤害就大得多了。所以，能避免最好。你说呢?”

柳浩也收起刚才的态度，凝重地说：“我妈可不一定听我的，这件事，已经超过了她老人家的承受范围，她痛苦就肯定会让别人更痛苦。”

他对自己的妈妈还是有一定了解的，平时看起来是很有风度的贵妇人，可是，发起脾气来可就不一样了。

陶淘听他这样说便知道有戏，继续说：“没试过怎么知道？你还真以为能躲着不闻不问吗？我们是想帮忙帮不上，这种事情也轮不到外人说话，你不出面想办法劝解，真不知道还会出什么事!”

他再次叹气，继续以伤感的语气说：“你也不想絮儿被整得很惨吧?你是没看到她妈妈的样子，今天我们赶过去的时候，看到她妈妈那样一动不动地躺在地上，真的以为她死了。你想看到絮儿也变成那样吗?”

柳浩沉默良久，才说了句：“我尽量想想办法吧。”

然后轻轻挂了电话。

他今天离开爸爸那以后，一整天都待在这边别墅里，也没和别人联系过，更不知道他们现在已经闹成什么样子了。

也许真的该问问?

出了这样的事，他这个做儿子的，总不能像没事人一样吧?

他也知道今天是爸爸妈妈结婚纪念日，本来以往这一天他也都是一个人过，尽量不去打扰他们。

可是今年，现在，他们还有心情“纪念”吗?

乐乐一直陪在医院里，帮忙照顾李心兰，但是她什么也没问。这个本来心直口快，完全藏不住心事的孩子，在旁观朋友的痛楚时，也学会了压抑住自己的好奇心。

本来絮儿想劝乐乐回去休息的，但是她坚持留了下来。之前的事情她是不知道，所以也没能陪在絮儿身边，她已经很后悔了，现在看到絮儿受了这么大的打击，怎么可能放得下走得开?

絮儿心里很感激，也已经下定决心不再隐瞒乐乐，只是当着妈妈的面，她也不方便说什么。

今天一天发生了太多事情，早晨被柳浩误会，还被他骂，甚至被他打；心里都还没缓过劲来，中午妈妈就又出了事，差一点儿失去妈妈的恐惧，到现在都还未曾消去……她这一天都不知道怎么过来的，恍恍惚惚真如噩梦一般！

她的心情太沉重也太压抑了，有个朋友这样陪在身边也很好，哪怕什么也不问，什么也不说。

一个人在受到打击的时候，心里最容易感觉到孤单，也最怕孤单，有人陪伴心里自然会宽慰得多，也不容易钻牛角尖，自己折磨自己。

所以，不管是友情、亲情还是爱情，在这种时候都显得格外重要。

关心的眼神，温暖的双手，所给予的不只是安慰，还有让对方振作的力量。

一直到半夜，等李心兰睡着之后，两个好朋友这才挤在旁边加的小床上说起了悄悄话。说起来，她们好像也很久没有这样谈过心了。

絮儿主动对乐乐说："乐乐，我想跟你说件事。"

乐乐轻声问："什么事？"

絮儿咬了咬唇，小声说："我可能，要离开这里了。"

乐乐惊讶地看着她，一时没有反应过来，反问道："离开这里？"

絮儿看着她，眼里也满是不舍，但不得不说："等妈妈伤好以后，我可能会和妈妈搬到别的地方去。"

乐乐这才知道她是说要离开这座城市，急了，忙问："为……为什么……为什么突然要搬走？"

絮儿低下头，无奈地说："因为，我们招惹了不该惹的人，所以……"

乐乐想到了絮儿妈妈的伤，被打成那样肯定不是一般的仇恨，她有点了解絮儿她们的难处，但还是不甘心地问："难道就没有别的办法吗？只能这样吗？"

絮儿默默地点头。

这一次她是真的决定，什么也不争，什么也不要了，等妈妈伤好以后，就和妈妈一起远离这个对她们来说，太多是非的地方。虽然她是从小在这座城市长大，这里也有许多她舍不得、放不下的人，但是，如果远离这里可以让妈妈不再受到伤害，那么，她就必须走。

只是，她们真的能一走了之吗？

恐怕事情不会如此顺利。

第三十五章　被彻底抛弃的孩子

陶淘挂了电话后也躺在沙发上胡思乱想，王维则在厨房准备两个人的晚饭，偶尔扭头从窗子里看一眼陶淘。看他如此为絮儿担着心，却对自己将要面对的事并不知情，心里也很难过。

他是真心心疼这个孩子的，可是，光他心疼有什么用？他毕竟并不是陶淘什么人，他也改变不了任何事情。

在他烧好饭菜，和陶淘一起坐下来吃的时候，也终于决定，还是将事情告诉陶淘的好。因为这是陶淘迟早要面对的事，如果由珊妮自己来说，母子俩说不定就真的决裂了，再没有任何回旋的余地。

所以，还是他来说比较好吧。

王维尽量装作不经意的样子，问道：“你最近有看娱乐新闻吗？”

陶淘正在低头吃饭，不屑地说：“我才不看那种无聊的东西呢。”

从很久很久以前起，他就不看任何电视、电台、报纸以及网络的娱乐板块，因为那太容易看到有关珊妮的消息，不管正面的、负面的消息他都不想看到。特别是，网络上每篇报道的后面，总会有些乱七八糟的评论，而那些评论的内容，很多很多是他无法忍受的不堪入目！

每当看到这些他都会愤怒，非常非常的愤怒！

那个女人毕竟是他妈妈，但是他却没有办法阻止这样的事情一再地发生。躲在网络的背后，某些人可以肆无忌惮地攻击、诋毁、辱骂别人，而不用负任何责任！甚至连娱乐报道本身有很多都是捕风捉影、胡编乱造、以假乱真……所以，坚决不看，对他来说是最好的选择。

因为珊妮的影响，他也从来都不追任何“星”，对那些也就完全没有兴趣。

王维是知道这一点的，他叹口气，继续问：“陶淘，你真的讨厌珊妮吗？”

陶淘依然头也没抬地应了一声：“嗯。”

“如果……”

王维试探地问道：“如果……她再也不出现了呢？”

陶淘举在空中的筷子停住了，似乎在思索这个问题，然而仅仅几秒钟，他又继续吃他的饭，满不在乎地说：“那更好。”

王维认真地问道：“真的？”

陶淘反问：“你到底想说什么？”

他并不笨，到此时也已经察觉到王维应该是真的有事要跟自己说，而且是有关那个女人的事。

王维轻轻咳嗽几声，考虑再三，还是下定决心，轻声说：“珊妮，她可能要结婚了。”

陶淘继续低头吃饭，没有接话。

王维观察着他的反应，而他则尽量让自己没有任何反应。

沉默。

片刻之后，见王维不再说什么，陶淘看似不经意地问：“然后呢？”

她要结婚了？

这的确是他不知道的事，本来她就很少回家，上一次回来两人也没怎么谈话，倒是因为珊妮错误的“关心”，他又发了次脾气，并且赶走了她。

难道上次回来，她就是准备跟他说这件事？

王维看着陶淘，很艰难地说：“然后……她要嫁的据说是豪门，所以……所以……”

见他说不出口，陶淘自己接口说：“所以，她不敢告诉人家，有我这个儿子是不是？”

“陶淘……”

王维心疼地看着眼前的孩子，看着他明明受了伤，却那样拼命地想装作若无其事的样子，终于忍不住说：“陶淘，你到我这里来好不好？”

陶淘扭过头去，他不敢看王维，因为眼眶里有太多的泪，他该有多努力地隐忍着才没有掉下来！

珊妮一直不敢认他这个儿子。以前是为事业，他认了，她毕竟是在努力赚钱养活自己和他，而且也许等她年龄再大一些，不再需要装清纯的时候，还会有终于敢承认的一天。可是，现在呢，现在她要嫁人了，她将有另一个家，一个正常的、完整的家，她还会另外有孩子，这时候她还是不敢承认他！

嫁人之后呢？恐怕就更不敢承认了……那么他这一辈子，都不会被承认了？

一辈子都不会被承认了！

当初又何苦要生下来？一个一辈子都不敢认的孩子，为何要生下来？

她要结婚了？要嫁人生子，过幸福的生活了？而他，成了最最见不得光的人。既然不敢认，所以，终于决定要彻底地抛弃了吗？

王维隔着桌子伸过手来，试图安慰他：“陶淘……”

“啪！”

陶淘将筷子拍到桌子上，猛地站起来，说：“我吃饱了。”

他抓起书包踉踉跄跄地就要冲出去，在他转过身的瞬间，眼泪已经再也忍不住掉落下来……他需要找个安静的地方一个人待会儿，一个人独自舔舐这道永远也无法愈合的伤口。

终于，被彻底地抛弃了！

终于……

“陶淘！”

王维追过来，一把拉住他，稍一犹豫，便将这个受伤的孩子搂进自己怀里。

因为之前陶淘一直表现出对珊妮的厌恶，他心底本来还有一丝侥幸，也许陶淘真的很讨厌珊妮，那么在这件事情上对陶淘的伤害就会少很多。

但是，现在他知道自己错了。

他错了，再怎么表现出讨厌的样子，妈妈就是妈妈，做孩子的不可能真的不在乎！也许陶淘对珊妮的百般厌恶，本来就是一种不得已的伪装。

王维百感交集地抚摸着陶淘的脑袋，喃喃地说：“哭吧！孩子，你可以在我面前哭，可以的……不要那么逞强，想哭就哭吧！”

真的可以吗？

眼泪一旦滚出眼眶，情绪就已经不受控制，然后更多的泪水就像流水一样哗啦啦地冲出来……所有的理智也瞬间被淹没了。

他毕竟还是个孩子！

虽然他努力地比别的孩子更坚强，努力地想让人家看不到他心底的伤，可是，他才十六岁呵！

他有多久没有哭过了？有多久没有在别人面前哭过了？

王维的心也被揉痛了。

他无权指责珊妮去追求自己的幸福，可是，这个孩子……他何罪之有？为什么所有的一切都要这个还年幼的孩子来承担？

难道她不知道自己这样做有多残忍吗？

她不知道自己生下来的这个小生命，需要她的疼爱吗？

不只是金钱和物质，而是爱！

她有过吗？

除了叹息，他还能做什么？

如果陶淘愿意，王维愿意将他当作自己的孩子，可是，他知道，珊妮所给予的伤，是他王维无法弥补的！那种来自亲人的伤，被亲人遗弃的痛！

珊妮！

你真的不知道自己犯了多大的错吗？

昨晚淘陶几乎一夜未睡，珊妮要结婚了，而他，彻底被遗弃了。

他没有等来珊妮终于承认他的一天，而是等来了珊妮终于要彻底摆脱他的一天……黑暗中他睁着一双迷茫的眼睛直到天亮。

但是天一亮，他还是爬起来准备上学。

他拒绝了王维想“收留”他的好意，因为他再也不愿意成为别人的累赘，再也不想被抛弃。不管王维是以什么心态想收留他，可王维和他半点关系都没有，连亲生母亲都可以如此绝情，为了她自己的幸福，最终还是狠心完全抛弃他，他还能相信谁？

再说就算王维不会抛弃他，他也不能一直连累这个男人，王维总不能一直单身过下去，而带着他总是累赘。

何去何从，陶淘现在很茫然。

他努力想表现得若无其事，努力想维持一份平静。就当什么事都没发生吧，就这样过下去吧……反正那个女人也没尽过她母亲的本分，反正不是从来没指望过她什么吗？有什么好失望的？有什么好伤心的？大不了只是她再也不来了……自己以前不是都很烦她的吗？不来了更好！不来了更好！

就他和外婆两个人更好，他只要有外婆就够了，爸爸也好，妈妈也好，这样的人他不需要！

陶淘就是这样努力地说服自己，不去在意，不去在意，管她什么时候嫁人，管她要嫁给谁……反正那是和他不相干的事，就当从来没有珊妮这个人好了。

临出门的时候，王维真真切切地如此叮咛着："陶淘，有什么事我都愿意分担，我这里也随时欢迎你来。"

陶淘微微点头，低声说："您永远是我的老师，也是我的朋友。"

这句话的意思，其实也表明了，他永远不想成为王维的负担。是老师，是朋友，但不会是其他的。

他一直一直就希望王维能忘了珊妮，结婚生子，重新生活！

王维无言地拍拍他的头，轻声地叹息。

陶淘的个子快和自己一般高了，这孩子真的长大了！

他提出让陶淘到他这里来生活，并不是一时心血来潮，而是经过几番考虑的。

首先他和陶淘两个人彼此相处得来，这是最重要的一点，他是真心喜欢这孩子，他也能看出陶淘也喜欢他；其次，陶淘现在这个年纪正是叛逆的、不易管教的时候，而外婆对陶淘的百依百顺，甚至是小心翼翼的态度，对他的成长都不利。在陶淘经受各种打击的时候，得不到正确的引导，而是一味地"没有营养"地纵容，长期下去，他的性格会变得很偏激！

另外一点就是，外婆年纪也大了，如果没有陶淘的存在，以珊妮母亲的身份其实是可以光明正大地跟珊妮去享享清福的。

基于这些因素，王维才会想到让陶淘来他这里生活，他和陶淘虽然没有血缘关系，但是感情是的确很深的，他早已经把陶淘当作自己的孩子一样。而且多年来他孤家寡人一个，没牵没挂，有个陶淘烦烦他反而没那么寂寞。

可是陶淘拒绝了，这多少让他心底有点失落。

事实上陶淘从昨天刚开始知道这件事的时候哭过一场之后，就把自己死死地封闭起来，不想让外人看到一点儿伤痕，这样的压抑对他的成长也不利，很不利！

哪怕他大哭大闹，甚至大骂珊妮一顿，都比现在如此安静好。

但是他再不愿意表现出感情上的脆弱，哪怕是在他最亲近的王维面前。

所以，陶淘一如既往地去上学，也准备一如既往地、努力地把生活继续下去。

但是，真的可以吗？

第三十六章　最残忍的决定（上）

李心兰和絮儿都不知道的是，就在她们死了心决定离开这个城市的时候，柳越生和苏玉也达成了协议。苏玉很爽快地答应接受絮儿，条件是，李心兰离开，而且柳越生不得再和她有任何联系，一次半次都不行，所有的事情由苏玉出面解决。

苏玉答应接受絮儿，因为她知道，这对李心兰来说，会是另一种伤害，比之前所受的皮肉伤让她痛得多的伤害！

柳越生一直自认为是很理智地来考虑问题，他觉得絮儿能进柳家，比跟着李心兰要好，起码物质上得到的条件要好许多；另外，如果真的希望心兰寻找她自己的幸福，遇到别的男人结婚生子，没有絮儿在她身边，也会方便许多。

可是，他忘了把李心兰和絮儿之间的感情考虑进去，或者，在他看来，就算感情上一时接受不了，时间长了自然就淡忘了，就像他心里淡忘了曾经和心兰的感情一样。

可是，母女之情和男女之爱不一样，只有变心的情人，母女却是一世的母女。何况，这十几年来是絮儿和李心兰两个人“相依为命”，她们的感情比一般的母女更加深厚。这样“好心”地拆散她们，对絮儿也好，心兰也好，都是非常残忍的事！

连苏玉都知道这一点，然而柳越生不知道！

第二天早晨，李心兰本来想让絮儿和乐乐一起去上学。

但是絮儿不放心，便留下来照顾妈妈，让乐乐先帮忙请个假，乐乐也表示晚上自己来帮絮儿补课。

如果絮儿真的和妈妈一起离开这座城市，那她们以后就很难见面了，乐乐心里自然是很难过的。但是看到李心兰的伤，她也知道事情比她所能想象的都严重，既然没有别的办法解决，那她也无法挽留，她现在能做的就是在絮儿还在这里的时候，多陪陪絮儿。再说，不管她们将要搬到哪里去，絮儿的学业还是要继续的。所以，她也想尽量能让絮儿跟上现在的进度，不要落下太多课程，不然，到了新环境学习起来更辛苦。

乐乐走了以后，絮儿就打水给妈妈擦脸、擦手，又收拾病房，一副很懂事的小大人样，没有半句怨言。

李心兰心里很不是滋味，忍不住对着忙碌的女儿低声说："絮儿，对不起！"

絮儿回头冲她笑笑，什么话也没说。

只要妈妈醒过来，她什么也不争，什么也不要，什么也不埋怨，这是妈妈手术的时候，她自己在心里说过的。经历了那种生死攸关的时刻，她才知道什么最重要，什么不重要。在她心里，妈妈能好好地活着，妈妈能和她在一起，最最最重要，其他的……包括之前最在意的、努力想争取的东西，原来并不是那么非要不可的。

将房间收拾整洁，絮儿就去买来粥，一点点喂给妈妈吃。

在做着这些事的时候，她的确打心底觉得自己长大了，自己可以照顾妈妈，而不再是只依赖妈妈的照顾……小女生第一次有了一种责任感。

也许逆境真的容易让人成长，十几年波澜不惊又优越的生活，原本塑造了一个有几分柔弱的、娇滴滴的小女生。但是仅仅十几天的日子，让她彻底地蜕变成一个懂得隐忍、有所担当的女孩。她也第一次很深刻地意识到，人生必须懂得取舍。如果原本一直努力想要得到的名分和父爱，需要用妈妈伤得体无完肤做代价，那么她宁愿不要！

然而，事情又远没有她想象的简单呵！

絮儿刚照顾妈妈吃完早餐，一个打扮得入时的女人出现在病房门口。穿一件素白的蚕丝长裙，腰间系一根暗金色的带子，穿一双同色的高跟鞋，拎着同色的坤包，卷曲的长发轻轻束在脑后，化着精致的妆容，脸上带着一丝矜持的微笑。

“你是谁？”

开门的絮儿看清来人本能地后退一步，全身戒备起来。

虽然她没见过柳浩的妈妈，可是，突然出现在病房的这个女人……本能地就让她想起这个人。她也没猜错，来的人正是柳浩的妈妈——苏玉。

苏玉的目光很在意地在絮儿身上打量一遍，微微一笑，并未说话，而是看向李心兰。看到躺在病床上的李心兰，她眼神中甚至还带着些许怜悯，完全无法想象床上这个人的伤，本就是她的杰作。

李心兰在看到苏玉之后，眼底闪过一丝惊恐，但瞬间就平静下来，低声对絮儿说：“絮儿，你去帮妈妈买点水果回来。”

“妈妈？”

絮儿反而回到病床前不肯离开，看到妈妈的反应更加确定了自己的猜测，肯定了来人的身份，这时候她怎么敢离开？妈妈现在可是毫无反抗之力的人啊。

李心兰艰难地说：“听话，妈妈和这位……阿姨，有点话说。”

她知道来者不善，其实也是为了保护絮儿，才想把絮儿支开。昨天打她的时候，苏玉并没有亲自到场，而今天她亲自来又有什么目的？不管对方想做什么，她不想波及絮儿，也不想让絮儿看到自己狼狈的样子。

苏玉淡淡一笑，径自缓缓走进病房，用一种几乎称得上温柔的语气对絮儿说：“乖孩子，听你妈妈的话，放心，我不会吃了你妈妈的。”

絮儿对她怒目而视，不管怎样是面前这个女人把妈妈打成这样——良久，她才移开视线，低声说：“我就在门外，妈妈有事叫我。”

显然妈妈和这个爸爸的妻子两个人都不太愿意当着她的面谈话，但是，她也不放心真的离开。所以，她选择走出病房，将门轻轻带上，独自守在外面。

守在病房外的絮儿格外心神不宁，自从妈妈出事以后，爸爸一直没露面，甚至连安慰的电话都没有一个，反而是这个女人来了，她来做什么？她和妈妈能有什么事谈？来算账的吗？

絮儿背贴着病房的门，低垂着脑袋，眼睛无意识地盯着冰冷的地面，因为紧张和担心贴在后背和门之间的双手紧紧握在一起。

为什么爸爸都不出面，而是放任这个女人一再地伤害妈妈？那个曾经口口声声说爱妈妈的男人！

这就是他的爱吗？

走廊里来来往往的医生、护士、病人以及病人家属有不少，絮儿的头垂得更低，长发遮住了她的脸，然而，却遮不住那一滴一滴从发间滚落下来的泪。

絮儿守在病房外，但因为李心兰和苏玉的谈话都压低了音量，所以她什么也听不到。只是全身戒备，万一房内有异常的声音，她就会第一时间冲进去。她很担心妈妈会被那个女人欺负，而现在能保护妈妈的，只有她了！

房间内，是李心兰首先开口，她虚弱而诚恳地说："对不起，我知道是我的错，您想怎么惩罚我都可以，我罪有应得，但是请不要伤害孩子，她也是无辜的。另外，只要我能走动了，我们马上就离开这……只是对于之前的事情，已经无法挽回，实在是，请您原谅。"

苏玉缓缓走到病床前的椅子上坐下，淡淡一笑，说："我想你弄错了，我今天来不是和你算账的，就是来谈关于这孩子的事情。"

李心兰有些意外："孩子？"

苏玉扬了扬眉，长吐口气，很无奈的样子，说："孩子的爸爸想让她认祖归宗，我想，你不会反对吧？"

"什么？"

李心兰惊讶地张大嘴巴，愣了两秒才反应过来，忙说：“不，这不可以，絮儿是跟我长大的，她也愿意跟我在一起。不，不用麻烦你们了，我自己能养活她……”

苏玉冷着脸，一字一句地说：“我愿意让她进柳家的门，你应该谢天谢地才对吧？”

“可是……”

“可是什么？她在我们柳家锦衣玉食的生活，不比跟着你好过？还是，你压根就还没死心，还想用孩子来让他牵挂？”

苏玉在病床前微微俯身，双眼眯起来冷冷地盯着李心兰。

李心兰忙说：“没有，我真的没这意思。”

“那就行了。”

苏玉直起身子，淡淡地说：“孩子留下，至于你，爱上哪上哪去，滚得越远越好。”

李心兰的嘴唇哆嗦了一下，乞求着说：“只除了这一条，我什么都依您，您要怎么做都可以，但是别带走孩子……”

“你这个女人！”

苏玉咬牙，恨恨地说：“是真的要自私到底吗？孩子在柳家比跟着你好，这点你都想不通吗？私生女的身份是见不得人，可是，只要是柳家承认了的孩子，也没人敢在她面前说半个‘不’字，你是真不懂？还有，就算你不在乎脸面闹上法庭，孩子最后还是会判给柳家！这，你也不懂吗？”

李心兰的脸色更加难看了，她只是想自己带着女儿好好过平静的日子，她觉得自己有能力养活自己和孩子。她不想孩子在柳家看人家脸色过日子，她知道那样的日子不会好过！

可是，为什么他们会突然想要孩子？

那个不久前还在絮儿面前说着爱自己的男人，他不知道夺走絮儿就是要她的命吗？

人说患难见真情，真的是到了关键时刻才知道一个人的心，如果当年就能预料到今天的局面，她李心兰又怎么会走到这一步？

要回孩子？他凭什么？这么多年几乎是她一个人带大了絮儿，他这个做爸爸的才跟絮儿在一起待过几天？

明知道现在絮儿是她的唯一，却连这“唯一”也要从她手里夺走吗？！

为什么会变得这么绝情，这么——残忍？

李心兰强忍着心痛的感觉，低声问：“这，是他的意思吗？”

苏玉深深吸口气，压抑着心里的怒火，冷冷地说：“当然。你以为我就那么喜欢捡个野丫头回去吗？你以为我喜欢收拾这烂摊子吗？为什么你们总是闹出事情来要我善后？我欠你们的？自以为真心相爱当年为什么不坚持到底？你们自己半途而废放弃就算了，却拉我来垫背，骗了我十几年！好了，到如今，他甩手不管，又是要我来收拾残局。你们当我苏玉好欺负是不是？识相的，你就乖乖地自己离开，我也不想多惹是非。如果你还想闹，我也奉陪！看看最后哭的是谁！”

她说到恨处，也的确是恨得牙痒，双手紧紧握成拳头，若不是看李心兰满身是伤，恐怕早就已经掴上去了。

而李心兰对苏玉也是真的心怀愧疚，人家说的句句是实情，当初的确是她和柳越生自己放弃了争取，是她让柳越生顺从家里的意思娶了苏玉。可是，千不该万不该，她不该最后又心软地留下来！结果明明是想成人之美的心，最后却伤害了所有人，特别是苏玉。

自己的老公在外面养小三就算了，养得还是十几年前的情人，一养十几年还生了孩子，口口声声以爱的名义存在，你让她这个妻子情以何堪？

换了任何一个女人都会无法忍受吧！

所以，李心兰虽然明知道是苏玉派人来毒打她，毁了她们的家，但心里也并不恨苏玉。因为她并不是那种不讲理的女人，她心里也认为是自己有错在先，对方要惩罚她，她也无话可说。

可是，为什么偏偏要夺走絮儿？

怎么惩罚她都能接受，再毒打她一次，打得再狠些都可以，为什么偏偏要夺走絮儿？

这些年，她为了柳越生已经背弃了所有亲人和朋友，爸爸妈妈不原谅她，老师同学无颜相见，絮儿就是她的唯一。

如果再没了絮儿，她活着还有什么意义？

第三十七章　最残忍的决定（下）

见李心兰不肯妥协，苏玉以一种异样的眼光看着李心兰，缓缓地说：“我想，还有一件事你可能不知道。你的宝贝女儿不仅小小年纪就谈起了恋爱，还很不自爱地经常在男生家留宿，这事被校方知道了，正准备开除她和那个男生。你应该知道，育林高中向来校风严谨，怎么可能容忍这种丑事发生？”

她这一番话让李心兰惊呆了，本能地辩驳道：“絮儿？怎么可能……您怎么说我都可以，絮儿还是个孩子，请您别血口喷人！”

“血口喷人？”

苏玉再次笑了，说：“你怎么不问问你女儿，看看是我胡说呢，还是事实？前天整整一夜她没回家吧？你这做母亲的就这么放任她？有其母必有其女，看来这话不错。”

前天？

李心兰想起来了，这段时间絮儿是有好几次晚上都没回家，但是絮儿跟她说去乐乐那里，她也就没在意……怎么可能是和男生在一起？！

她真的蒙了！

苏玉略略停顿一下，继续说：“如果只是普通学生，出了这样的事肯定是要开除的，档案上面记上这么一笔……似乎很丑吧？不过，如果她是我们柳家的孩子，我想没人敢动她。好了，我该说的都说完了，你自己考虑吧，给你一天的时候，考虑清楚了就让你家女儿到我那里报到，过时不候。”

她说完就转身准备离开，走到门口又再次回过身来，微笑着说：“对了，最好不要再去找他，免得自取其辱。我想，你现在就算光着身子去求他，他也不会理你。”

因为苏玉这句话是在门口说的，所以，絮儿听得清清楚楚，就像被人狠狠掴了一耳光，感觉到从未有过的屈辱，特别是那句“就算你光着身子去求他，他也不会理你”！

絮儿瞬间血直往头上涌，猛地推开门，失控地冲苏玉吼道：“我们不稀罕那个人，不稀罕不稀罕！谁愿意和你争？谁要去求他？请你不要在这胡言乱语！你走，我们这不欢迎你……你走！”

她这突然的举动不仅吓了苏玉一跳，也引起了走廊上路过的人侧目。

李心兰乞求地看着她，制止道：“絮儿！”

如果她再说下去，恐怕就要引起围观了。

苏玉倒是并没和她计较，只是回头说了句：“像这样的野性子，在柳家可是不合适。”

然后看了絮儿一眼，便径自离去。

絮儿狠狠瞪着她的背影，气得咬牙切齿。

李心兰疲惫地低声说：“好了，絮儿，把门关上。”

絮儿这才发现外面还有很多人关注这里，忙关了房门，眼泪一串串地往下掉，怎么也止不住，她心痛地问：“为什么你要让她羞辱，为什么你都不会反抗？为什么……妈妈，为什么你要这么懦弱？”

李心兰无言以对。

她该如何对女儿解释，并非她本性懦弱，而是这件事的确是她的错。她又并不是蛮不讲理的人，所以无法做到在明知是自己做错，而且严重伤害了对方的情况下，还理直气壮！她无法说服自己那样，所以，只能退让，无条件、无限制地退让。

可是现在，她真的要把女儿也让出去吗？

苏玉那么恨她，又会好好对待絮儿吗？

她怎么能放心把自己的女儿交给一个对她恨之入骨的人！

可是，除此之外她还能怎么办？她知道絮儿是愿意跟着她的，哪怕物质条件没有那么优越，也不在乎。可是，真的要让絮儿背上因早恋、作风问题而被开除的名声吗？

真的要在絮儿的人生上记上这一笔吗？以后絮儿该如何面对同学们异样的眼光？如何面对那些流言蜚语？

虽然她心底里并不相信絮儿会做出这种事，但是她也深知柳家的势力，就算是冤枉的，苏玉也有办法让絮儿将这个黑锅背到底。

何况，如果柳家铁了心地要和她抢絮儿，她是无论如何保不住的，只会让絮儿遭遇更多的伤害！

“絮儿。”

良久之后，李心兰艰难地开口对女儿说：“不要恨她，错的是妈妈……等你，也有了自己的婚姻，有了自己所爱的人，你就会明白，妈妈的位置是多么尴尬，多么……可恨！”

絮儿咬着牙扭过头去。

她不是不知道，十五六岁的年纪虽说还没亲身经历过爱情，但也还是多少受到社会舆论的影响，知道“小三”是一个非常招人恨，也为人们所不齿的角色。

李心兰悲凉地叹口气，缓缓地说：“就算有再多理由，在这件事上，错的还是妈妈……所以，絮儿，不要恨她，也不要恨柳家任何人。”

絮儿的牙咬得更紧了，脸也更加用力地扭向一边。

小女孩的自尊心不愿意承认这些，更不愿意看到以前那么优雅、不卑不亢的妈妈现在变得如此卑微……可是，她却无力改变这种现状！

最能改变她们处境的，是那个曾经是她们最亲密、最重要也给予了她生命的男人，可是现在，那个男人在哪里？他不仅没有实现曾经对她的承诺，甚至躲得无影无踪了……正因为他无情地抛弃，妈妈才变得如此不堪！她才变得如此不堪！

不是曾经说爱妈妈吗？不是曾经觉得没有妈妈他就活不下去吗？现在人呢？在她们最需要帮助、最需要保护的时候，他在哪里？

人们常说：早知如此，何必当初。

可是当初，必定无法预料如今的结局。也许这世上不乏生死相随、不离不弃的爱情，但是很可惜柳越生和李心兰不是。

其实，当一个男人不惜给你带来伤害，也要拼命留你在身边的时候，就已经相当明显地表现出他的自私。女人啊，这时候还相信他的甜言蜜语，自欺欺人地相信他对你的爱，那等着你的很可能是“绝路”，是终有一天他对你“不得已”的舍弃。

就李心兰而言，当初如果狠心离开，人生自然是另一种境遇。可惜，她当年过于相信他口中的爱情！

李心兰现在对絮儿所说的话，其实是因为意识到自己很可能留不住絮儿，所以，尽量让絮儿不要对苏玉产生抵触和仇恨。如果絮儿真的去了柳家，这种情绪对絮儿是百害而无一利的！

谁能想象得到此时她心里是多么的痛苦!

一想到絮儿可能真的不能再在她身边，她的心就像被一点点凌迟。她甚至想，如果絮儿真的……真的必须去柳家，如果絮儿真的能在柳家好好地过下去，如果絮儿真的不再需要她……那她还是结束了这悲剧的一生吧！

她太需要解脱了！

但并不是柳越生以为的，放她一个人“远走高飞”的解脱。

以前爸爸妈妈就不原谅她，现在成了这种局面，更是无颜回去，如果再失去唯一的女儿，那她活着还有什么意义？

她心疼地看着絮儿，她多希望絮儿能了解她的苦心。

但是，对于她这些话，絮儿显然并不能认同。

柳家每一个人，包括柳浩，都能随意地侮辱她妈妈，让她心里一点儿都不恨，这真的很难！

李心兰试探地问道：“柳家那个孩子……对你怎么样？”

她指的自然是柳浩。

絮儿微微怔了下，没想到妈妈突然会问这个问题，想了想还真不好下结论，“柳浩对她到底好不好”……在发生这些事情之前，柳浩自然是很好的，不管是对她还是对其他人，都是那么友好、热情、礼貌。但是，自从上次他生日，让她和他的关系暴露之后，柳浩的脾气似乎变得阴晴不定，经常无缘无故地生气。可是，当他们俩都知道絮儿的身世之后，他又并没有将这件事说出去，就冲他这样替她保密，也不能说他不好吧？

见絮儿犹豫不决，李心兰担忧地问：“他也欺负你吗？”

絮儿低下头，想起了昨天早晨柳浩打她那一耳光，但是这和妈妈的伤比起来能算什么？所以，她小声说：“没有。”

李心兰似乎长长地舒了口气，再次说：“不管怎么说，他是你哥哥，大人们的事希望不要影响到你们的感情。还有……”

她很艰难地舔了舔唇，接着说：“也不要怨恨你爸爸，他也有他的苦衷……”

絮儿已经听出妈妈的话有点不对，她小心翼翼地问道：“妈妈，您尽说这些做什么？我们不是马上要离开了吗？不管那个女人说了什么，只要您快点好起来就好，我们不去管他们，也不去想他们不行吗？”

李心兰的心再次抽痛了，她也想带着她的宝贝离开，离这些人远远的！

可是，现在看来，她无法做到了……苏玉说给她一天的时间考虑，她明白“过时不候”的意思并不是超过一天时间就不要絮儿了，而是，会采取另外的、更极端的方法。

她不能不惧。

因为他们争夺的对象是絮儿，那势必给絮儿带来更大的伤害，而最终的结局，她实在没有把握能赢苏玉。不管是地位还是手段，她都无法相比，最重要的是苏玉不会顾及絮儿的感受，不在乎对絮儿的伤害有多深，可她不能不在乎！

所以，结局可想而知。

她不得不忍痛对絮儿说："絮儿，你能再听妈妈一次话吗？"

絮儿乖乖地坐到妈妈床前，说："妈妈……您想说什么？"

李心兰字斟句酌地说："妈妈很爱你，爸爸也很爱你，爸爸从来没有想过要抛弃絮儿……而是很想和絮儿一起生活，絮儿到爸爸那里去好吗？"

她尽量想不伤絮儿，但是，这句话对絮儿来说无疑是晴天霹雳！

絮儿猛地站起来，不敢置信地看着她："您……再说一遍？"

李心兰强忍着悲痛，尽量平静地说："絮儿，你跟着爸爸，爸爸会像妈妈一样爱你的。"

"你骗人！"

絮儿本能地低吼道："他会爱我？那个男人骗得你多惨，你现在还指望他对我负责吗？我明白了……我知道……"

她眼里含着泪，紧紧咬着牙关，一字一句地说："因为他不要你了，所以……你也不要我了，是吗？"

见她反应如此激烈，并且显然会错了意，李心兰慌了，忙说："不……不是这样的，絮儿！是爸爸很想……"

絮儿眼里的泪珠滚落下来，但是她没有哭，而是冷笑着说："爸爸？你现在想把我往他那推，就拼命说他的好话？很好，很好！你们都很好！我谁也不烦，不劳你们操心！"

说完她猛地打开房门，冲了出去，完全不顾李心兰在后面如何呼喊，也没有看到李心兰为了想追她整个人滚在了地上，可怜手脚打了石膏动弹不得，只能眼睁睁看着她消失。

妈妈居然会不要她？

居然会？

这是柳絮儿怎么也没想到的事情，现在她该怎么办？该怎么办？

她一路飞奔，已顾不上旁人的目光！

第三十八章　何去何从？

陶淘在学校门口遇到等他的柳浩。

柳浩也是一直担着心，一早就打电话去爸爸那里询问情况。柳越生告诉他应该没事了，并且说了他妈妈苏玉愿意接纳絮儿来他们家生活的事。如此一来，苏玉自然不会再要求学校开除絮儿，因为絮儿毕竟成了柳家的一员。

但是柳浩听到这个消息，却一点儿也开心不起来。

絮儿要来他们家生活？

这对他来说……真的是一件无法面对的事。

他以后的日子该多难熬！

所以，他也是一直心事重重。

等陶淘，是为了告诉陶淘，学校应该不会坚持开除他们了，但是，他却不能跟陶淘说他的苦恼。

两个人各有各的心事，柳浩只是简单地说了句“学校这边应该没事了”，陶淘淡淡地应了一声，然后也没做更多的交谈，便各自进了校门。

但是就在上午第二节课后，课间操的时间，陶淘接到了絮儿的电话。

“陶淘……我该怎么办？我该怎么办？”

絮儿无助的、彷徨的声音从电话里传来，陶淘忙避开涌向操场的同学退回教室，低声问：“怎么了？出什么事了？”

絮儿哭泣着语无伦次地说："我妈妈不要我了……她居然也不要我了！呜……我该怎么办？我活着还有什么意思？连她都不要我！"

她的每句话都狠狠地扎在陶淘心上。

我妈妈不要我了！连她都不要我了！

他不正是一样的处境吗？

但是絮儿的妈妈也会这样？这倒是让陶淘也深感意外。

不管如何，絮儿那句"我活着还有什么意思"让他心生警觉。他强压住自己的情绪，忙低声说："你现在在哪？告诉我你在哪？我马上来找你。"

"我也不知道在哪……她跟我说要我去我爸爸家生活，你说她是不是也嫌我累赘了？是不是？"

"不，不是的。也许是误会……"

"不是误会，她亲口对我说的！你不知道，你无法想象，她亲口跟我说让我去爸爸那边，还说爸爸很爱我！他真的爱我吗？这么多年他管过我吗？明明是骗我的是不是？她只是嫌我累赘了，要把我推开！"

絮儿在那边越说越激动。

陶淘耐心地说："我们见面再说，絮儿，告诉我你在哪？你看一下周围，你那是什么地方？"

其实絮儿从医院冲出来以后，就一直漫无目的地飞奔，但是下意识选择往人少的地方跑，感觉到周围没什么人了才慢慢停下来，又独自就近找个角落蜷缩起来。心里实在难受，难受得她要喘不过气来，此时，她觉得能倾诉的人只有陶淘，这才打电话给他。

听了陶淘的话，她茫然地抬起头来，这才发现自己是靠在一棵大树下，而这棵大树……是在湖边……

絮儿喃喃地说："这里……好像是云湖，我在湖边……"

云湖是这座城市市区内唯一的湖泊，陶淘自然知道在哪，但同时那里对于一个伤心绝望的人来说，也是非常危险的，选择在那里结束自己生命的人几乎每年都有。

他忙说："你在那里等我，哪里也不要去……我马上来找你！一定等我。"

他挂了电话，来不及跟王维说一声，就直接出了校园打车向云湖而去。

陶淘以最快的速度赶到云湖公园，现在是上午，又已经过了早锻炼的时间，所以公园里并没多少人。他左右张望了一下，没发现絮儿的影子，便拨通了絮儿的电话，一边和她说着话，一边绕着湖边开始寻找，终于在湖边一棵大柳树下发现了她。

陶淘看着一个人蜷缩在树底下的絮儿，终于暗自松了口气，忙走上去，轻声说："絮儿。"

絮儿看到他的到来，像看到久违的亲人一样，本来就已经哭肿了的双眼，瞬间又哗哗地掉下泪来。

陶淘在她身旁坐下，柔声说："别难过，絮儿，事情也许不是你想的那样……"

这一路上他也在想，虽然他和絮儿的妈妈接触不多，可是他能感觉到她妈妈很爱她，那和珊妮对他是非常不同的感觉。所以，要说絮儿妈妈会因为嫌她累赘而抛弃她，他觉得不太可能。再联想到早晨柳浩说学校不会再开除他们的事，当时因为想着自己的心事，没有问为什么，或许……会不会是絮儿妈妈和柳浩妈妈或者是和絮儿爸爸之间达成了某种协议?

当然这也只是他的猜测，善意的猜测。

因为说珊妮想丢下他，他完全不意外；而说李心兰会丢下絮儿不管，他反而不太能相信。

絮儿努力想控制住自己的情绪，但仍抽咽着，小声说："可是，是我妈妈亲口跟我说的。"

她也希望不是这样，是误会，可是是妈妈亲口跟她说的，她要如何相信？

妈妈会要她去爸爸那边生活，而且样子是那么认真，既不像是玩笑，也不是在商量，而是非常肯定的，似乎已经成了定局。这件事对她的打击太大了，妈妈可是她在这世上最亲近也最信赖的人！

如果连妈妈也不要她……她实在无法想象，她的人生还要怎么继续下去？

陶淘想了想，问道：“那之前有没有发生什么事？”

“有……”

絮儿马上说：“那个女人来找过妈妈，就是柳浩的妈妈。”

陶淘沉吟着说：“果然。”

絮儿不解地看着他。

陶淘将几件事串联起来一想，更加肯定了自己的想法，可如果要给絮儿解释清楚，就得告诉絮儿学校要将他们开除的事。

他叹口气，说：“我想有件事你可能还不知道，就是在此之前，学校有要开除你和我的意思……呃，因为不想你担心，所以没告诉你。柳浩还答应帮忙想办法，因为这件事是她妈妈指使的。”

絮儿惊讶地问：“要开除我们？为什么？”

她完全不知道还有这回事，而这……和妈妈抛弃她有关吗？

陶淘有点尴尬地说：“其实不管什么原因，都是借口。说我们早恋什么的，当然最主要的原因是，柳浩妈妈要学校这么做，你可能不知道柳家对育林高中的资助，是育林高中最大的收入来源……所以……”

絮儿又羞又怒，不敢置信地说：“所以，学校根本就不调查事实，就要按她的意思做？”

她完全没想到在他们心中如此神圣的重点高中，居然暗中会有如此不堪的行为，为了保住财神爷的资助，不惜玷污自己学生的清白！

陶淘点头，想了想，说：“所以，你想，如果柳浩的妈妈把这件事告诉你妈妈，那么她很可能为了保住你的名誉而放弃你的扶养权。”

絮儿想了想又不解地问：“可是……可是……柳浩的妈妈为什么要这么做？她不是应该很讨厌我吗？她要我去柳家做什么？我真的去了柳家，天天和她相处，难道她……就会很开心吗?”

陶淘无奈地说：“这我就不知道了。也许她有她的目的，不过，我觉得你妈妈应该是在被逼无奈的情况下，才做这种选择，绝对不会是因为嫌你累赘。”

听他说得很肯定的样子，絮儿刚刚都已经绝望的心，再次升起点希望，看着他问道：“真的?”

在陶淘没来之前，她一个人独自面对微波荡漾的湖面，有那么几个瞬间，是真的想到过死的……如果连妈妈都不要她，都嫌弃她，她实在想不到还有继续活下去的理由！

经陶淘这么一说，妈妈的确是被逼无奈的可能性更大，是自己误会妈妈了。

但是，不管是因为什么，妈妈却是真的要她去爸爸那边生活。

想到这里，她又黯然地说：“就算真的是这样，我还是一样要离开妈妈。可我不想去柳家，真的，柳浩妈妈恨死了我和妈妈，我也不想跟她一起生活，还有爸爸，我不想再见到他，一辈子都不想见他！我不要去柳家！”

她一边说着一边摇头，一想到真的要去柳家生活，她就觉得完全没有生路……真的那样还不如自己一个人生活！

一个人?

絮儿猛地想到什么，自己再想一遍，再想一遍，便下了决心似的，看着陶淘说：“如果一定要我去柳家，我还不如……一个人离开这！”

陶淘吓了一跳，问道：“一个人？你要离家出走?”

他没想到面前这个看起来娇娇弱弱的小女生，会有这样的念头。

絮儿坚定地点点头，眼睛看向湖面，毅然决然地说：“学校也太过分了，居然什么都不问清楚，就为了讨好柳家要开除我们！这样的学校不上也罢！反正我是绝对不会去柳家，妈妈如果真的是顾虑这个不敢带我走……干脆，我什么也不管了，离开这鬼地方，找个没人认识我的地方，我就不相信我自己养不活自己!”

“絮儿!”

陶淘见她是认真的，不由得皱了皱眉，问道：“你真的要放弃学业?”

絮儿叹口气，忧伤地说：“我真的受够了！这种日子太难熬了，如果妈妈肯带我一起离开，远离他们，也许我们还可以生活得自在点，可是现在要我也去柳家，那我，这辈子都没办法解脱了。”

陶淘不赞同地说：“可你一个人能去哪里？未成年也不好找工作，何况就这么贸然出去一点儿准备都没有。”

絮儿摇头，神情坚定地说：“我想应该没事吧，随便去哪里，只要是个没人认识的地方，洗盘子也好，打杂也好，派传单也好……不管多苦多累的活儿我都肯做，反正靠自己赚钱养活自己就行!”

一想到可以离开这里，彻底断掉和柳家的这些恩恩怨怨，可以到一个没人认识她的地方，可以摆脱“私生女”这个身份，可以不用再担心别人说她什么是非……她就觉得沉重的压抑了许久的心，渐渐轻松起来!

原本是想等妈妈伤好了以后，和妈妈一起离开。可是现在给柳太太这么一闹，妈妈肯定是不敢带她走的，那么她只有自己一个人走了，她要走得远远的!

在她还稚气的想法里，认为只要离开这里，一切烦恼就没有了。

第三十九章　离家出走（1）

一时间两个人都沉浸在絮儿这个全新的想法里，没有说话。

片刻后，陶淘若有所思地问：“你真的那么想走吗?”

“嗯。”

絮儿看着他用力地点点头，然后又歉意地说：“对不起，陶淘，我总是麻烦你，甚至连累你也要被学校开除！你放心，我走之前会写信给校长，跟他说我们……根本不是那样。”

陶淘不在意地笑笑，说：“没事，我们是朋友嘛，你也知道，在你之前我还从来没有交过朋友，其实，我还要谢谢你。”

絮儿放下心来，也露出一丝笑容。

陶淘背靠着树干想了想，说：“如果你真的想走……不如，我们一起走吧。”

絮儿惊喜地看着他，问道：“一起走?”

陶淘点点头，继续说：“其实，很早以前我就有过这种念头，想离开这里，离开那个家，离开那个不敢认我的女人，甚至觉得哪怕是乞讨都好，能光明正大地生活，不用总躲躲闪闪，好过一切。只是，一来觉得外婆会伤心，另外……”

他自嘲地笑笑，说：“可能心里面还是觉得总有一天那个女人会认我的吧!”

絮儿安慰地说：“是啊，你也别太怨她，她也是为了工作。”

陶淘再次笑了，仰望着天空，说：“为了工作？以前我也这么想，可是现在，她要嫁人了……你懂吗？她要嫁人了，而我……就更加成了累赘。”

絮儿惊讶地看着他，因为一直以来都在说她的事情，所以她一点儿也不知道陶淘家也发生了这么大的变故。

怎么会这样?

这话她没有问出口，因为这是陶淘无法回答的，他只是在被动地承受!

陶淘低下头，淡淡地说：“完全没有希望了，被彻底抛弃了。她永远也不会认我了，因为她要开始她的新生活，而我……只是她那些不堪往事的见证吧!”

絮儿伸手放在他紧握着的拳头上，试图安慰他。除此之外，她也不知道可以做什么，原来，被抛弃的不止是她一个人！

命运啊！

他们的命运还真是悲惨！

听了陶淘的话，她也更加坚定了离家出走的念头。

因为她也想到，就算妈妈现在是被逼无奈选择放弃她，不是嫌她累赘。可是，妈妈还年轻，离开爸爸以后不可能就此孤独终老。妈妈也要重新开始她的生活，会遇到别的男人再恋爱、结婚甚至生子，那时候自己同样还是个累赘。少了自己这个拖油瓶，妈妈的生活会轻松很多吧！

想到这些，絮儿更加坚定地说："那我们一起走吧！"

陶淘用力点点头，做了这样的决定似乎原来沉重的心情也轻松了一些，他长长地舒口气，说："我其实一直很想问问那个女人为什么要生我，现在连问这种问题的意义都没了。也许，她也曾经因为我的存在而开心过，可是现在，我的的确确成了她的累赘，成了她急于摆脱的对象。我成全她，我彻底在她面前消失，外婆也不用再因为顾虑到我而不敢和她多来往了。"

从没离开过家人照顾的孩子，他们并不知道世道的艰辛，仅凭着心底那份自尊和骨气，简单地认为，只要自己肯努力，就一定可以。

离开这里，一切都会好的！

这是他们此时心里最强烈的念头。

离家出走，靠自己的力量生活，不再依赖任何人，也不成为任何人的累赘。

柳絮儿和陶淘两人一拍即合，越想越向往，向往那种独立自由的生活。

少年人的心里像长了翅膀，主意打定，说走就走。两人就商量好两小时以后在车站见面，然后各自回去收拾东西，顺便做最后的告别。

当絮儿再次出现在病房的时候，李心兰喜出望外，甚至激动得落下泪来。她已经在护工的帮助下又重新躺到床上，只恨自己行动不便，无法去追回絮儿。刚刚苏玉丢下了不准她去找柳越生的话，而且说得相当难听，她一时也犹豫要不要找他帮忙……当然心底，她还是希望絮儿丢不下她，会自己回来。

果然，快中午的时候絮儿就出现了。

李心兰看着絮儿激动地说："絮儿！好孩子，乖孩子！别生妈妈气，千错万错都是妈妈的错……对不起，妈妈对不起你……"

絮儿倒是和刚才冲出去的时候完全相反，已经打定主意要和陶淘一起离开，自己去闯天下的她，此时的情绪已经很平静。她看着妈妈，心里忽然相信了陶淘之前的话，妈妈并不是嫌弃自己，妈妈肯定是被逼无奈才要放弃她。

但是，不管如何，现在她决定自己的命运由自己做主，既不依赖于妈妈，成为她的累赘，也不会为了优越的物质生活，而寄居到爸爸那里。

絮儿深深吸口气，走近病床边，伸手握着妈妈的手，缓缓地说："妈妈，您自己保重。"

李心兰惊讶地看着她，小心地问："絮儿！你……想通了？"

她本能地认为絮儿是答应去柳越生那边了，她又心痛又心酸，还有深深的失落，但她把一切真实的情感都努力隐藏起来，露出温柔的笑容，说："乖！絮儿真是乖孩子！爸爸也会疼你的和妈妈一样疼你，只不过，毕竟不是爸爸一个人的家，絮儿要多忍耐些和阿姨、哥哥好好相处。"

絮儿也不辩解，只是默默地点头。

让妈妈误以为她是要去柳家，可能还安心一些。

李心兰又忍不住叮嘱着："絮儿，你不用担心我，这里的护士都很好，还有看护……你收拾一下，就去爸爸那里吧，以后就不要来了，免得爸爸和阿姨不高兴。"

她终于没忍住落下泪来，忙将头扭向一边，低声说："絮儿，你去吧。"

苏玉只给了她一天的时间，她就算再不舍，可一想到絮儿如果不去柳家，苏玉极有可能不择手段地达到目的，那样会给絮儿造成更大的伤害……她所有的不舍都只能忍了。

絮儿也真的放开她的手，站起来，对她深深鞠了一躬，然后，默默地转身走了。

这一走不知何时能再相见。

关上病房门的瞬间，絮儿的眼泪也落下来。

妈妈，你也要好好重新开始你的生活；妈妈，你也要幸福！

她在心里默默地说，悄悄擦去眼泪，然后匆匆赶往家里收拾东西。

经过苏玉派人那么一折腾，原本整洁而温馨的家里已是一片狼藉，完整的衣服也没有几件，絮儿好不容易从衣柜最里面，找到几件因为“藏”得深而幸免于难的旧衣服，塞进包里；房间里的娃娃和儿时的玩具都给毁坏了，她留恋地一一将它们扶正，但是想到自己不是去玩，而是要像一个真正的大人一样努力工作，便断了带走它们的念头；只是最后在书架上取了几本自己喜欢的书集，最后看一眼这个曾经给她温暖和快乐的家，便毅然离开了。

她看看时间，直奔和陶淘约好的车站。

陶淘也是差不多时间出了家门。

他并没和外婆打招呼，而是选择避开外婆的视线，悄悄到自己的房间，收拾好东西，又暗中悄悄地凝视着外婆的背影——外婆是因为他而过着孤独的生活，默默地照料他，似乎只为他而存在。如果没有他，外婆也可以像任何一个母亲一样，光明正大地出现在珊妮的生活圈，参加她的婚礼，享受本应可以享受的一切。

看着忙碌地收拾着整个大房子，又不时停下来发怔的外婆，陶淘红了眼眶。

自己走了，外婆会伤心吧！

可是，同时，外婆也解脱了，不用为了守着他这个“秘密”，而不敢和人有正常的交往。

外婆，您要好好地活着，等我可以自己独立了，会回来看您！

这是陶淘最后在心里对外婆说的话。

他走了，虽然心里也有些不舍。可是年少的心，一旦有了目标就会不顾一切去实现，他和絮儿现在的目标就是：不再成为任何人的累赘。

他们要靠自己的双手，自己的智慧，光明正大地活着。

这个目标对他们来说，是不是早了一点？

放弃学业，对他们的一生又会有怎样的影响？

他们的离开，真的能让亲人解脱吗？

他们没有去想，也无法去想，此时，一心想着的，是离开这里以后，自己努力生活的快乐，哪怕会很累很辛苦，但心是自由的，是畅快的。

离家出走的孩子，一般除了家庭所给予的压力过大，为了逃避而出走之外，通常还有一种特别想证明自己的心理，证明自己可以依靠自己的能力活着，而不用依赖任何人。

陶淘和絮儿，也是如此。

出走的确可以让他们摆脱他们并不愿意接受，却无法摆脱的、不光彩的身份，也摆脱这种身份带来的让人窒息的压力；而且因为身份的特殊，他们的存在对于身边的人来说，或多或少的确是一种负累。而这，也是他们很不愿意看到的。

所以，年少气盛的孩子，最终踏出了这一步。

他们想用行动向爱他们和不够爱他们的亲人们说：不用为我们的存在而纠结，我们自己可以活下去。

既然是想出去独立的，两人的想法就是尽可能少花家里的钱。其实陶淘和絮儿都对钱没什么概念，也都没有存钱的习惯，幸好陶淘那里有一张珊妮给他的卡可以取现金。陶淘便取了三千做路费以及他们出去一两个月的生活费，然后将卡也放在了家里。

为了节约路费，两人选择了速度快又相对便宜的动车。

他们得在这笔钱花完之前，找到落脚之处。在他们的意识里，很简单地认为只要不挑剔、不怕苦就一定能很快找到工作。

两人很快坐上前往南方的动车，目的地是他们临时选的，是一个规模不大但风景挺美的城市。

真的离开生活了十几年早已经熟悉而习惯的环境，想着未来陌生的生活，两个孩子的心，并不平静。

依恋、不舍！

向往、兴奋！

也有些许的不安。

车开了之后，絮儿故作轻松地说："乐乐知道了不知道要怎么骂我呢！"

陶淘笑笑，问："你没给她留个短信吗？"

絮儿摇头，低声说："没，我不敢说，乐乐知道了肯定不同意……"

她和陶淘能一拍即合，正是因为有相似的经历，有相同的感受，可是乐乐没有。

原来乐乐一直抱怨自己的妈妈小气又唠叨，可是现在看来，他们家才是最温馨的。在那种家庭环境中的乐乐，大概无法理解他们的心情吧？

她又抬起头看着窗外，说："我只希望她不要生我的气！"

陶淘也看着窗外发呆，没说什么。

气氛似乎有点低落，絮儿想了想说："陶淘，我给你讲个故事吧。"

陶淘笑着点点头，一副洗耳恭听的样子。

絮儿便带着微笑，缓缓地说："这是小时候妈妈讲给我听的，有关幸福的故事。有只小鼹鼠看到大家都忙着寻找一种叫'幸福'的东西，便好奇地问妈妈：'妈妈，妈妈，幸福到底在哪里呀？'妈妈笑着说：'幸福就在你的尾巴上呀。'小鼹鼠便转过身来想抓住尾巴上的幸福，可是不管它怎么用力，也无法抓到自己的尾巴，一直在原地团团转。"

陶淘在一旁取笑地说："你就是那只小鼹鼠吗？"

絮儿小大人似的轻轻叹口气，继续说：“我们不都是小鼹鼠吗？急于抓住幸福的小鼹鼠，可是刻意去抓反而抓不住。只要你好好地往前走，它就会一直跟着你。陶淘，我们不要做原地打转的小鼹鼠，我们要做好好往前走的小鼹鼠！”

陶淘笑笑，没有说话。

他心底总有些不安，他也知道絮儿应该和他一样不安，只是两人谁都不愿表现出来。

好好往前走的小鼹鼠吗？

他们现在会不会是走上一条歧路？

这个念头在他心里一闪而过。

第四十章　离家出走（2）

陶淘和絮儿见面之后就关了手机，谁也没有留信息。其实王维已经发现原本应该在学校上课的陶淘不见了，给他打了好多个电话，可是他都没敢接听。他怕自己被王维说服，怕自己不够坚定，连王维发来短信，也是看都没看就删掉了。

他不想回头。

陶淘既不接电话，也不回短信息，更是一直没有露面，王维坐不住了，联想到昨天告诉陶淘有关珊妮的事，以及陶淘当时的反应，他心底有种不好的预感。

下午放学后，王维匆匆赶去陶淘家，外婆见是他突然到访有些意外，一边将他让进门，一边问道：“王老师？陶淘出事了吗？”

“外婆，陶淘回家了吗？”

“没有呀。”

外婆心里一咯噔，着急地说：“难道陶淘没上学吗？他一般都不回来吃晚饭，要晚上下了自习才回家。”

王维微微皱眉，说：“外婆，我能去他房间看看吗？”

外婆忙带着王维上楼，有些着急地问：“陶淘出什么事了吗？”

王维怕外婆担心想等到最后确定了再说，一打开陶淘的房间，他就知道真的出问题了，因为陶淘的书包就摆在地板上。

外婆也看到了，惊讶地说：“咦，他回来过了？”

王维过去拿起书包一看，所有的课本、作业本都在里面，毫无疑问陶淘应该的确是回来过，至少是回来放了书包才走的。

外婆一脸茫然地说：“这孩子，什么时候回来过？我真是老了，居然什么也不知道……可是他为什么要偷偷回来？又做什么去了？”

王维忙说：“您帮忙看看，他有没有带走什么东西。”

经他一提醒，外婆忙打开衣柜，平时陶淘的衣服都是她整理的，所以一看就知道不对，她倒退一步，喃喃地说：“这怎么回事？王老师，陶淘带走了他的衣服！”

她迅速将所有的衣柜打开看了一遍，绝望地说：“他平时穿的衣服都不见了！”

王维看到外婆的反应，就已经知道了结果，暗自深吸口气，还是安慰着外婆说：“您先别急，我去找找看。”

他想到了柳絮儿。

他知道现在这两个孩子因为同病相怜的缘故，不管什么事都会站在同一“战线”，有什么事情，也会让对方知道。

不管陶淘是因为什么而走的，他的出走柳絮儿不会一点儿都不知情。

外婆无力地坐在陶淘的床边上，泪水涟涟，伤心地说：“如果真的走了，这人海茫茫上哪去找？陶淘啊，不管出了什么事，为什么不跟外婆说一下呢？外婆在家呀，一直在家呀……我真是老了，不中用了，连孩子回来过都不知道。”

王维走到门口又不忍地回身说：“您真的不要太担心，陶淘不会有事的，我去看看，有消息再通知您。您就在家等着，也许说不定他什么时候又回来了。”

外婆忙擦了擦眼泪，强忍着说：“好好……麻烦你了，王老师，麻烦你了。我就在家守着，有消息请马上告诉我。”

王维点头说：“您放心吧，我会的。”

他从陶淘家出来，便去了李心兰住的医院。

他心里想到，还有一种更坏的可能，就是两个孩子一起走了。

因为现在的柳絮儿也正是需要帮助的时候，陶淘应该不会丢下柳絮儿一个人离开。当然，他更希望絮儿还在，这样至少还有一点儿线索，如果两个人都走了……就连知道消息的人都没有了！

但是，当王维赶到李心兰病房的时候，病房里就已经只剩下李心兰和一个中年护工，他心里暗叫糟糕，依然抱着一丝希望问：“请问，柳絮儿同学在哪？”

李心兰还沉浸在失去絮儿的悲伤中，情绪很低落，只是礼貌地问：“王老师，您找絮儿有事吗？”

到此时，她都一直以为絮儿是去了柳家，去了苏玉那里。她本来也想打电话询问下絮儿是否到了，或者问问絮儿在那里可好，但是怕引起苏玉更多的反感，对絮儿更不利，所以狠心不闻不问。

王维见李心兰反问他，只得如实说：“陶淘同学不见了，可能是离家出走了，这俩孩子现在走得比较近，所以，我想也许絮儿同学知道点什么。”

李心兰还没反应过来，疑惑地说：“离家出走？”

她也想起来，好像絮儿每次有事的时候，那个男生都在。

现在，如果他离家出走了，那么，絮儿呢？

李心兰也慌了，再想想絮儿最后来见她的样子，她这才知道，絮儿的确是来和她告别的，但是絮儿并不是准备去柳家，而很可能是准备离家出走。

看她的表情，王维在心里叹气，大概真的是两个人一起走了。

他忙问道：“絮儿同学大概什么时候离开这里的？”

李心兰喃喃地说：“絮儿中午的时候来过，我以为她去了她爸爸那里……我没想到……真的没想到……”

王维也很着急，但是不得不尽量让自己冷静，说：“那您能确认一下，柳絮儿同学有没有去她爸爸那里吗？”

见李心兰行动不便，他又说：“要不，您告诉我电话号码，我来跟柳絮儿同学的爸爸联系一下看。”

李心兰尴尬地说：“好，实在是抱歉，麻烦您了。”

她报出柳越生的电话号码，王维拨了过去，电话响了很久才被接起来，他忙自报家门：“您是柳絮儿同学的爸爸吗？我是她的班主任老师。”

这个号码本来只有少数人知道，最初看到陌生的号码打进来，柳越生还有点犹豫，因为怕是李心兰换了电话打来的，而他又答应过苏玉不管如何都不能再和心兰有任何联系。所以，当听说是柳絮儿的班主任，他才暗自松口气，礼貌地说：“您好，我是絮儿的爸爸，请问老师，絮儿出什么事了吗？”

王维没有回答，而是问道：“请问，絮儿在您那里吗？”

柳越生迟疑了一下，说：“这个……我现在还不太清楚。”

他现在在办公室，絮儿的事情苏玉说了要亲自去办，不让他插手，所以，他并不知道现在进行到哪一步了，也不知道絮儿有没有到柳家来。

王维有点着急地说：“那麻烦您能马上确认一下吗？”

柳越生忙说：“出事了吗？您稍等一下。”

事关絮儿，他也很紧张，马上打了电话回家，是苏玉本人接的，他也顾不得解释，直接问：“絮儿……到家了吗？”

苏玉在那边冷冷地说：“还没有。”

柳越生微微皱眉，匆匆说：“孩子可能出事了，我一会儿再打给你。”

他挂了苏玉的电话，忙对王维说：“没有来，絮儿没有来我这，老师，她不在她妈妈那里吗？”

“不在。”

“那她去了哪里?”

“现在不清楚，柳先生，柳絮儿同学很可能离家出走了，而絮儿妈妈现在行动又不方便，所以，还请您尽一点责任。”

王维说得很婉转，但是言语中也表明，他已经知道絮儿家的事情，柳越生也不用再隐瞒什么。

柳越生有些尴尬，但更多的是着急，忙说：“这个当然，当然。可是，絮儿怎么会出走？絮儿胆子很小，也很乖……”

絮儿会离家出走？这是他怎么也没想到的事，他那个娇滴滴的，又乖巧得让人怜爱的女儿，怎么会离家出走？她又能去哪里?

王维在心里叹气，说：“她可能是和另一个同学一起走的，中午还来过医院，但愿还没走远。”

柳越生马上说：“这样，老师，我马上找人查下机场、火车站和汽车站，看看能不能找到线索。”

迟疑片刻，王维又问道：“您能帮忙找是最好了，不过您看……要不要报警?”

他知道柳越生的身份比较特殊，而絮儿的身份就更不适宜宣扬，所以还是征求下他的意见。

两个高中生离家出走也许只是一般的新闻，可如果让记者挖出是柳越生的私生女和男生一起离家出走，这恐怕就是特大新闻了。

果然，柳越生忙说：“报警？老师……暂时不要。您放心，我一定会尽最大努力去找他们，絮儿是我的孩子，我……”

王维打断他的解释，说：“嗯，我知道了，那么拜托了。”

柳越生带着歉意说：“没事没事，我倒是要感谢您。老师，您费心了！另外，能麻烦把那个孩子的照片也给我一张吗?”

王维说：“好，没问题，我马上给您传过去。”

他手机里就有陶淘的照片，还是去年陶淘过生日的时候照的，挂了电话他就给柳越生发了过去。然后又对李心兰安慰几句，便匆匆告辞离开。

如果柳越生尽全力寻找，应该比报警的效果还要好吧？

王维也不想把事情闹大，那样对陶淘和絮儿都不好。本来因为柳太太的话，校方对他们两人已经有些看法，此时如果再传出一起出走的消息，恐怕不用柳太太施压，学校也会做出处理。

现在只希望这两个孩子还没走太远，还能找回来吧。

不管曾经经历过多少痛苦，但一直生活在家人羽翼下的两个孩子，真的流落到陌生的地方，要如何生活？遇上坏人又该怎么办？他不能不揪心。

第四十一章　离家出走（3）

陶淘和絮儿他们要凌晨三点多才能到目的地，所以，两人在最初的兴奋之后，都靠在椅子上打盹，也算是保存体力等下车的时候才会有精神。

也不知道过了多久，坐在外面位置上的陶淘突然被人轻轻拍了拍，他睁开眼睛一看，两个穿着制服的人站在面前，其中一个年长点的男人对他笑笑，说：“同学，你是叫陶淘对吗？”

陶淘意识到什么，假装没睡醒的样子很茫然地看着他们没有回答，脑子里在迅速地考虑着眼前的情势，是承认还是否认？

他猜到大概是因为他们出走，有人找来了。之前也想到过肯定会有人来找他们，只是怎么也没想到，他们会这么快被找到，甚至人都还没到目的地……难道就要被抓回去？

那个男人再次微笑着说：“同学放心，我不是坏人，我是这趟动车的列车长。”

他又看了一眼陶淘旁边已经被惊动醒过来的絮儿，说：“你们是陶淘同学和柳絮儿同学对吧？”

陶淘在心里默哀，知道跑不掉了，正准备承认，但是絮儿迅速抢先说：“不是，我想你们认错了吧？”

列车长和旁边的列车员对视一眼，两人默默笑笑，他继续说：“那，我可以看一下两位的车票吗？”

絮儿愣了一下，咬着唇，说不出话了。

车票上可是清清楚楚写着名字的，她再想抵赖也行不通。

陶淘知道此时絮儿的心情很沮丧，便试探地对列车长说：“你们找我们有事吗？”

列车长一直保持微笑，看着很亲切的样子，说：“因为两位同学的出走，家人都很着急，所以，我们是受你们家人之托，找到你们，在下一站请你们下车，会有人将你们送回去。”

陶淘想了想，再问：“可是我们也没有做什么坏事，如果我们不愿意的话，你们也不能强迫我们吧？”

“这……”

列车长迟疑了一下，语重心长地说：“有什么事情不能好好说呢？我也有孩子，我能想象得到你们的爸爸妈妈现在有多着急。同学，有什么事回去再说好吗？”

陶淘回头看絮儿，絮儿摇头，对列车长说：“叔叔，我们不想回去，您可不可以当作没有见过我们？拜托了！”

列车长很为难地叹气，说：“孩子啊，虽然我不知道你们发生了什么事，但是，我知道离家出走绝对不是解决问题的办法。而且，既然柳先生已经查到你们俩在我们车上，我们也没办法隐瞒的。”

柳先生？

陶淘和絮儿互相看看，知道是絮儿的爸爸找来了，陶淘便想让絮儿自己来决定，可是絮儿此时是一百个不愿意回去的！

就这样被抓回去什么事情都解决不了，倒还可能让那个本来就讨厌她和她妈妈的柳太太更加有话可说！

怎么办呢？

他们也不可能跳车逃跑……

絮儿也飞快地在脑子里思考着，只是脑子里乱得很，一时也理不出头绪。

如果自己回去了会被送去柳家吗？

不！

她眉头紧锁颇自摇头，真要那样简直就是她的末日！

这时列车长旁边那个比较年轻的列车员微笑着提议说："小姑娘，要不，你跟家人通个话好好谈谈？也许……事情没有你想得那么可怕呢？"

她是见絮儿一脸愁容，想着让她和爸爸妈妈通上话，也许能降低这小姑娘这种特别抗拒的情绪。

这时旁边看热闹的人也有人劝道："是啊，有什么事回去跟爸爸妈妈好好说吧。"

也有人对陶淘说："这么乖一个小姑娘，你们这么跑出来万一出了事怎么办？孩子啊，听话，把人家小姑娘带回去吧。"

陶淘倒也不解释，一旁的絮儿听不下去了，替陶淘委屈地说："不关他的事，是我要走的！他只是……怕我出事才陪着我！"

大家都有点意外，因为絮儿看起来真的是那种特别乖巧可人的女孩，很难把她和叛逆少女联系起来。

絮儿想了想，站起来说："也好，我先打个电话再决定吧。"

于是，陶淘留在座位上和列车长他们一起等着，絮儿一个人走到车厢连接处，打开自己的手机，瞬间无数条短信涌进来，她并没有去看，而是找到柳越生的电话拨了过去。

电话刚响就被接听了，传来柳越生颇为焦急的声音："絮儿？是你吗？絮儿……"

絮儿非常淡漠地应了一声："是。"

柳越生顾不上她的态度，忙说："絮儿，你怎么样？还好吗？对不起，对不起！都是爸爸不好，你们现在到哪了？你不要怕，我找人安全地送你们回来，没事的，马上就没事了……不，你告诉爸爸，你们在哪，爸爸来接你们!"

自从听说女儿离家出走的消息，柳越生也的确是很担心、很着急，更是尽了自己最大的努力，以最快的速度去找他们。好不容易查到陶淘和絮儿购买了去往南方某个城市的车票，又联络到列车长，列车长还没有反馈消息，所以，他也是正心焦地在等待着。

突然看到絮儿的电话打过来，柳越生真的很激动。

然而和他的激动不同，絮儿显得异常冷静，拒绝了他的好意，说："我们现在在动车上，列车长找到我们，我才给你打这个电话的。我不需要您来接，只是想跟您商量一件事。"

柳越生忙说："什么事？你说，爸爸都答应你!"

絮儿回头看了看陶淘，沉吟片刻，才说："你想我们回去是不是？"

柳越生在那边不假思索地说："是，当然是。你这一走，我和你妈妈都很难过……"

絮儿冷静地打断他，说："嗯，知道。要我回去不是不可以，我有个条件。"

柳越生不假思索地问："什么条件？絮儿，只要你肯回来，什么都好商量。"

絮儿沉默片刻，接着说："对你来说并不难做，我只要恢复我原来的生活。"

柳越生愣了一下，不太确定地问："你是……什么意思？"

絮儿深吸口气，说："第一，我不会去柳家，绝对不；第二，我爸爸不是正大集团的董事长，只是一个普通男人；第三，我替妈妈做主，我和妈妈从此以后，都不会再打扰你们，也请您和您的家人放过我们。"

"絮儿!"

柳越生万万没想到絮儿会说出如此冷漠绝情的话来，这是要和他断绝关系？真真正正断得一清二楚，形同陌路吗？

絮儿斩钉截铁地说：“这就是我的要求，你答应，我自然会回去妈妈那里，不答应的话，我绝不会回去。”

柳越生沉痛地问：“等等，絮儿，你就这么恨爸爸吗？”

絮儿沉默。

柳越生痛苦地用手撑着额头，说：“絮儿……是我不对，一直都是我的错，可我，也是想弥补，想对你好，真的不肯给爸爸机会吗？”

他的女儿要抛弃他，而且还表现得如此冷静！

这叫他情以何堪？

他继续说：“絮儿！你是我女儿，这是事实，是抹不掉的……我也爱你，很爱你！我想给你最好的……”

“够了。”

絮儿再次打断他的话，冷冷地说：“我想，没有您，我和妈妈会过得更好。而且，没有我们，您也没这么烦恼，这不是很好吗？为什么一定要把我和妈妈扯进那种是非？一定要让我们站在被人耻笑和辱骂的位置？您不觉得这样很自私吗？您有为妈妈想过吗？有真的为我想过吗？”

柳越生辩解地说：“我想过了，絮儿，正是为你妈妈着想，我才希望你能来我这，我会好好爱你、疼你，而你妈妈，也好重新开始她的生活……”

絮儿气得也激动起来，恨恨地说：“重——新——开——始？您不觉得太晚了点吗？十几年前您为什么不放手？现在让她一个人重新开始？您以为妈妈跟您一样薄情吗？说放下就能放下？妈妈为了您已经没有任何亲人了！现在连我，您也要夺走，您让她孤零零一个人，重新开始？您还有良心吗？”

“絮儿！”

柳越生无言以对。

絮儿缓口气问道：“怎么样？可不可答应我？”

“一定要如此吗？”

“是。我回去以后会当作不认识您，不认识柳家任何人，您也不要再来找我们，看看躺在医院的妈妈，那都是拜您所赐！对了，您根本就没有去看过她对吗？您不知道您怎样伤害着我们！不要对我和妈妈说爱，这个字您不配！”

絮儿一口气说完这些，紧紧咬着牙强忍着内心的愤怒和悲伤，片刻后一字一句地说：“只要答应这些，不用您接也不用他们送，我们自己回去。”

柳越生听着女儿像审判似的宣告，悲痛得说不出话来！

他也了解到，絮儿是在苏玉去找过李心兰，李心兰下定决心让絮儿去柳家之后，才出走的。

一向乖巧、安静甚至有几分柔弱的絮儿为什么会出走？

很明显，她是不愿意到他这个爸爸家里来，而因为苏玉的相逼，李心兰又不得不做出让她去柳家的决定，所以，絮儿才被逼着离家出走了！

但这件事他却怪不得苏玉半分，因为要絮儿去柳家，是他柳越生的主意，其实是他请求苏玉接受絮儿的。

所以，归根结底，这次又是他的错？

他本来也是自知亏欠心兰和絮儿很多，想做些弥补，才自以为是地这么安排，却没想到一错再错，弄到如今女儿要和他切断一切关联，形同陌路的地步！

当絮儿再次回到座位旁边的时候，很礼貌地对列车长说：“叔叔，柳先生那边我已经谈过了，我们会在下一站下车，自己回去，就不劳烦你们了。”

她没有称呼爸爸，而是“柳先生”，其实列车长也不清楚她和柳先生是什么关系，所以，也就只是叮嘱说：“那，你们可真的要乖乖回家啊！马上到站了，你们收拾一下准备下车吧，不要落下东西。”

絮儿乖巧地说："好的，麻烦你们了！"

列车长也没再说什么，只是对他们笑笑就离开了，想必他也要去确认一下柳先生那边是不是也同意这样处理。因为之前的通知是务必将这两个孩子交给车站的地勤人员，已经做好送他们回去的准备。

一直到到站下了车，陶淘才问絮儿："你和他谈得怎么样？真的要回去吗？"

絮儿点点头，有点抱歉地说："对不起陶淘！说走的是我，说要回去的还是我……"

陶淘不在意地笑笑，说："别说这些，其实我都无所谓。问题是你们谈了什么？你回去还要去柳家吗？"

絮儿摇头，带着几分俏皮地说："我和你一样，没有爸爸了！"

陶淘有些意外，絮儿长叹一声，故作轻松地说："我跟他说了，要我回家可以，但是我不去柳家，也不要他再去找我们，我们再无瓜葛。"

陶淘没有说话，只是默默地陪她走着。

他知道，虽然她在努力地表现出不在乎的样子，但是，心里怎么可能真的不在乎？他是从来没有见过自己的爸爸，也就谈不上感情；可是，絮儿从小是有爸爸的，虽然可能不经常陪在身边，但是会经常联系，也算是她爸爸"看着"她长大……所以，做出这样的决定，对她来说还是很难过的吧？

列车长是没有再出来为难他们，但是，当他们快走出车站的时候，两名工作人员赶了过来，因为已经是深夜，好说歹说一定要安排他们先住下，明天一早再安排他们回去。絮儿知道，这些人又是柳越生安排来的，如果她执意不肯反而让人家难做，便只好跟他们走了。

第四十二章　迟来的母子亲情

住在柳越生安排的酒店，陶淘终于打开了他的手机。

毫不意外地收到一堆短信，大部分是王维和珊妮的，还有几条是乐乐的。

他稍稍迟疑一下，选择了点开王维的：陶淘，你们在哪里？给我回信息好吗？有什么事情不可以和我商量？你就那么不信任我吗？

他不由自主地又打开了另一条：你这孩子，你知不知道你这一走外婆都急病了？珊妮也在找你……陶淘，回个信息给我，好不好？

再往下翻好多条都是差不多的内容：陶淘，你想怎么做你说出来，我们用更好的方式去实现好吗？出走解决不了问题，何况还有絮儿，你能保证絮儿的安全吗？

回个信息，或者打个电话回来，我们都很担心你们！很担心！

没有人因为你们出走而更轻松，你该明白。回来吧，孩子！珊妮也在满世界找你。

…………

陶淘难过地闭上眼睛。

外婆急得生病了吗？

他原以为自己离开了，外婆可以生活得更轻松一点儿，不用再一个人孤独地守着他……孩子的心里还不能完全理解，这样的分离其实外婆比他要更难过啊！

珊妮也在满世界找他吗？这倒是他本没期待的事。

他咬着唇打开珊妮发来的短信息，便看到那对他来说陌生而温暖的话：陶淘，是妈妈的错，原谅妈妈！回来吧，原谅妈妈！我是你妈妈啊，永远都是！

某种东西堵在胸口异常难受，无法呼吸……他猛地关了手机屏幕。

我是你妈妈啊，永远都是！

就算他闭上眼睛，这句话依然清晰地在眼前晃动。

然而，这句话她是否说得太迟了？

陶淘不知道的是，得知他出走的消息，珊妮几乎一下子就崩溃了。她从她那个繁杂的圈子逃回外婆和陶淘住的地方，做了一件很疯狂的事，就是在自己的微博上发了好几条消息：孩子，回来吧，原谅妈妈！

然后又到陶淘的空间留了类似的话。

一时间她所有的粉丝愣了，所有不明真相的围观群众也愣了。

孩子？

珊妮什么时候有了孩子？

这样劲爆的消息，几乎炸翻了娱乐圈，网上铺天盖地的新闻，“青春玉女珊妮自曝私生子”的字样占据着各大网站最醒目的位置！

而一向爱凑热闹的网友们，除了疯狂转载之外，更是做着各种各样的猜想。

珊妮的孩子是谁的？

她最近刚刚宣布要结婚的消息，而在这时候曝出已经有个会出走的孩子，大部分人认为不会是她准夫婿王家大公子的。但会是谁的呢？这就成了最悬疑的问题。大家尽情地发挥自己的想象，努力去幻想各种可能，然而各有说辞，没有定论。

珊妮的经纪人和她所在的经纪公司同样震惊，第一反应本来想发申明说有人盗用了她的账号乱写的，但是珊妮一连发了几条，还有继续发下去的趋势。而他们又找不到她的人，无法控制她的言行，只好选择沉默，静观其变。因为珊妮和公司的合约已将到期，她也正是在这时候宣布嫁入豪门安心相夫教子，这已经意味着她的星路结束了，这时候珊妮的形象对于她所在的公司来说，已经不是什么大事，也没多少损失。

倒是准备迎娶珊妮的王公子，看到这样满天飞的爆炸性新闻，会是什么反应？

这也是所有人关注的问题。

然而，珊妮似乎是不管不顾了，类似呼唤孩子回来的消息，还是不断出现在她微博上，对于别人的猜测和质疑，没有任何解释，也没有直接说出陶淘的名字。这是王维警告她的，担心这样会给陶淘造成不好的影响，他在学校是给陶淘请的病假，而絮儿是母亲病重请的事假，所以，现在学校里面还没人知道他们出走的消息。

珊妮的信息其实只是给陶淘一个人看的，虽然没有说名字，但只要陶淘看到，当然知道是妈妈在找他，不仅在找他，也是第一次在大众面前承认了他的存在。

这在珊妮和陶淘来说，真的是有生以来第一次！

在得知陶淘出走，又无法取得联系的那几个小时里，珊妮的确是疯了，这么多年来一直苦心隐藏的秘密，一直不敢承认的孩子。但在感觉自己将要永远失去这个孩子的时候，积压多年的母爱瞬间爆发了，也冲垮了她所有的理智。

不管别人怎么说，不管别人怎么看……她什么都不管了，她只要她的孩子！

然而，之前的陶淘连手机都关闭了，哪有心思上网？

所以，到此时为止，他都并不知道网上发生的这一切。

直到刚才看了王维的短信，他才知道那个女人也在找他！

可是，这突如其来的母爱让他很不适应，他需要一点儿时间来消化……

他该相信她吗？可以相信她吗？

其实认识这么多年来，王维也是第一次看到珊妮真真正正地为了别人不顾一切。以前他也觉得珊妮对陶淘未免“薄情”，特别是在得知她将嫁人，而依然选择将陶淘的存在隐瞒下去的时候，那时候珊妮在他心里仅有的一点儿形象也毁掉了。

多么自私冷酷的女人！

这是他当时很深刻的想法。

但是，事隔几天，他不能不刮目相看。

陶淘的突然消失，让一切以前看不清的东西，突然地清晰明朗起来，那份本来看似若有若无的母子亲情，终于被完全地激发出来。

也许，人真的要等到失去的时候，才知道什么最珍贵。

可这代价会有多大？

万一这次陶淘真的就此消失了，她又怎么办？

好在，晚上十点多钟的时候，柳越生给王维打了电话，告诉他陶淘和絮儿已经找到了，并且已经安排好住下，明天就能回去。

王维自然也第一时间将这个消息告诉了珊妮。

珊妮在电话那边只说了两遍：“太好了！太好了！”

然后就泣不成声……

另一边，絮儿的妈妈李心兰在知道絮儿并没有去柳家，而是离家出走之后，更是心急如焚，度秒如年，奈何她一身的伤动弹不得，只能躺在床上忍受着内心的煎熬，什么也做不了！

她是心痛到极点，因为她知道是自己的再一次妥协逼走了絮儿，如果不是她让絮儿去柳家，絮儿又怎么会离开她呢！

乐乐是放了学去医院的时候才知道这件事，她也蒙了。她怎么也想不出絮儿为什么会在这种时候，在她妈妈最需要照顾的时候离家出走？

但是看到絮儿妈妈默默流泪的样子，她也没再多问什么。

只是悄悄给絮儿和陶淘都发了好几条信息，她真的很想大骂陶淘一顿，怎么可以带着絮儿做出这种事？可是，转念一想，之前他们俩发生那么多事自己都不知道，这次又是什么逼着他们就这样走了，她也不知道，她又怎么能一味地责怪他们呢？

所以，她最后发给陶淘和絮儿的短信也是，只希望他们能和她联系，有什么可以帮忙的尽管说，不要什么都不告诉她！

既然絮儿不在，乐乐便留下来替她照顾妈妈，尽管李心兰劝她回去休息，她也没走。

絮儿说过，她们是最好的朋友，永远都是！

虽然这丫头一声不吭地走了，但是她还记得。

其实柳浩知道这件事后也给絮儿发了消息，他很艰难也很真诚地用手机敲打出这样的话：虽然我也一直不愿意承认我们是兄妹，但这是事实，我们都无法改变。希望你回来，希望你好。丫头，不要做傻事！我为之前所有无礼的话和行为道歉！絮儿，原谅我，回来吧！不管爸爸妈妈们之间怎么样，我是你哥哥，我们也许……可以好好相处！

看到这些短信的时候，絮儿深深吸口气，也暂时将手机合起来让自己冷静。

她和柳越生的协议就是要彻底摆脱柳家，她只认妈妈一个人。

她既然不是柳越生的女儿，自然也不会是柳浩的妹妹！

絮儿轻轻叹口气，她不能太贪心，希望妈妈和自己平安，就不能再奢望得到爸爸和哥哥，因为那样势必伤害到另一个女人……就真的什么都没解决，一切又回到原点了……

所以，她不能这样！

第二天一早，陶淘和絮儿便被送上了回去的飞机，絮儿坚持不要人陪同，也不要人接，他们自己回去，就像当初他们自己离开一样。

在飞机上絮儿忽然拉住陶淘，不安地问道："陶淘，出来什么都没做，就这么回去了，我是不是很没用？"

陶淘笑着问："怎么，反悔了？"

絮儿轻轻摇着头。

其实她会这么轻易答应回去，除了柳越生答应了她的条件之外，还躺在医院的妈妈也是一个重要原因。之前会忍心离开是因为迫不得已，柳太太逼她去柳家丝毫没有给她余地，可这是她怎么也不愿意做的事。

现在当这个问题解决之后，她自然也愿意回到妈妈身边照顾妈妈。

陶淘低头沉吟一会儿，才说："还记得来的时候你讲的故事吗？"

絮儿不解地看着他，他笑了下，提醒道："就是那个有关幸福的故事，你还说，只要我们好好地往前走，幸福就会在尾巴上跟着我们……"

絮儿乖乖地点头，说："是啊，妈妈讲故事的时候也是这样说的。"

陶淘沉吟着说："嗯，努力、坚强地往前走是没错的，只是，如果走错了路，说不定我们也会弄丢了幸福。"

絮儿再次看着他，没有说话。

陶淘忽然一本正经地问："絮儿，如果我们这次出来真的找到工作，完全抛开原来的一切，重新开始生活，但是，和你妈妈也从此失去联络，以后的生活你会开心吗？"

"怎么会……"

絮儿惊讶地抬头看着他，辩解道："我其实一直有想等事情过去之后，就和妈妈联络把她也接过来，并没有真的想和她分开。"

陶淘摇摇头，说："可是，如果等你想联络她的时候，她也已经离开了呢？甚至，很有可能她出了更严重的意外事件呢？"

"这……"

絮儿迟疑了，良久才缓缓地说："你的意思是回去是对的？"

陶淘叹口气，笑着说："我想了很久，离家出走应该是一种逃避，并不是'好好往前走'，而是拐了方向走上了岔路。现在我们只不过再走回去，知错就改，还是好孩子吧！而且，你现在也达成自己的愿望了，就不要再想那么多了。回去，跟妈妈认个错……"

他说完扭头看着窗外。

其实他心里也有些不安，刚才问絮儿的话，他也在心里问过自己。

如果万一，等他回去的时候，却发现再也见不到外婆，那他会怎么样？

他在考虑这些问题的时候，想到的最多的还是外婆，甚至包括王维，但是拒绝包括珊妮。他的内心还是没有接纳珊妮，毕竟这么多年的心结，并不是这一两句话就能解开的。

第四十三章　归来

虽然陶淘在电话里跟王维说不用来接，但他还是来了。

王维也并没多说什么，只是挨个拍了拍两个孩子的脑袋，微笑着说：“辛苦了。”

然后接过陶淘手里的包，领他们向旁边停车场走去。

陶淘忙追上去问：“王维，外婆怎么样？”

王维笑着说：“已经没什么大碍了，你小子还知道关心？”

他看了陶淘一眼，似乎想说什么，但忍住了。

陶淘听说外婆已经没事，暗自松了口气。

虽然王维看起来没有要责备他们的意思，可离家出走，又灰溜溜地回来，毕竟还是有点心虚，他和絮儿都乖乖地跟着，也没再说什么。

但是，在王维走到一辆私家车面前，打开车门之后，陶淘便看到了他并不想见的人——戴着墨镜等候在车里的珊妮。

陶淘昨天已经从王维的短信里知道珊妮在找他，然后小心翼翼地打开网络社交平台，才发现各种巨大的、醒目的头条新闻就是有关珊妮和她私生子的消息……

从珊妮发出第一条寻子的消息开始，各大媒体瞬间以各种姿势转载，并且持续报道。

陶淘的第一反应是：这个女人疯了？

他看着整整满屏的“珊妮私生子”事件哭笑不得，然后从来不看娱乐版的他勉强自己看下去……现在的媒体报道似乎不需要什么真实性，特别是娱乐版，反正胡乱猜测，以假乱真，写得越戏剧看得人越多越好，一副唯恐天下不乱的架势！随便“掐指一算”，“好心人”就给他找出了一、二、三、四、五个“极具可能性的爸爸”！全都是珊妮曾经的绯闻男友，而且说得有鼻子有眼，比真相还真。

陶淘强忍着没将手机砸碎，而心里那股强烈的怨气，自然是落在了珊妮身上。

他以前是多么盼着珊妮承认他，能像别的妈妈一样带他上街，带他上游乐园，送他上幼儿园，参加学校的家长会……

现在珊妮终于承认了，却是以这样的方式！

这样高调地昭示天下，让全世界的人都知道她有一个私生子？她有考虑过他的感受吗？

没有。

这个女人做什么事都从来不会顾虑到别人，只管自己痛快！

陶淘站在车门处狠狠瞪着看到他就想扑上来拥抱的珊妮，而珊妮已经伸出来的双手，也生生在他的目光下停住了，勉强改为摸摸他的头，激动得泪花涟涟：“回来了！陶淘，陶淘！你终于回来了！太好了！太好了！”

陶淘隐忍地咬着牙一言不发，只是不由分说将絮儿推到了珊妮旁边的座位上，自己则打开前面的车门，坐到副驾的位置上。

珊妮尴尬地怔在那里，絮儿乖巧地叫了声：“阿姨。”

她勉强笑笑，再看看坐在前面完全不准备理她的儿子，心里酸楚难当，眼泪便滑了下来，她忙悄悄伸手拭去，扭头看窗外。

知道气氛很僵，王维只好当没看到，放好行李，一边发动车子，一边故作轻松地问：“饿了吗？想吃什么，先吃完饭，再送絮儿去看她妈妈吧？”

絮儿忙说：“不了，老师，我想……先去医院可以吗？”

王维看了一眼有些急不可耐的絮儿，笑了，说：“也好，你妈妈也知道你们现在到，肯定也在等着。”

絮儿由衷地说："谢谢您，王老师。"

王维不在意地说："既然叫我一声老师，就不用客气。先好好休息，但也要尽快来上课，落下太多课程当心补不回来了。"

絮儿不好意思地笑笑，说："是，王老师。"

她又担忧地看了一眼陶淘，自从看到姗妮后，他就一句话也不说，她并不知道珊妮高调宣称有孩子的事，也还没看过媒体上的各种言论，所以不是太明白陶淘现在在想什么。

不过她看得出来，珊妮刚才看到陶淘时那种激动既不是伪装也没有夸张，是发自内心的……看来，珊妮阿姨也和别的妈妈一样，对自己出走的儿子非常非常担心，也许，他们母子的关系并没陶淘想象的那么糟?

可是陶淘的态度似乎比以前更冷淡!

她和王维一停止交谈，车厢的气氛就更加尴尬。陶淘坐在副驾上，整个人僵硬而冰冷，一言不发；而一向活跃的珊妮受伤一般蜷在座位上，时而看一眼陶淘似乎想说什么，但总是生生将想说的话咽回去!

絮儿不由得开始同情起珊妮来。冰冻三尺，非一日之寒，陶淘对珊妮的印象，恐怕一时难以转变……他一直认为珊妮并不爱他，这是从一点一滴的事件和伤害中累积起来的，要他一下子完全敞开心扉，对珊妮像正常的母子那样亲热，并不容易。

车子到了医院门口，絮儿坚持自己下车，不用他们送进去。王维也没勉强，只是还是忍不住半开玩笑半认真地叮嘱她，以后有事不要自作主张，也不要找某"无良"的同学商量，可以找他这个班主任老师。

絮儿不好意思地笑了，忽然想到什么，忙替陶淘辩解说："老师，其实这一次，真的是我不好，是我拉陶淘一起走的，如果要惩罚就罚我吧，不关陶淘的事。"

陶淘见她一副认真着急的样子，知道并不了解他和王维关系的絮儿，是真的担心班主任老师会对他有什么坏印象，终于忍不住开口说："好了，你快走吧，没事。"

见王维也笑了，絮儿这才松了口气，再三感谢，然后，转身飞奔去找妈妈。

妈妈……妈妈，妈妈！

絮儿一路飞奔，穿过医院前面的门诊部、草坪，径自跑向李心兰的病房。

“对不起！妈妈。”

推开病房的门，絮儿看到躺在病床上面容憔悴的妈妈，心痛的泪水夺眶而出，扑过去喃喃地说：“对不起，对不起，妈妈！对不起让您担心了！”

“絮儿。”

李心兰的眼泪也顺着眼角滑落，哽咽着说：“絮儿……你回来了……宝贝！回来就好！”

絮儿趴在妈妈怀里，喃喃地说：“妈妈！我们再也不分开了，絮儿再也不离开妈妈了！”

李心兰重复地说着：“乖，乖！好孩子！”

从昨天知道絮儿离家出走的消息，她就一直在深深地自责，恨不得将那个答应苏玉，逼走絮儿的自己杀死千百次。如果这次絮儿有什么意外，她是真的无法原谅自己！后来好不容易得到找到絮儿的消息，她就一直睁着眼睛盼着，一夜没合眼，一直盼到现在，终于亲眼看到她的絮儿，她那颗提着的心这才放回原位。

差一点儿，她就以为自己再也见不到女儿，真的失去女儿了！

她不能失去！不能！

这是她的唯一。

李心兰看着絮儿，流着眼泪又笑了，说：“是的，我们再也不分开，絮儿，妈妈错了，妈妈不该放弃！是妈妈的错！孩子，妈妈总是做错，原谅妈妈！原谅妈妈！”

不管她做了再多错事，她的女儿，还是愿意回到她身边，她知足了！真的知足了。

可是苏玉会就此善罢甘休吗？

一个被老公骗了十几年的女人，她心里的恨，会这么容易消失吗？

陶淘对珊妮还是非常冷漠，但是对外婆倒是非常亲热。

回到家就一直守着还在卧床休息的外婆，忙前忙后地端茶递水，陪着外婆说话聊天，也很真诚地对外婆说“对不起”，有些撒娇地说自己其实有多舍不得外婆……就像他还很小的时候，经常做的那样。

他已经很久很久没和外婆这么亲密了，看着外婆那张慈爱的刻满皱纹的笑脸，陶淘忽然觉得自己以前很浑蛋。

不知从什么时候起，外婆的关心，外婆的疼爱，外婆的叮咛……他都以极其厌烦的态度回敬，不管那份厌烦是不是真心，但以这种态度对这一生中为他付出最多、最疼爱他的人，是多么恶劣！

其实外婆只是因为陶淘的出走，过于着急和担心才会病倒，并没什么大碍。现在见到陶淘安然无恙地回来了，人一高兴，身体自然又精神多了。本来还想下床给陶淘做好吃的，但是陶淘死活不让，非要她躺着，她也只好听他的。现在外孙不仅回来了，而且完全改变了态度，又像小时候一样腻着她，外婆心里真的是比吃了蜜还甜。

王维送他们到家以后，就回学校继续工作了。

珊妮一个人在外面听着外婆房间不时传出祖孙俩的笑声，心里很是凄凉。

孩子这么对她这个妈妈，她实在怨不了别人。可是，现在她是真的知道错了，真的想做一个称职的妈妈，谁告诉她她该怎么做？

原以为自己公开承认了孩子的存在，他应该高兴才对，可是……看今天陶淘对她的态度，谁都能看出来，他不仅不高兴，而且很反感！

难道她又做错了吗？

她要怎么做才能挽回儿子的心？

就在她一个人蜷在沙发上发呆的时候，她的手机响了，这是私人专用的号码，从昨天开始以前工作用的所有手机她都关了。

珊妮拿起手机看了一眼，走到一楼后面通往小院子的走廊里，这才接听起来。

她有点心虚地对电话里的人说："你还好吗？……"

电话里的声音带着几分愤怒："不好，很不好！这到底是怎么回事？我们不应该谈谈吗？"

珊妮轻轻叹息一声，真诚地说："杰，对不起。我想，我们结束了。对不起，对你造成了各种困扰。"

杰，就是她的未婚夫富豪王家大公子——王宇杰，她知道这一次她不仅伤了他的心，而且让他丢足了面子。

王宇杰压抑在电话里低吼："所以，就连一个解释都没必要了吗？从昨天开始我一直在等你电话，等你告诉我事情的真相！可是你在做什么？"

珊妮深深吸口气，无奈地说："我有一个儿子，已经十六岁了，这就是全部的真相。我也知道你无法接受，但这是事实，对不起！我不该隐瞒了这么久，我现在正为此受到惩罚，不求你原谅，但是请别生气，你值得更好的女人！"

电话那边沉默许久，王宇杰叹了口气，低声问："那么，他找到了吗？"

珊妮回头看了看屋子里面，她的家人现在都在这里，她很安心，转而轻柔地说："是的，刚刚回家。"

王宇杰问道："我想……见见他，可以吗？"

"不，对不起，这可能不太好。"

珊妮本能地拒绝了，想了想又缓和地说："请你谅解，他还小，而且，刚回来，我不想再刺激他。真的对不起！"

一向高傲的人哪里经得起别人一再的欺骗和拒绝！王宇杰的怒火再次燃烧，大声说："除了对不起，你还有别的跟我说吗？我只是想见见他，又不会吃了他!”

“杰!”

珊妮低声说：“我知道是我不对，我也知道你对我很好，但我们不可能了。就算你不介意，你们家族不可能不介意！如果只是我一个人，我会和你一起努力争取。可是，我不想孩子跟着我受委屈，我给他的伤害够多了，不想再让他承受更多。所以……婚约还是取消吧。我真的……真的很对不起!”

电话“啪”的一声被挂断了，珊妮靠着走廊的墙壁，独自发怔。

事到如今，她没有选择。

当初选择完全放弃自己的事业，嫁到王家，准备安心地相夫教子，并不仅仅因为王家的富有，更重要的是，王宇杰的的确确是一个难得的好男人，对她也算得上很真心。就算是她曝出有私生子的消息之后，从刚才王宇杰的话里也能听出，他还是希望可以有一线希望挽回的……但是珊妮自己清楚，这份婚约无论如何无法继续了。

第四十四章　坦诚相待

珊妮轻轻叹口气，转身正准备回到客厅，意外地看到陶淘面无表情地站在她身后不远处厨房的门口。

“陶淘?”

珊妮不知道他什么时候来的，也不知道他是否听到了自己和杰的谈话。

陶淘依然面无表情的样子，冷冷地说：“因为我，害你嫁不了豪门吗?”

珊妮自嘲地笑笑，可怜兮兮地说：“是啊，儿子，我现在既嫁不了人，又开不了工，你也不肯认我，妈妈是不是好惨?”

陶淘撇嘴，说：“谁让你自己疯子一样，嚷嚷得全世界都知道!”

他淡漠地说完，转身进了厨房，他是来给外婆榨果汁的，刚好厨房旁边就是这条走廊，所以，无巧不巧地听到了珊妮的电话。

珊妮很无奈地说："你该知道，不管我用什么样的方式说出去，最后都会是这种局面。"

以她的身份，只要外人发现了这个秘密，很自然地就会成为热炒的新闻事件，这并不是她能控制的。

陶淘微微怔了一下，珊妮苦笑着，继续说："我是疯了。"

她缓缓走进来，从身后抱住陶淘，将脸贴在他背上，喃喃地说："我好怕失去你，陶淘！以前你总是乖乖地跟外婆在某个地方等着我，只要我想见了，就能去找你们……我就以为，你会一直这么等着我。可是，你忽然就走了，不要妈妈了，我根本就不知道上哪里去找你！儿子，妈妈真的疯了。只要你肯回来，妈妈什么都肯做！原来，什么都不重要，我的儿子才最重要！"

陶淘后背僵硬，听着这样感性的、动情的诉说，有那么一瞬间，他差点就原谅了珊妮。但是，只是一瞬间，他又想起这么多年来，珊妮是怎么样一次又一次地讨好他，一次又一次地弃他而去……对珊妮希望越大失望越大，这是他从小得来的教训。

终于，他轻轻掰开珊妮环着他的手，冷冷地说："我要给外婆榨果汁，没空看你演戏。"

珊妮无奈地说："陶淘。你要怎样才能原谅妈妈？你要我怎么做？"

陶淘随口说："你需要我原谅吗？"

他从冰箱拿出西瓜，径自洗干净，切成小块，又放进榨汁机，根本就不再看珊妮一眼，完全当她不存在。

珊妮倚着门框看着他，看得她自己心酸。

事到如今，不管她做什么说什么，儿子都不愿意相信她吗？

王维离去之前，曾小声跟她说："不要太急，给陶淘一点儿时间。"

也许是自己太心急了，这么多年的隔阂又岂是一天两天就能完全消除的？可是到底怎么做，儿子才能另眼看她呢？

她没有半点办法。

乐乐依然是一放学就来医院了，她也知道今天絮儿和陶淘回来，心里想着要狠狠骂絮儿一顿呢，可是一看到絮儿，两个人又像阔别多年的亲人一样激动和开心！

乐乐“狠狠”捏着絮儿的小脸，抱怨道：“臭丫头，你还真的狠得下心跑掉？”

絮儿由衷地说：“对不起！乐乐！也谢谢你帮我照顾妈妈！”

乐乐白她一眼，继续抱怨：“你说，你要出走也找我嘛，好歹咱们十多年的感情了，居然去找陶淘那家伙？”

絮儿偷偷看了一眼妈妈，对于自己和陶淘的事，妈妈一直没怎么问，她也没有解释，主要还是觉得这种事越解释越解释不清，干脆不提。所以，她自然也不想乐乐在妈妈面前提起她和陶淘。

“咳咳。”

她对乐乐又是使眼色，又是摇手，轻咳一声，说：“对了，是不是带了课本来给我补课？”

乐乐也领会了她的意思，顺着她转移话题，拍拍胸脯很仗义地说：“当然啦，总不能让你做留级生吧？那可就没法跟我同学了！”

看着两个女孩子嘻嘻哈哈说笑着，李心兰也不由自主地露出笑容。

她没絮儿这么乐观，心里总还有点不安，就算柳越生答应了絮儿，不再来找她们，她们也不再去打扰柳家任何人，大家从此成路人。可是苏玉……那么高傲的女人，受了这样的打击，会就这么算了吗？

她没办法安心，始终也还是觉得带着絮儿离开这个城市会比较好，可是，她自己却是躺在那里动弹不得，又如何能走？

而且，絮儿似乎认为已经不会有事，所以，并没有再提离开的事，她也只好暂时不提。

絮儿知道乐乐应该一肚子的疑问，只是因为自己不说，她也不问，但是以乐乐的性格这样憋着怕是要憋出病来。而且，絮儿觉得现在事情也定下来了，应该不会再有意外，便趁出去买东西的时候，拉着乐乐在医院的一个僻静的角落，把所有的事情都一五一十地说了出来。

听得乐乐大吃一惊，半天合不拢小嘴。

絮儿一口气全部说完了之后，才停下来紧张地看着乐乐，乐乐的反应她实在看不出来是理解还是会嫌弃？

虽然现在她和柳越生达成了协议，她不去柳家，也不承认那个爸爸，可是，她是私生子，这是事实！

她隐瞒了乐乐这么久，最最担心的就是乐乐无法接受这点！

乐乐好半天才缓过神来，看到絮儿一脸紧张的样子，似乎生怕她于乐乐听到这个故事就会翻脸。

乐乐伸手捏了一把絮儿的小脸，说："你想什么呢，柳絮儿！不管你是谁的女儿，我们是最好的朋友，不是吗？再说那些乱七八糟的事情跟你有什么关系？又不是你造成的！唉——可怜的絮儿！"

她长叹一声，一把抱住了絮儿，絮儿也紧紧地抱着她！两个好朋友终于又可以完全地坦诚相待了，就像小时候一样，彼此之间不用再有什么秘密！

乐乐这才知道为什么柳浩生日那天之后，絮儿大病一场谁都不理；为什么妈妈躺在病床上，絮儿却忍心离家出去；为什么发生了这么多的事，絮儿却不告诉她！

因为怕失去她吧！

了解到这点，乐乐觉得有点窝心，可是，不对啊，她想到什么，将絮儿推开，看着絮儿不满地说："可是这些事情，陶淘早就知道对吧？"

絮儿还在两个人完全和解的欣喜中，一时没反应过来，本能地点头。

乐乐更不乐意了，嘟着小嘴说："哼，果然那家伙排到我前面去了！"

絮儿反应过来，乐乐这是又吃醋了，看乐乐可爱的样子，她不由得笑了，说："关于陶淘啊，他也有个秘密，我想你迟早会知道的！我和他是秘密交换啦！"

因为现在珊妮已经公开了这件事，只是还没有公开说自己的儿子到底是谁。可是，如果珊妮真的和陶淘和好了的话，以后母子正常地相处，乐乐多的是机会见到珊妮本人，到时候，她就是猜也能猜出来了！

当然，现在乐乐是绝对猜不到的，所以，好奇心又冒出来，问道："什么秘密？快说，那家伙能有什么秘密？"

偏偏絮儿卖起了关子，说："不能说，不能说！好了，我们该回去了，妈妈要等急了！"

她们是出来买东西的，可是这一聊就聊了好久，再不回去真的又会担心了。

其实絮儿不说的原因还是，那毕竟是陶淘的秘密，她没有权利擅自说出来……

絮儿和乐乐手挽手回到病房，一直陪着李心兰，三个人说说笑笑，好像又回到以前乐乐去絮儿她们家玩的时候一样。没有人注意到，晚上有人在病房外站了许久，最终没有敲门，当然也没有进去，又悄悄地走了。

这个人就是柳浩。

乐乐知道絮儿他们回来了，柳浩自然也知道。

他想当面给絮儿道歉，他心里从来没有真的想伤害这个女孩子。只是那段时间他自己也遭受很大的冲击，整个人都很混乱，他的情绪完全不受自己控制。

可是，他要如何解释？

他怎么解释得清他那些无礼的举动？

靠在病房外的墙壁上，听着里面时而传出的笑声，他没有勇气敲门，更担心自己的出现会破坏了此时和睦温馨的气氛。

就算他进去又能说什么？

他什么也不能说。

此时的柳浩心里异常酸楚，因为他知道，他留在这里的时间不多了。

苏玉在得知絮儿出走之后，表现得非常安静，既没帮忙也没添乱。

沉默了一晚的她，今天中午找柳浩谈话了。

第四十五章　一波未平一波又起

中午柳浩接到妈妈的电话，就意识到有事要发生了，不然，妈妈不会在这时候找他。但是，当妈妈告诉他已经决定和爸爸离婚的时候，柳浩还是吓着了。

他不是很理解地说："妈妈，您这又何苦？那个女人只不过是段小插曲，过去就过去算了……最多，您想办法惩罚爸爸吧！您想怎么做才能解恨？妈妈，您说，我帮您！"

他试图劝解妈妈，打消离婚的念头。

但苏玉已经铁了心，缓缓摇头说："浩浩，这不是小孩子过家家，打他一顿，骂他一顿就解气了。你现在还不太明白，感情的伤，不是那么容易好的。勉强在一起，只会让我越来越厌恶你爸爸！"

她说的也是实话，因为心里无法真正原谅柳越生，现在不管他做什么，在她看来都是错的；不管他说什么，她都会怀疑！

但是柳浩的确还不能理解，他从来没想过有一天爸爸妈妈真的会离婚，爸爸也一直说不会离婚。何况，现在柳絮儿和她妈妈也自愿脱离和爸爸的关系，他以为爸爸妈妈和好应该只是早晚的问题，为什么还要离婚呢？

他继续劝道："妈妈，我知道这件事对您伤害很大，可是，您想过没有？如果您真的和爸爸离了，难保他不去找那个女人……您就甘心这样成全他们吗？"

苏玉认真地看着儿子，问道："浩浩。你也觉得你爸爸，会去找她们吗？"

柳浩怔了一下，随即赔笑说：“不是，我只是说有这种可能，如果您一定要和爸爸离婚的话。我是知道的，爸爸自始至终都没想过要和您离婚……其实，妈妈，爸爸真的是爱您的！我不知道十几年前是什么情形，但是至少现在，爸爸是爱您的！”

苏玉淡淡一笑，说：“好了，你也不用再为你爸爸说情。如果他要去找她们，就去吧！我不想去想这些，随他们去好了。如果不离，我永远也不能从这件事的阴影里走出来。浩浩，你也不想妈妈变成一个恶毒的巫婆吧？”

柳浩怔了一下，本能地说：“不，妈妈您不是！我知道您受了委屈，是爸爸和那个女人的错！”

苏玉看着自己的儿子，眼神里掠过一丝悲哀，说：“当我看到那个女人全身是伤地躺在那里的时候，心里居然是种很痛快的感觉！浩浩，我不想自己变成这样，你懂吗？我恨她，恨之入骨，恨不得将她碎尸万段。恨一个人，太可怕了！我不想这样！”

她痛苦地用双手撑着额头，依然喃喃地说：“我不想，可是我控制不了自己……只要想到她我就恨，我就想不顾一切去伤害她！我甚至想过收买她的主治医生，让她的伤口持续恶化，让她求生不得求死不能！不！我不想自己变成这样，真的不想。”

“妈妈！”

柳浩长这么大还是第一次看到妈妈如此受伤，如此无助的样子，他忙伸手握着妈妈的手，希望自己能给予她安慰。

苏玉紧紧握着他的手，努力控制着自己的情绪，片刻后，才抬起头来，怜爱地看着他，说：“浩浩，妈妈现在唯一想知道的是，我和你爸爸分开，你会选择谁？”

柳浩心疼地看着妈妈，毫不犹豫地说：“当然是妈妈了。我不想你们分开，可是如果这样会让您痛苦的话……我也不想看到妈妈痛苦的样子。妈妈，如果您觉得只有这样才能解脱的话，我会陪着您！”

苏玉握着柳浩的手，眼里泛着泪花，脸上终于露出一丝欣慰的笑容，说："乖。浩浩！乖！"

不管十几年前苏玉是怎样无辜地被卷进来，现在，她最想做的就是迅速从整个事件中脱离出来。她不要继续跟着纠缠下去，那样伤害的不只是那个女人，还有她自己。

这是苏玉安静下来思考的结果。

她这几十年一起加起来，都没有这几天用的脑细胞多。无疑，她是个聪明的女人，虽然她也愤怒过，愤怒到失去理智；为了泄愤，她也冲动过，冲动到不择手段……但是，当有时间给她冷静下来仔细思考的时候，她也能让自己清醒过来。

就算那个女人真的退出，但是只要和柳越生还在一起，苏玉心里就无法忘记这件事，无法原谅柳越生。而心里的恨，也会一天天啃噬着她的心，她会想尽办法继续折磨那个女人……这只会让她变得更加恶毒，更加丑陋。

那不是她要的。

搭上十几年的光阴和感情，就已经很够了，如果还因此让自己失去人性，失去理智，变成一个丑恶的女人……那她苏玉就真的彻底败了。

我想，没有几个处在类似事件中的女人，能像她一样想通这个问题。

放手，不仅放过别人，很多时候也是放过自己。

过多的纠缠不清，只是让自己为别人的感情陪葬！

而她，想过属于自己的生活。

柳越生也绝对没想到会是这种结局。

当他答应絮儿，让她和妈妈在一起，并且保证他再不会去打扰她们的时候，虽然痛苦，但那时候至少还有柳浩和苏玉。

可是现在，苏玉也要离开他，而且还要带上他唯一的儿子柳浩……到头来他真的要孤家寡人一个？这叫他如何能接受？

面对冷静地递给他离婚协议书的苏玉，他震惊之余，也竭尽全力做最后的努力："小玉，这件事我们暂时不提好不好？冷静一段时间，你出国散散心……”

但苏玉的态度很坚决：“不用了。这件事不了断，我的心事又怎么散得去？”

柳越生不肯放弃：“你真的就不肯给我一次机会吗？就这一次，就完全将我和我们的感情全部抹杀吗？”

苏玉淡淡地说：“好歹一起生活了十几年，事业上你也一直很努力，所以，我并没为难你，公司照旧是你打理，股份照旧不变。只是，我们不再是夫妻。”

柳越生再次恳求地说：“小玉！我承认是我对不起你，不要说什么公司什么股份，我愿意把我所有的股份转到你名下！只要你肯原谅我！我真的不是为了这份家业，不是！我只要你和浩浩，你就一点儿都不相信我吗？”

但是苏玉不为所动，依然说：“我没有办法相信，也没有办法原谅，你在做那些事的时候，就应该会想到今天。”

见他并不肯签字，她便说：“我搬到郊外去住几天，希望你也好好考虑，好聚好散，这样对大家都好。”

柳越生最后做垂死挣扎：“小玉！就算是为了浩浩……”

苏玉打断他的话，说：“浩浩那里我已经说过了，所以，不要拿孩子来说事。”

她站起来最后看了他一眼，头也不回地离去。

留下柳越生一个人痛苦地倒在沙发里，半天回不过神来。

他忽然觉得自己很失败！很失败！

两个女人都不图他的钱，但两个女人都彻底对他死了心！

李心兰和絮儿离开他，苏玉和柳浩也离开他！

那他还剩下什么？

人啊，真的不能太贪，贪到最后也许会一无所有。

如果他早一点做个决断，在李心兰和苏玉之间做个选择，要么最初坚持娶心兰，要么在娶了苏玉之后对心兰放手……那么，就绝不会是今天这样的结局。

当然，他们俩离婚并不只是他们俩的事，牵扯到两大家族的利益。

所以，这事一传出来，苏家和柳家的人都轮番对苏玉劝说，晓之以利，动之以情，甚至采取疲劳轰炸。

只要柳越生一天不签字，她一天不答应和好，她就一天没有安静日子过。

所以，李心兰一直担心的事并没有发生，苏玉没有再出现为难她们。她现在根本就没有心思来找她算账，她自己在家人的围攻中无法喘息。

陶淘和絮儿又回到校园，除了柳浩和乐乐，没有人知道他们到底出了什么事。学校要开除他们俩的事，也由柳浩出面单独向校长解释清楚说是误会，自然也就没有张扬开来。

絮儿她们家已经毁得不像样子，而李心兰的伤势又一时半会好不了。俗话说伤筋动骨一百天，她的伤虽然不致命，但至少几个月下不了床。这段时间絮儿就是医院和学校两点一线，暂时把医院当成了“家”。

陶淘那边，珊妮这一次似乎没有要走的打算。只是，陶淘还是拿她当隐形人般，不理不睬。但如果珊妮这次真的不再离开他们，长期相处下去，陶淘的心结自然会解开，母子俩和好只是时间问题。

可惜，这样平静的日子没过几天，麻烦又找上门了。

那天早晨，陶淘一如既往地去上学，刚走出管理区的大门就被一群躲在外面等候多时的记者，蜂拥而上地包围了。

“你就是珊妮的儿子吗？”

“你知道你爸爸是谁吗？有见过吗？请告诉我，你爸爸是谁？”

“珊妮有结过婚吗？你家有些什么人？”

“珊妮最近消失了，你知道她在哪吗？”

“珊妮是不是也住在这里？”

…………

闪光灯毫不留情地对着他不停闪烁，无处可躲，而记者们更是争先恐后地对他发问，问题都直达主题，一针见血，没人在乎他们面前并不是什么善于应对的大明星，只是一个十几岁的孩子！

面对这突如其来的场面，陶淘眼里闪过一丝惊恐，开始是本能地想退回去，但随即想到，自己如果退回去，搞不好这些记者会趁乱追进去，保安人员也阻止不了这么多，那到时候恐怕更糟！

他咬着牙一言不发，只是拼命想甩掉阻碍他的人群，往前走。

但这些记者可都是好不容易收到消息，很早就来等候了，谁也不肯放过他，继续追着他问：

“你是珊妮的孩子吗？”

“你爸爸是谁？”

“你爸爸叫什么名字？”

…………

“滚开！”

陶淘怒了，双手奋力一推，将正挡在他前面的记者狠狠推倒在地。

“哇！打人啊！”

一阵惊呼，闪光灯“咔嚓咔嚓”连闪，陶淘愤怒地出手推倒记者的一幕，已经被他们记录下来。

可是，陶淘已经顾不了这许多，推开前面的“障碍”便开始狂奔，刚好有辆出租车经过，他迅速拦了下来，这才摆脱了那些记者。

然而，记者为什么会突然找来？

一直到了学校，进了教室，坐到了座位上，他还惊魂未定。

珊妮这几天都从未出去过，也没和外人联络，接触的人除了他和外婆就是王维，王维绝不会出卖他们，他和外婆当然更不会，那么记者怎么会知道？

他想不通。

但是，事情已经摆在眼前，那些记者已经找上门了……甚至认得出他，怎么会这样？他又该怎么办？

陶淘感觉前所未有的慌乱。

之前，虽然珊妮高调宣称自己有个孩子，但在王维的提醒下，她并未公布这孩子到底是谁，所以，媒体虽然有各种乱七八糟的猜测和报道，但都还未真正地波及他，可是现在，他觉得自己像只受伤的野兽，无处可逃。

为什么这些人会找到他？

第四十六章　陶淘的秘密

陶淘不懂这些记者是怎么找上门的，其实很简单，之前珊妮也曾经在他的网络空间留言。只要有心人看到那些留言，再找人查到IP地址，要找到他并不难。当然这些查询是私下进行的，所以，之前并未报道出来，一直到真的找到他的住址，又确认了他的身份，才发生早晨去围堵他的一幕。

本来记者们最想拍到的是珊妮送他上学的情景，只可惜，事发之后珊妮有心躲开所有人，自然处处小心，从没在人前露过面。就是上次去接陶淘，也是王维把车开到门口，载她出来的，所以，连物业都不知道，现在被媒体追得最紧、炒得最火热的珊妮居然就住在他们这里。

陶淘之前从没经历过这种事，每次都是稍有风吹草动就搬走了。所以，真的被记者围追堵截这还是第一次，既没有半点经验，也很恐慌，他采取最直接但也可以说暴力的方式，将挡在前面的人推倒、逃脱。

他没想过这样做会有什么后果，那种时候他也根本没法去想，只是一心想摆脱这些人。

因为一路逃亡似的赶到学校，他是破天荒地早到，教室里还没来几个人，他便趴在课桌上，努力让自己冷静下来，努力去想该怎么应对。

他怎么也没想到，那些记者穷追不舍，居然也追到了学校。

最初只是后进教室的同学们窃窃私语，因为和他不熟，也没人真的来问他什么，然后，乐乐和絮儿一路小跑地进了教室，本来坐在前面的乐乐也跟着一起到了他这边。

乐乐一头雾水地问："陶淘，怎么回事？为什么……来了那么多人找你，还说你……说你……"

看到陶淘脸色不怎么好看，后面的话又咽了回去，没有直接问出来。

她们俩差不多同时到校门口的，看到门口那阵势，再听到记者们询问的内容，絮儿大致猜到怎么回事，但还没来得及给乐乐解释。

陶淘铁青着脸问："他们在哪？"

絮儿担忧地说："在学校门口，好像来了不少人。"

乐乐看了絮儿一眼，见絮儿并不问那个最主要的问题，再加上之前絮儿跟她提过的，"陶淘也有秘密"……她也不笨，自己心里就知道了答案。

陶淘紧紧咬着牙，没开腔，半晌，忽然站起来气冲冲地往外走，絮儿忙跟了上去，拉住他劝道："别出去，你现在出去会更乱！"

事实上记者们不仅堵在门口，还向同学们了解他的情况，而他们的提问则是：他是个什么样的人？是不是很孤僻？很暴躁？是不是经常打架？是不是……

总之，就早晨那一次小小的冲突，这些记者已经打算把陶淘写成一个性格乖张、脾气暴躁、爱打架惹是非的孩子，而这些当然是因为他是私生子缘故，他的成长环境理所当然地只能造就出不正常的坏孩子。

所以，此时怒气冲冲的陶淘如果真的出去，再次和他们发生冲突，正中他们意。

乐乐也从后面追了来，挡在陶淘前面，说："是啊，你这样出去，不是正好给他们制造新闻吗？！不能出去，学校不会放他们进来的，你不出去不会有事的。"

很多同学都在校门口遭遇了记者的盘问，不管以前认识的、不认识的都知道了这件事。所以，这会儿很多同学拿异样的眼光看过来，还有人专门跑来他们教室外面围观，有人小声对旁边的同学指认：就是这个男生！

这些指指点点让陶淘的怒火更加抑制不住地直冲脑门！

冷静，冷静，冷静！

他也一遍遍地对自己说，可就是无法冷静下来。

他出去又能做什么？跟这些家伙理论吗？还是打一架出气？

不管怎么做，对他都是非常不利。

从陶淘懂事开始，就一直在小心翼翼地回避，一直害怕面对的事情，终于，还是来了！

他不是明星，只是一个普通的孩子，当然没有应对这些事情的经验；而乐乐和絮儿就更没有了。

她们还不知道陶淘早晨上学的时候已经和那些记者发生了冲突，只是从记者们的提问中也感觉到不好的苗头，觉得他此时还是不要出去的好，真得罪了这些记者，难保他们会写出什么报道来，到时候只会让陶淘的日子更加不好过。

好在听到消息的王维及时找到他们，叮嘱他们安心去上课，他会找学校想办法打发那些记者。

乐乐有些不放心地问："老师，你真的有办法对付他们吗？"

王维微笑着安慰地说："就算打发不走，也不会让他们进来，所以，你们安心去上课吧，不要胡思乱想。陶淘同学，中午也别乱跑，有什么事等下午放学了再说，需要的话，我送你回去。"

陶淘低沉地说："知道了。"

在看到王维之后，他内心的惶恐便减轻了一些，愤怒的情绪也渐渐平息下来。

这些记者的确给他带来很大的麻烦，特别是将这件事闹到学校，现在所有人都知道了他的身世，同学们、老师们又会怎么看他？他还能继续安心地在这上学吗？

而他心底更在意的是，现在那个女人会怎么面对这件事？

他和絮儿回来也有好几天了，珊妮一直没有离开过这个家，也没和别人联络……这是他有生以来，第一次和她相处这么久。

她是真的打算放弃一切，回来做个普普通通的母亲吗？

陶淘不太敢这样想，因为从懂事起，从那些大大小小无数次的失望中得到的教训就是：不要对这个女人抱有任何幻想。

也许她只是一时感觉累了，躲起来休养，等她养足精神，自然会再次弃他们而去。毕竟过惯了她以前那种前呼后拥、万众瞩目的日子，要想完全回复到普通而平淡的日子，并不是件容易的事。

更也许，前几天将这件事公布出来的时候，是她一时心急，没有考虑后果，而现在，恐怕她心里已经开始后悔了……

那么接下来，她会怎么做呢？

同学们会怎么看他？

这个问题其实看看同学们现在看他的眼神就知道了，有嘲弄的、有纯粹好奇的、有鄙夷……当然，其中也不乏有羡慕的——那个妈妈毕竟是当红明星啊！

班里面除了絮儿、乐乐之外，就只有柳浩和王琪跟他还算熟，别的同学跟他基本上就没什么交情。这主要也是因为他一贯表现出拒人千里之外的样子，而且作风又和这些好学生相去甚远的缘故，自然，他也不能指望别人对他有太多维护。所以，同学们的反应他其实并没有特别在意。更多的是突然一下子被扔进了这个旋涡中心，感觉无力控制而产生的慌乱。

前面已经说过，陶淘是一个在逆境中长大的孩子。也许从小在物质上他是没有任何缺憾，可以想要什么就有什么，但是精神上所受的打击，甚至是折磨，比一般的孩子要多得多，也因此他的抗打击能力要比别人强得多。

一节课的时间，他已经彻底让自己冷静下来。

别人怎么看他，他都可以忍受，甚至可以不在乎，现在，他只希望这件事能尽快平息，让日子恢复平静。但是，怎么样才可以让那些记者不再对他有兴趣，不再拿这件事大做文章呢？

以他的阅历，实在想不到很好的解决办法。

“快看，那个就是传说中珊妮的儿子！”

“前几天就听说她有个私生子，没想到居然就在我们学校！”

“就是啊，那是今年的新生吧，以前都没留意。”

“喂喂，你们知道这小子的老爸是谁吗？”

“不知道……前几天网上一直在讨论这个话题呢，不过这些明星私生活都很烂的，又是十几年前的事了，谁知道啊！”

“是啊，估计珊妮都不知道这孩子是谁的了……”

“嘿嘿！”

…………

今天整个学校最热门的话题自然是陶淘和他的明星妈妈珊妮，毕竟是这么爆炸性的新闻，而且就在他们身边，想不八卦都难！

午餐的时候，絮儿和乐乐承受着各种目光，以及各种议论声，大大方方地和陶淘一起坐在食堂用餐。他们三人从教室到食堂，一路上都是备受关注，只是三人对此全不理睬。

乐乐还是那种大大咧咧的样子，陶淘看起来漫不经心，只有絮儿始终是有些紧张，不时地偷看陶淘的表情，说是偷看，其实陶淘也都看在眼里。

买好饭菜坐下的时候，他终于忍不住低声说：“不用逞强，要是受不了就离我远点。”

“哪有……”

絮儿忙摇头否认，低头大大地塞了一口食物在嘴巴里，用行动表示她胃口很好，完全没受影响。其实她不是自己受不了，而是担心陶淘受不了，虽然他现在看起来是一副很不在乎的样子，可不用脑袋想也能知道他是装出来的。

陶淘轻轻笑了一下，也没再说什么。

乐乐俯到絮儿耳边，压低声音说："当他们是萝卜、青菜就是了，管他们讲什么，看什么呢……"

说完还扮个鬼脸，絮儿也笑了。

端着餐盘寻找座位的王琪眼尖地看到他们，也笑眯眯地凑过来坐下，而且还很好心地小声报告说："刚才我看到还有好多记者赖在门口没走哦，陶淘你可千万别出去。"

陶淘咧了咧嘴角，无所谓的样子。

"那个……陶淘……"

已经将盛了食物的餐盘放在桌上的王琪，却并不开吃，两眼看着他一副欲言又止的样子。几次想开口，又咽回去，如此这般，其实三个人都知道她想问什么。因为这是一个比乐乐更憋不住话的女生，能把到嘴的话又咽回去，也是顾虑到陶淘的感受，这对她来说已经很辛苦了。

陶淘干脆放下手里的餐具，拿眼睛盯着她，一副等她问的样子。

王琪看看乐乐，再看看絮儿，实在忍不住刚准备开口……

"是。"

陶淘在她嘴巴刚刚张开的时候，便做了回答。

王琪不甘心，再次准备开口……

"是。"

陶淘依然抢在她开口之前，做了回答。

王琪气鼓鼓地说："我都还没问，你知道我要问的是什么啊？"

陶淘收回目光，低头吃饭，淡淡地说："总之你想问的问题，答案都是'是'，免得辛苦你问了。"

乐乐在一旁笑出声来，伸出大拇指赞道："高人啊！王琪，别不服气了，吃你的吧，想那么多干吗。"

王琪不服气地嘟着嘴巴，有一搭没一搭地吃着东西，眼睛还不时瞄着陶淘。

第四十七章　记者风波

王维本来也担心陶淘，到教室的时候没看到，一路找到食堂，见他和絮儿她们在一起，而且看起来情绪已经好多了，就没有过去打扰他们。陶淘能交到真正的朋友，当然是最好的，他也希望陶淘能在这些朋友的影响下，真正地开朗起来。

只是，这件事远还没有结束，不管媒体会如何报道，光就守在校门口那些记者，对陶淘来说就是个不小的麻烦。而且，这件事如果不能很好地处理，尽快平息，时间一长学校方面也会有不小的压力。

如何能将影响减到最低呢？

王维很清楚，这件事的关键人物是珊妮，他决定晚上送陶淘回去，找她好好谈谈。本来这些是她的家事，和他这个外人无关，他根本用不着操这份心，可是……一个是十几年前让他魂牵梦萦的女人，一个是现在和他情同父子的孩子，他们的事，他又怎么能不操心呢？

下午放学之后，王维便接了陶淘开车从学校后门离开，直接送他回家。因为是自己班里的同学出了事，所以他也不必太过避嫌，外人看来只是一个很尽责的班主任保护自己的学生而已。

他这个班可说是他从教以来带过最麻烦的班，先是柳浩特殊的身份，让他不得不格外小心地“伺候”着；现在陶淘这种更敏感的身份，也让他更加操心。

不过，倒是不少年轻老师羡慕他，甚至有几个刚分来的“小”老师找他走后门，号称是珊妮的粉丝，想要珊妮的签名，让他哭笑不得。

不过，他也趁机半开玩笑地问他们：“怎么，你们不觉得她是坏女人吗？”

因为私生子事件，网上很多人这样攻击珊妮。

“切，王维老师，想不到你还这么老古板。未婚生子就成坏女人了吗?”

“就是，再说，看到她那样急切地在网上发帖找孩子，就知道她很爱她的孩子……”

几个年轻的女老师不由分说地维护珊妮，这让王维很意外，甚至可以说很惊喜，他还没来得及说话，另一个老师忽然说：“咦，她是找出走的孩子……你们班的陶淘前几天出走了吗?”

王维微微一怔，忙说：“啊？这个，前几天他请了病假，我不太清楚。可能……可能生病的时候孩子闹脾气吧?”

“也有可能，这么大的孩子最麻烦了，不过回来就好。珊妮那么忙，还要照顾这孩子，而且还要保密，也真不容易!”

“是啊，其实做明星也累。人家拍得电影好看就行了，偏偏很多人八卦得喜欢去挖他们的私生活，结果弄得一点儿事就得整天东躲西藏。”

“可不是么，最讨厌得就是那些娱乐记者，稍不小心就给你乱造谣，一会儿‘传’这个，一会儿‘传’那个，没事都能整出事来，有一点儿小事就能闹得‘轰轰烈烈’，唯恐天下不乱!”

这几个老师们很有点为珊妮抱不平，王维听了这一番话，真的感觉挺欣慰。

也许，事情没有想象中的那么坏。

这样想着，王维的心情也没那么压抑了，开车送陶淘回去的路上，还打趣地问：“有没人找你要签名啊?”

陶淘拿看白痴的眼神看他，然后回敬道：“老师，要不要给你送一份啊？亲笔签名外加火热唇印写真集!”

“你这家伙。”

王维打住他的话，瞄他一眼，以不经意的语气说：“其实吧，有个当明星的妈妈也并不全是坏事……”

陶淘尖锐地说："问题是，她从来没当我是她儿子！"

"你确定？"

王维再看他一眼，追问："如果她没当你是儿子，你出走的时候就根本用不着着急了，那天你是不在没看到，她真的疯了一样……认识她这么久，我从来没见过她那样失控。"

陶淘紧闭着嘴巴，看着车窗外不说话。

王维知道这几天珊妮虽然一直待在家里，但和陶淘之间的冰冻却并没融化，所以试图再次开导他："这些年她的确不够尽责，没有像别的妈妈那么照顾你，她也的确有她的苦衷啊。你看，她要是一早将你的身份公布出来，你从小就得过今天这种日子，你也并不喜欢吧？"

陶淘挖苦道："好了，别尽替她说话，你什么时候成她的代言人了？"

王维叹息地摇摇头，说："我还不是为你好！唉！"

陶淘不吭声，闷了半天，忽然说："那她要结婚的事呢？结婚也不肯承认我，这也叫在乎我？"

其实这是现在他和珊妮之间最大的心结，因为之前说为了事业、为了保持她的形象，不敢认他这个儿子，他也勉强能接受，可是为了嫁进豪门，为了她自己的幸福生活，她选择继续隐瞒他的存在，这就是他所不能忍受，不能原谅的！

光凭这一点，就能彻底否定珊妮所做的所有努力。

对于这个问题，王维也想不出更好的解释，沉默片刻，缓缓说地："我想，也许之前她自己都并不清楚自己有多爱你！直到你出走以后……等她知道自己有可能完全失去你的时候，她才能衡量出你在她心里的重量。陶淘，错，她的确是有错，可咱们能不能不要总记着以前的旧账？"

陶淘有些不耐烦地说："好了，能不能不说她？你是好好先生，她又是你的梦中情人，当然不管她做什么你都觉得可以原谅，但我不是……"

王维一脚踩下刹车，扭头看着他，一本正经地说："你是她的儿子，你是从她的身体里分离出来的，是这个世界上她最亲的人，你有原谅她的义务，你小子知道吗？"

陶淘被他这么认真的态度吓了一跳，盯着他看了半晌，又扭头看着窗外，嘲弄地说："女人生孩子就是为了以后她做错了事，好有人原谅她吗？她完全可以不生我，我又没求她！"

王维咬牙，不讲理的陶淘总会让他有种想揍的冲动，但他不得不忍着，继续以温和的语气说："你这是赌气的话。陶淘，如果你真的长大了，试着对她宽容些。就算她错了，她现在也已经认识到了错误，并且在极力想弥补，你这个做儿子的，何必要硬起心肠折磨她呢？"

陶淘没有回答，而是奇怪地问："你今天是怎么了？非要我在你面前违心地说她好吗？"

王维再次叹气："当然不是，是想让你真心地稍微理解她一点儿。"

他发动车子，眼睛专注地看着外面的车流，继续说："今天有几个老师跑去找我要她的签名……"

陶淘一脸很不可思议的表情："不会这么离谱吧？"

王维笑了下，说："很离谱吗？年轻的老师，也比你们大不了多少，都还是孩子。知道吗？他们的话，让我很有些感慨。"

"他们说什么了？"

"说她工作那么忙，还要照顾你，而且还得躲过消息灵通的记者们，保守这个秘密，很不容易……"

"拜托，他们不知道你也不知道吗？那女人什么时候照顾过我？跟着瞎感慨什么嘛。"

"陶淘。"

王维看他一眼，有点吃力地解释说："照顾分很多种，她是没可能像别的妈妈那样经常在你身边，一是工作忙，二是那样会暴露你的身份。但是，并不表示她不关心你啊。起码，在我认识你之后，她就有经常打电话询问你的情况。而且，这么多年，她从来没有不管你和外婆，你的生活比普通同学要好得多吧？这些也是她努力工作得来的。好吧，不说这些，我并不是要说她已经做得很好了，而是说，就算她做得不够好，外人都能这么理解她，你这个亲爱的儿子，是不是也能试着理解一下呢？”

陶淘再次很没心没肺地说：“有你理解就行了。”

然后舒适地半躺在椅背上，闭上嘴巴也闭上眼睛，很明显地表示不想再继续说话了。

王维看着他苦笑，本来还以为这小子长大了，会讲理一点儿，结果还是这么拧。

他之所以如此苦口婆心，其实还有一个原因。听了那几个老师的话，让他想到，一对相依为命、相亲相爱的母子，应该能得到很多人同情，那么，这件事所造成的影响就不一定是坏的。那些记者们反正只是挖空心思找新闻，如果陶淘肯配合的话，完全可以把媒体报道引向好的方面。

但是，现在看来指望这小子配合，很有点难度。

王维在早晨知道记者追踪陶淘的事情之后，就给外婆和珊妮打过电话，让珊妮想想怎么解决，并且让她和外婆都更加小心。珊妮本来就不外出的，今天更是闭门不出，连窗帘都全部拉得严严实实的。

幸好，小区的保安也怕出事，见到那么多记者围在门口也增加了人手，生怕有人混进去扰乱里面的住户。

怎么解决？怎么才能把对陶淘的影响降到最低，让那些记者不再去骚扰他？

这一天珊妮都在很认真地考虑这个问题，其实心底应该有答案，只是，连她自己都不确定。

王维送陶淘回家，也是想顺便和珊妮谈谈，好知道她的打算。毕竟老让记者追到学校去守着，对学校其他学生也会造成影响；记者的追踪报道如果都是负面的，对学校也会造成影响。这些影响如果过大，学校就不得不对陶淘采取“行动”，保守一点儿是劝他暂时休息，等事情过去了再回去上课，严重一点儿可能劝他转学。

这当然都是对陶淘不利的。

所以，不管怎么样也必须尽快把那些过分热情的记者打发掉，但是又绝对不能得罪他们。

第四十八章　珊妮的对策

简单地吃过晚餐，外婆收拾餐具，他们也开始正式地坐下来商量对策，都知道问题是什么，现在所需要的是解决办法。

沉默了片刻，在王维询问的目光中，珊妮终于开口说："我想，唯一的办法是，干脆我出面召开个新闻发布会，他们只不过是想挖新闻，那就全都告诉他们，没什么可挖的了，应该……也就不会再去缠着陶淘了。"

这是她想了一天的结果，除此之外，没有其他更好的办法。

她和王维都看向陶淘，征询他的意见。

对于珊妮的想法，王维也是觉得可行的，虽然陶淘看来不怎么会配合，但是珊妮一个人出面也够了。只要她在记者们面前打好感情牌，那负面影响就会消除很多。问题是，这样一来就真的正式承认了陶淘私生子的身份，虽然是明星的私生子，也一样是非常不光彩的事，在以后的生活中，也很可能会因为这身份而遭到非议。

陶淘愿意吗？

陶淘拿着手机在玩游戏，一副满不在乎的样子，似乎他们在伤脑筋的事情完全和他无关，忽然抬头看到他们都在看他，撇了下嘴角，说："看我做什么？你们自己决定就好了。"

王维走到他身边坐下，伸手"没收"了他的"玩具"，认真地说："陶淘，这是一件和你有莫大关系的事，也可能关系到你的未来，不是我们决定就好的，需要你的意见。你听到你妈妈刚才说的话吗？"

陶淘不甘心地抢了一下，没抢到"玩具"，灰溜溜地窝到沙发里，不说话。

他不愿意认真，只是不愿意认真地面对珊妮。再说，这事既然有他们烦，那他也就不用烦了，反正从小都是珊妮在决定一切，包括他的未来。他对珊妮的抵触，是一种自暴自弃式的、完全放弃的、无声的反抗。

坐在他对面的珊妮十二万分诚恳地看着他，说："陶淘，你愿意吗？愿意和妈妈一起，面对这个世界的各种非议和指责吗？"

陶淘看都不看她，神情黯然地盯着地板，说："不愿意又能怎么样？"

他根本没有选择的权利，不愿意就可以不是这样吗？不愿意他的身份就会因此改变吗？

答案是：NO。

不管他愿意不愿意，都是一样，什么也无法改变。

珊妮垂下长长的眼睑，神情跟着黯然，再次说："对不起！"

她最近一直在说对不起，跟王宇杰说对不起，跟妈妈说对不起，跟陶淘说对不起……接下来，她可能还要说更多的对不起，在媒体面前，对所有人说对不起！

作为一个女人，她心里也很难过，也很受伤，甚至有时候也有几分委屈。但是，现在的局面是她一手造成的，她只能自己默默承担下来，甚至连个可以倾诉的人都没有。

王宇杰她已经完全放弃了，自然不会再去找他。其实这是一个很理智的选择，她知道那个家就算她勉强嫁进去，等着她和陶淘的也会是无尽的麻烦！姗妮虽然看起来像一个没什么头脑的女人，但是她这半生的经历让她比一般女人更理智，也少了许多幻想。

外婆和陶淘是她最亲的人，可同时也是她真心觉得亏欠的人，是她伤得最深的人，她又怎么能对着他们倾诉自己的委屈？他们可都比她委屈得多！

唯一一个一直不远不近、不离不弃地待在她身边的人是王维，她也相信不管什么时候他都会愿意帮她、愿意听她诉说。可这几天珊妮忽然良心苏醒，看着这个已经不再年少的男人为她、为他们家忙碌的背影、担忧的眼神，忽然就觉得心酸，觉得心疼。这是以前没有的感觉，以前在她看来这一切是多么理所当然，因为一切都是他自愿，她从不曾勉强。

从王维身上，她再一次意识到以前的自己有多自私，也就不敢像以前一样，烦恼、伤心的时候无所顾虑地对着他倾诉，这个男人已经为她分担得够多了，真的够多了！

良心发现的滋味并不好过，以前一心往上爬，一心要红、要更红、要大紫大红，要拍更多戏、唱更多歌、赚更多钱、要更多人喜欢的珊妮，根本不会想这么多，也不会觉得自己伤害了这么多人……可是现在她知道了，她也更加难过。

对不起！

她既是对陶淘说，也是对王维说。

见母子俩又陷入僵局，王维只好站出来说话："如果没有更好的办法，那就只能这样了，陶淘……"

他看了看陶淘，问："你早晨是不是和记者发生什么冲突了？"

这是他后来在记者们那里听说的，记者说陶淘脾气很暴躁，还打了人，而这让他更担心，他知道那些记者不会罢休。

陶淘听他这么问，想了想，说："他们围着我的时候，好像有人被我推倒了，这也算吗？"

王维头疼地说："当然算。这会让他们对你的印象很坏，写出来的报道自然也就全是负面的……"

珊妮自然也知道这件事的后果，忙站起来，说："这样吧，我找经纪人谈谈，她和公司愿意出面安排的话，就好办了，尽量快地安排记者发布会。"

对于她的突然爆料，又突然失踪，经纪人和公司当然是很郁闷的。不过她也在这家公司待了很多年，为公司赚了不少钱，人缘也一直不错，从没为了利益和公司闹过纠纷，所以，这一点忙，他们应该会帮吧？

她之前虽然曾经宣布，嫁入豪门退出娱乐圈，可现在她和王公子的婚事已经成了问题，很多人认为婚事告吹的话，退出娱乐圈一事也会作废。那么她是会和现在的公司续约，还是另谋高就？公司应该也会考虑。

“私生子事件”的确令她的形象大打折扣，也让她饱受非议、指责，但她的价值还是存在的。也有人预测她会趁机转型，从“清纯玉女”转成“辣妈”继续在娱乐圈打拼，只要运作得好，身价不跌反涨也说不定……所以，虽然大众比较关心“私生子”的八卦新闻，但她今后何去何从，则是很多相关人士更关心的问题。

等珊妮打完电话回到客厅的时候，陶淘已经上楼进了自己房间，只剩下王维一个人在那等她，见她过来，忙问：“怎么样？”

珊妮有点不安地说：“安排好了，这下就真的没得更改了。”

王维安慰地说：“没事的，会好起来的。陶淘这边有我看着，过一阵子就好了，反正今天学校已经闹得尽人皆知了，想必媒体报道出来以后，情况也不会再坏到哪里去。”

珊妮在他对面坐下，由衷地说：“谢谢，王维，真的很感谢你一直都这么照顾陶淘。”

王维笑笑，似乎不经意地问：“那你以后有什么打算？这个住址已经曝光了，恐怕你也再躲不下去了。”

“我没事。”

珊妮也故作轻松地笑了下，说：“我打算真真正正地退出来，明天开新闻发布会的时候一起宣布。”

“真的？那……”

王维本来想问她和王宇杰的婚事有没有受影响，因为他们俩谁也没在媒体面前表态，他并不知道珊妮决定取消婚约的事，但想想又觉得不该自己问便住了口。

珊妮以为他怕自己舍不得工作，不介意地笑笑，说：“我觉得钱也赚够了，我也累了。也许是时候回来好好陪妈和陶淘了，我不想自己的儿子一辈子都不原谅自己。”

王维点头，说：“他会明白的，其实，只是需要一点儿时间，毕竟你们之间缺失了太多。”

珊妮也苦笑着说：“我懂，所以，我准备以后都陪在他身边，不管他乐不乐意。”

她将腿缩到沙发上，双手环抱，脑袋搁在膝盖上，有些憧憬地说：“我都想好了，就开一家小咖啡厅，做个悠闲的老板娘，之前赚的钱养妈妈、陶淘还有自己，还是够的。”

王维怔怔地看了她几秒，移开目光没有接话，见她所有的话里都没有那个已经有婚约的人，已经猜到婚事可能没戏了，想安慰她，又不知该如何安慰。

珊妮见他不说话，抬头问：“怎么？你觉得我做不到吗？”

“当然不是。”

王维笑着摇头，站起来说：“我该和陶淘去学校上晚自习了，既然事情已经决定下来，他也还是不要缺课的好。”

珊妮忽然顽皮地学着以学生的口吻说：“是！王老师。”

等王维和陶淘走了，珊妮心里才又不安起来。明天的发布会她要宣布的事情都很重要，而且更重要的是，要如何措辞才能更多地博得同情和谅解？怎样才能将舆论对陶淘的伤害降到最低？

她得保护他，因为她是妈妈，他是她儿子。

而这伤害，是她带给他的，几乎是他与生俱来的……

还有一个让她头疼的问题是：陶淘的爸爸是谁？

记者不可能放过这个问题不问，而摆出全力合作姿态的她，也不能过分回避，就算只是言语冲突也可能让这次行动白费。

该怎么回答，才不会将事态更加扩大化，不至于影响到更多人，又能让记者们不再追问？

已经过去十几年了，她一直当陶淘是她一个人的孩子，几乎已经忘了他还有个爸爸……这事该怎么交代呢？

她很头疼，因为不管她说是谁，对这个男人来说都不是好事，说不定会引发另一场闹剧，她要如何应对更好呢？

一直到晚上陶淘下了晚自习回家的时候，她还坐在客厅的落地窗前努力地想着这个问题。是她让外婆先休息，自己在这里等陶淘的。

见到陶淘回来，一直想不到对策的珊妮，居然鬼使神差地叫住了他："陶淘，我可以问你个问题吗？"

已经走上楼梯的陶淘木然地站在那里，虽然没有看她，也没说话，但显然是在等她问。她舔了舔唇，有些艰难地说："你……有想过……你爸爸吗？"

陶淘本来平视前方的眼睛微微眯起来，面无表情地说："没——想——过！"

珊妮不甘心地问："你真的完全不想知道吗？"

陶淘转身怒视着她："你很无聊吗？无聊的话就去睡觉，睡不着就出去跑个几十圈，我懒得理你。"

说完他就真的不再理她，径自上楼进了房间，"砰"的一声关上房门。

他不想知道吗？

那个给他生命，又不负责任的家伙！

或者，那个人根本就不知道有他的存在？

陶淘背靠着房门，黑暗中紧紧握着手，努力地仰起头。

那个女人，为什么要问他这种问题？想告诉他什么吗？

可是……他发现自己不敢知道。

不敢知道。

不是不想，是不敢！

因为，他无法接受是任何人，除了王维。

除了王维，他不想、不愿意、不接受任何其他的男人是他爸爸，而他又深深知道，从珊妮口中说出来的，绝对不会是王维的名字。

所以，他选择不听。

第四十九章　大结局

“对不起，隐瞒了大家这么久，真的很抱歉！我的确是有个孩子，他叫陶淘，是个很可爱、很懂事的小男生。我想在座已经有人见过了，当时他突然面对那种场面很害怕，所以有些不当的地方还请各位原谅，他并无恶意。”

珊妮在发布会之初，就主动提及了这件事，并且很有诚意地向昨天那几个记者道歉，这件事也算有了交代。

“请问珊妮小姐，孩子的父亲是谁？”

这果然是整个八卦事件必问不可的问题，一开始就被人提了出来。

珊妮无奈地说：“当时我发现有这孩子的时候，和他父亲已经分手，是我擅自做主带他来到这个世界，他父亲一直不知情。而我，也不想把一个无辜的男人扯进这个事件，打扰他平静的生活，所以恳请各位，不要再问这个问题了。”

记者不甘心地说：“也许孩子的爸爸愿意认他呢？”

珊妮淡定地再一次说：“不管怎么说过去十几年了，他应该也已经组织家庭很幸福地生活着，这件事会扰乱另一个家庭的幸福。当初做这个决定的人是我，他并不知道这件事，所以，不该受牵连。”

既然得不到正面的回答，记者们试图旁敲侧击，便有人问道：“请问你们当时是情侣关系吗？既然已经分手了，您当初为什么会坚持生下孩子呢？是因为很爱那位先生吗？”

珊妮始终微笑着说：“也许当初是吧。不过我想，更多的是因为我爱这个孩子。”

记者再次问：“既然您爱他，又为什么一直不承认他的存在呢？”

珊妮深吸口气，说：“这是我的错。当时还太年轻，并不太懂得如何处理，所以，刚出道的时候选择了隐瞒。大家都知道，开始撒了谎，就会一直想办法把这个谎圆下去，所以……就成了今天的局面。我真的很抱歉！很惭愧！我对不起我的孩子！也对不起所有支持我的人！"

她站起来，诚心地对着镜头深深一鞠躬，说："真的很抱歉！"

台下的闪光灯不失时机地"咔咔咔"连闪，无数镜头对着她拍下这一幕。

片刻后记者继续提问："请问珊妮小姐，您和王先生的婚约还会继续吗？"

珊妮很慎重地说："我和王先生已经和平分手了。"

那人继续追问："为什么？是因为王先生不能接受您的孩子吗？"

珊妮微微摇头，说："不是，王先生是个很有担当的男人，整个事件中他都没有为难我，但我觉得他值得更好的女人。在这里，我也很真诚地对他说一句话：对不起！是我欺骗了他，所有的事情都是我的错。希望他能尽快忘记这不愉快的事，早日遇到真正的幸福！"

记者继续提问："请问，您以后有何打算？婚约取消的话，是不是表示会继续在演艺圈发展？"

"这是我要宣布的另一件事。"

珊妮缓缓环顾一下整个会场，感慨地说："这很可能是我最后一次和各位打交道，我已经决定退出演艺圈，专心陪孩子，做一个普通的母亲。"

"真的吗？"

"不是吧？"

台下有点小骚动，显然这出乎大家的意料。

珊妮伤感地说："我对不起很多人，也伤害了很多人，但是，最对不起的，伤害最多的就是我的孩子。虽然他一直很理解，也很配合我，但我不想继续这样一直让他迁就我。他还是个孩子，可这些年来他独自忍受了太多，我本来应该照顾他，疼爱他……可我……什么都没做到，欠他的实在太多太多……我只希望还来得及补偿！"

一个女记者站起来问："当然我们很理解您的心情，做妈妈的都希望能有时间照顾自己的孩子。可是，您就这样放弃为之奋斗了这么多年的事业，是不是太可惜了?”

珊妮的目光平静地注视着她，微笑着说：“你还很年轻，还没有孩子吧?”

女记者没想到珊妮会问她问题，忙说：“是，还没有。”

珊妮微笑着说：“也许你以后才能理解了。这么多年为了事业我也一直在忽略他，我甚至在有些时候忙得都忘了还有他的存在，我也一度以为他的存在不会影响到我……可是，当他忍无可忍离家出走之后……当我忽然发现自己有可能完全失去他的时候……我才明白，他对我来说有多重要！他是我最亲爱的宝贝！我好怕失去他！好怕！如果是要以失去他为代价而得到的东西，我宁愿不要!”

珊妮这段说得声情并茂，双手紧握，眼眶里聚满泪水，但是她强忍着没有让眼泪掉下来，稳定了一下情绪，才接着说：“只可惜我自己明白得太晚了，现在小男生已经和我一般高了，他已经长成一个帅气的少年，而他的整个童年，我都没有时间参与，这是我一生最遗憾的事！我真的……真的……很对不起他！宝贝，妈妈对不起你！以后妈妈会像别的妈妈一样，去参加你的家长会，会认真地看你的成绩单，检查你的作业，会给你过生日，唱生日歌……”

她终于说不下去了，失声哽咽，忙用手捂着嘴低下头去。

自然在场所有的记者都不会放过这么感人的画面，闪光灯不停地闪烁。

珊妮在低下头的瞬间，泪珠就不受控制地滚落下来，并且一发不可收拾……一旁同样身为人母的经纪人丽姐也听得鼻子发酸，忙给她递过纸巾。

她的确是对不起陶淘!

这一次不是作秀，而是真心的。

愧疚是真的，眼泪也是真的!

珊妮这番话以及失控的眼泪感动了很多人，特别是妈妈们。所以，她这次发布会算是成功的，至少这一次媒体的报道是一致的真实、公正，没有再去瞎猜、瞎编，也没有添油加醋，她的话很多都是原样引用，而且大部分人最后还对她和孩子表达了祝福。

当晚陶淘回到家的时候，珊妮依旧是独自在客厅等他，他还是没有看她，也没回答她的问候，换了鞋子就径自上楼，走到一半的时候，忽然停住，低声问："你真的，留下了？"

珊妮没想到本来不理她的儿子，会主动跟她说话，有些受宠若惊地看着他，说："真的。"

陶淘回头看了她一眼，没再说什么，回到自己的房间。

其实这件事是王维告诉他的，珊妮的发布会是上午，所以网络上早就传开了，电视台的娱乐新闻节目也播了出来。原本王维在昨天听珊妮说想退出娱乐圈的时候，的确是有几分不太相信，但是看到今天她当着那么多记者的面正式宣布了退出，便知道她是认真的，所以，很迫不及待地告诉了陶淘。

这对陶淘来说，当然应该是好消息，只不过他要装酷，当时听到之后，压根儿就没给王维任何反应，还让王维很无趣。

但是这件事一直在他心里翻滚，她要留下来不走了……真的不走了吗？

回家之后，看到珊妮又在那等他，他忍不住再次求证一下。

是真的！

那就表示……他终于真的有妈妈了？

像别的孩子一样，可以和妈妈一起吃饭、一起外出，开家长会的时候，也有真的妈妈出席了！

他很努力地在珊妮面前没有表现出来，但是，当他关上房门，扔下书包，倒在床上的时候，嘴角忍不住上翘、上翘……然后终于咧开嘴巴……无声地笑了。

开家长会的时候，有妈妈出席。

这是一个多么普通的愿望，但是他，等了十几年。

他并没有要求妈妈放弃一切，只守着他，但是，她肯这样做，他同样很开心！

这表示她在乎！

真的在乎他！

快乐的情绪一旦表露出来，就无法再隐藏，一路蔓延到他身体每个角落，兴奋得在床上翻滚了几下，他翻身坐起来，打通了絮儿的电话。

快乐是需要分享的，而他最先想到分享的人，自然是絮儿。

李心兰在病床上躺了两个月之后，终于可以慢慢下地活动了，这可忙坏了絮儿和乐乐，两个女孩子中午和下午休息的那段时间（已经是深秋，没了午睡时间午休时间就长一些），都要抽空回去扶她活动活动，期盼她早点恢复，有时候陶淘也会很无聊地跟去。

他们三个人现在成了铁三角，经常三人一起行动，乐乐和陶淘还是经常斗嘴，絮儿则只能保持中立，谁也不敢偏，不然另一个肯定不依。

至于陶淘的身世，现在已经不是秘密了，他倒可以大大方方地和同学们相处了。虽然也会有人在背后议论，但是这些，他还是可以承受的，他不是个软弱的孩子，何况现在还有朋友的支持和关心，那些闲言碎语就随它去吧。

珊妮说到做到，真的推掉了所有人的邀约，彻底退出那个圈子，并且她的咖啡厅也已经找好地方，正在装修中，不久应该就可以营业了。在她宣布退出之后，记者也在她们家外面守候过一阵子，但是终于没有更火爆的新闻可写，便自然退了。

母子俩的心结解开了，陶淘也终于肯叫她一声妈，这个变化是从珊妮生日那天开始的。陶淘一声："妈妈，生日快乐！"，让珊妮热泪盈眶！

她的儿子终于肯认她这个妈妈了！

也在这个时候，正大集团董事长和夫人离婚的消息，一夜之间爆出，成了所有媒体关注的焦点。

两个月，这两个月时间对苏玉和柳越生来说，都是种煎熬。

不管是苏家还是柳家都不愿意看到这样的结果。错，自然是柳越生的错，但是对婚姻的挽留对他们来说似乎也是必须做的。所以，双方家人轮番轰炸，劝说劝说再劝说，各种动之以情、晓之以利，各种苦口婆心，甚至各种威逼利诱……令苏玉疲惫不堪。

但是，她显然比柳越生坚持。

她决定的事，不会被任何人改变，不管家人如何施压，她都不屈服。

终于，柳越生心软了，他不忍心看着她受这样的折磨，离婚就成了定局，双方在协议书上签完字，苏玉才真的解脱了。

那一刻，她笑了。

终于从那些困扰和纠缠中摆脱出来，不管以后会如何，至少这一刻她的心是轻松的，之前所有的对错也就变得没那么重要了。

苏玉向柳越生伸出手，淡淡地说了声："谢谢"。

谢谢他终于肯放手！

柳越生握着她的手，却说不出任何话，心里被掏空一般。

办完离婚手续，苏玉就会移民英国，而且带着柳浩一起去。

他，真的一无所有了。

当然，以他的身份，他的风度，他的财力，想要女人、想要女人为他生孩子，都不是什么难事，可那是他想要的吗？

他没有如柳浩所想的那样去找李心兰和絮儿，当他看到苏玉离开他时轻松的样子，忽然也明白了，李心兰和絮儿想必也是同样的心情。

送走苏玉之后，他还有力气去对李心兰说"爱"吗？

没有。

也许他的爱真的是一种束缚，伤害了所有他爱的人，那么，放她们自由吧！

柳越生已经心灰意冷。

李心兰是在第二天的报纸上看到这消息的，看到报纸上硕大的黑体字，她感觉心里被重重地撞击了一下，负罪感在心底不可抑制地蔓延……

还是离了？

高傲的柳太太没有再报复她，没有再拿她出气，但却离开了他！

终究是无法原谅吗？

李心兰难过地闭上眼睛，她一直不认为自己是个坏女人，因为她一直在隐忍，尽量委屈自己而不对柳越生提任何要求！她不想伤害任何人，更没想拆散他的家庭，可是，她这样的存在对苏玉来说本身就是一种伤害啊！

她明明知道，可还是做了！

什么都做了！

她有什么权利说自己不是坏女人？

那一家人都因为她而受伤了，不仅是柳太太，还有和絮儿一样无辜的孩子。

所有的风波渐渐平息下来，孩子们又恢复了正常的高中生活，之前的种种也自然会随着时间的流逝而淡去吧？

人生啊，还是充满阳光的。他们是坚强的孩子，不会因此而颓废。不管之前发生过什么，经历过什么，该放下的时候就还是放下吧，路永远伸向前方——

所以，不要老惦记着那些过去的伤痛……好好往前走吧，少年们！

幸福，会在尾巴上，如影随形！